半生繁华

梵向山 著

 北方文艺出版社

图书在版编目（CIP）数据

半生繁华 / 梵向山著 . —— 哈尔滨：北方文艺出版
社, 2023.3

ISBN 978-7-5317-5839-6

Ⅰ.①半… Ⅱ.①梵… Ⅲ.①自传体小说 – 中国 – 当
代 Ⅳ.① I247.5

中国国家版本馆 CIP 数据核字（2023）第 029948 号

半生繁华

BANSHENGFANHUA

作　　者 / 梵向山
责任编辑 / 富翔强　　　　　　　　　封面设计 / 刘　美

出版发行 / 北方文艺出版社　　　　　邮　　编 / 150008
发行电话 / （0451）86825533　　　　经　　销 / 新华书店
地　　址 / 哈尔滨市南岗区宣庆小区 1 号楼　网　　址 / www.bfwy.com

印　　刷 / 三河市嵩川印刷有限公司　开　　本 / 145×210　1/32
字　　数 / 176 千字　　　　　　　　印　　张 / 9
版　　次 / 2023 年 3 月第 1 版　　　印　　次 / 2023 年 3 月第 1 次印刷

书　　号 / ISBN 978-7-5317-5839-6　定　　价 / 68.00 元

谨以此部作品，献给有梦的你我。

目 录

童年篇

如果把人生比作一朵花，那我的这朵就绽放得比较充分，且它在蓓蕾期，也包得十分饱满。

我出生在一个半职半农家庭，俗称"半家户"，父亲是一位公职人员，母亲是一位农民，可她却从未干过一天农活。这还是其次，关键是她分不清骡子和马就有点惹人笑了，而那时亲戚们来家又总是动不动要提起这件事，于是一个个脸上立时都浸满了笑意，有的则干脆笑出了声。

家里气氛变得异常热烈，母亲则赧然以对。无疑，他们全都是当作笑话来讲的，说母亲指着一头大腹便便的骡子问他们道："这匹马是不是要生了？"

其实是母亲在问的当时压根不知道这世上还有骡子这种奇怪的动物，更不知道它竟然不会生育，之后亲戚们为了逗她，额外之余还要故意加上驴骡和马骡之间的区别，母亲则越发只剩懵懂发笑了。

然而这样的笑话他们从不敢当着父亲的面讲，父亲有点一本正经，不过在我眼里，总感觉母亲要比他严肃。当然，这或许仅是我的个人观点，哥哥就不这么认为，他觉得母亲明显和蔼得多。他没有明说，是我猜的，但不管怎样，有一点我俩是共同的，谁都免不了的，那就是均挨揍。

哥哥挨揍时懂得跑，我却就那样直僵僵地站着，仿佛专等着这一刻降临似的。事实上这是一种无声的抗拒，只可惜无人能懂，反倒都怪我倔强。倔也是真倔，可我更能隐忍，遭误会从不为自己辩解，因此误会始终在那里，直到有一天它自己显露、消解。彼时父母咕咕哝哝，我则沉默着一言不发，他们从不道歉，只是互相埋怨。

这其实就等于道歉了，而我也接受这样的道歉。

我生活的村子有座山丘，就在村南，山丘上一到夏季就长满了绿草，绿草间有我喜爱的东西，例如臭葱和沙葱，我会把它们挖出来放在嘴里嚼，只为了那股辣辣的味道，非常特别。但这些东西毕竟稀少，只偶尔才能碰到，还得在我费尽心思找寻之后，所以它们远解不了我的渴望。

实际上尽可以再往远了走一点，譬如山后头，可那里有坟墓，因此我往往止步于山顶。我能看到坟墓再往下那成片成片的绿油油的麦田，分着垄一直向前面一座山坡延伸，并且翻过那座山坡隐没不见。但那已经出村了，也正是在那个位置，隔开公路，在右侧，即村口，分布着十几户人家，其中就有我们语文老师在里头。

他是第一个为我讲故事的人，尽管是在课堂上，同时也是为全班同学，我却终生难忘，也终生心怀感激。他讲的是南京长江大桥的事，说大桥刚建成时，因担心敌特分子搞破坏，每日都有解放军战士在上边巡逻。这一日，当一位战士正在执勤时，只见一妇女急匆匆朝他走去，到了便不由分说地将她怀里的包裹塞与他，并且一边塞一边言称急着上厕所，让帮忙照看一下孩子。然而这妇女却自此一去不归。解放军战士抱着包袱等了一会儿，随即起了疑心，待打开包裹检查时，竟赫然发现里边躺着的是一枚炸弹！

故事的结局如何，无人知晓，因为这时碰巧下课铃声响了。

这就是那时的我们，老师不讲，无人敢问，而且同学间也互不讨论，于是它成了一个永久的谜。

语文老师的家我去过几回，他的大女儿与我同学，她非常健康，红红的脸蛋如苹果一般，透着十足的乡野气息，然而她却很少与我们一道外出玩耍，因为她有很多家务要做。她家种着地，也养着羊，她的母亲像只陀螺一样忙着，她则负责照看下面的一个妹妹和一个弟弟。弟弟身体不太好，所以她也不能将他带出门。

说起来语文老师居住的地方要比我们当村人家的好，左边一大片树林，树木挺直，想必是杨树，而这些树除了在树下形成浅浅的荫翳外，也让阳光透过树叶罅隙照进去，使得地面上总跳跃着许多亮斑，星星点点的，烘托出了那片区域的宁静和美好。不过总体来说，这片树林代表的是一股清凉，且这股清凉始终深入我心，并延续至今。

紧邻树林，在朝北的方向，有一汪水，或者说一畦水洼，里边能装下全村的孩子。压根就没有不喜欢玩水的孩子，尽管一到夏季，几场雨之后，水面上翻出许多丑陋的浮游生物，翻着肚皮混迹于我们当中，却无人害怕，反倒伸出手将它们逐一捞到瓶里或一只桶里，带回去给鸡吃。

在我童年的印象中，这一水洼应该属于河的一部分，而这条河的一端打我家南院墙外经过（我家临街，大门朝东），我也不明白当时为什么要在那上面盖间像仓库一样阴森、高大的房子，就横跨在河上，小河自下面穿行而过，从这个门进，从那个门出。这间"仓库"是绝对禁止人进入的，我猜是由于河水湍急的原因，然而有一天终是耐不住好奇，哥哥领着我涉水而过。本打算过去那头很快回来，所以把鞋留在了这边，并且摆得整整齐齐的，孰料当返回来时鞋却不翼而飞了！因害怕被父母责骂，我们两个一直在外踯躅到很晚才回家。光着脚，瑟瑟缩缩地站在门外头，告知父母鞋丢了，但父母关注的重点压根和我们不同，只见他们先是把我俩的鞋从屋里一一拎出，"当啷""当啷"依次扔在我们的脚下，告诉是一个人捡了送到家中来，接着就咆哮着警告我们以后不许再去，说是怕被淹死，而我们也果真再也没去过。

事实是即使想去也不能了，也不知什么时候，那仓库样的房子没了，连同一起消失的还有那条小河，代之以的是上面出现了好多处院落，住进了好多户人家。就这样，我家屋前终于有了邻居，而这家有个同我年龄相仿的女孩叫"丫丫"。

丫丫没有母亲，只有父亲，还有一个瘫痪在炕的奶奶。我那时喜欢跟随她去她家，却也每次都如同做贼似的万般小心谨慎。她生怕惊扰了她的奶奶，即便是她奶奶醒着坐在那里，更不用说睡着躺在那里，她都是蹑手蹑脚的，搞得我也跟着蹑手蹑脚的，且连大气都不敢出一下，有一个词"溜"，用来形容这时的我们最恰当。

其实我是害怕她奶奶的那双眼，仿佛要把我生吞了一般。我能看出丫丫也惧怕她的奶奶，因为每次一俟出了屋，她立刻长吁一声，并随之变得活泼了起来。

她的奶奶对大人和气，例如对我母亲，我就没见她瞪过眼睛，对小孩子，嗯，可能是怕把她孙女拐带了跑吧，你不见只要丫丫离开哪怕片刻的功夫，那屋里就立即想起骇人的呼唤声："丫——丫，你哪——去——了？"

所以丫丫连一天学也没上过。

写到这里不能不写一个人。丫丫的大伯，一个光棍，自己养着一群羊，业余时间靠给别人打零工挣些钱，主要是挑水，在我家院子里没有打井和别人开四轮车统一送水的年月，也负责为我家挑。他的大伯很幽默，为人也和善，挑水进我门时总能给我们带来很多欢乐。唯一让我母亲所诟病的是他脚下的那双鞋，总是趿拉着，老远就听见他走来的声音，哗嗒哗嗒的，像要掉似的。

然而鞋终归是没有掉过，鞋后帮却也从来没被看见过——都被踩到鞋里边去了。但就是这样一个人，时来运转，一个女人改变了他，给他带来了后半生的福气。

这个女人身高马大，是个寡妇，来时带着两个女儿、一个儿子，儿子最大，不久就娶妻成家了，据说用的还是

丫丫大伯的钱，足见他是多么好的一个人。他还供两个后女儿上学，一个高中，一个初中，而那两个女儿也懂得感恩，一口一个爹地叫得那个亲，惹得人直羡慕。这里补充说明一点，我所在的村为乡政府所在地，我上小学那会儿有高中，学制两年，后来不知什么缘故取消了，在时，由于教学质量尚可，还曾有不少外地学生慕名前来求学呢。

出于一种报答，也是天生闲不住，丫丫的新大娘从早忙到晚，加之舍得卖力气，很快就在她的张罗下在西墙下盖起了一溜房，专作留客之用，也即自此干起了旅店生意。与此同时她也没放弃地里的活，整天背柴、割麦、整饬地，干活如同一个男人一般顶用，甚至比男人都厉害。彼时丫丫的大伯也不给旁人打零工了，专心操持自己的家，由于日子过得越来越甜美，脸上总是挂着抑制不住的笑。我那时一改去找丫丫玩的习惯，转而投了她大伯家，原因即是他家有两个比我年级高的学生，且她们在一起也总是谈论学习。我喜欢听她们谈论，并从中学到了不少新知识。

我记得那时就是一盏煤油灯或是一根蜡烛，她们的父母（姑且就这样称呼吧）在旅店和院子里忙，她姐俩就在灯下学习。姐姐学习成绩好，也学得主动，妹妹是受激励，被带着学，但同样有理想、有抱负。

那时他家还经常去另外一个女孩，是大女儿的同班同学，而要讲述这个女孩，则又有一段故事。

这女孩的爷爷是位神父（当然他自己从来没讲过，我也是从别人的嘴里听说，而且他早已不传教了），忽一天带着她来到了我们村里，在和我们的校长见过一次面后，接受了校长的邀请，成了我们学校三至五年级的英语老师。那时所有的乡镇小学都还没开英语课，而我们开了，且我一下子就喜欢上了英语。为此我成了英语老师的得意门生，并且就在班里其他孩子还在每天对着"tomato""potato"调侃时，我早已跟着收音机开始了更高阶的学习。英语老师很博学，课上会给我们讲很多见闻，由于他出过国，所以所讲的东西都很新奇。他是一个特别儒雅的老头，和和蔼蔼的，高高的鼻梁，一把漂亮的胡子，皮肤很白，看上去还颇具外国人的相貌。他的孙女则完全与他不同，典型的东方特征，柔柔弱弱的，不属于很漂亮的，却气质温婉，一看就知性格比较和顺。她刚来时穿着一条裙子，但很快就入乡随俗换成了裤子。

　　他们住在学校专门给安排的一间屋内，有炕，自己做饭吃，闲来那女孩就老往丫丫大伯家跑。她认识我，但忌于她是英语老师的孙女，我不敢和她开玩笑，而她则老是伙同丫丫大伯家大女儿逗我。无外乎就是考我一些问题，如果我答不上来或胡说，她们就哈哈大笑。不过我喜欢这种氛围，因为下一秒她们就会告诉我正确答案。我迄今都记得那是一个天刚擦黑的时刻，窗户外还泛着最后一点微光，灶膛里的火正闪亮着。丫丫大伯家的大女儿倚靠着柜子，背后即是窗户，我看不清她的脸，却能觉出她的表情，她笑着，考我光速，我哪知道，于是她立刻乐弯了腰，这时恰好灶膛里的光映在她脸上，我看到她满脸通红。英语

老师的孙女那一刻可能正在走神，待到丫丫大伯家的大女儿告知她时她才开始正式笑，现在想来我当初肯定给了一个非常荒诞的答案，否则她们也不能笑成那样。好在我并不觉得有多窘迫，因为很快我就要知道真正的答案了。

丫丫大伯家的二女儿从不参与此类活动，说实话，她虽为一初中生，懂得却有限，另外也无兴趣。她空有一腔热情与愿望，就在她姐姐考上中专之后，受她姐姐的鼓舞，有一天她在煤油灯下冲着我双目灼灼地发誓道："我也一定要考上！"然而一年不中她便结了婚，嫁给了前面邻居家的二儿子。他俩可能是村镇里第一对自由恋爱的人，关系好得简直无法描述，到哪都出双入对、形影不离、卿卿我我的，要知道这在乡村里是少有的现象，甚至可以说压根就没有。我的父亲，或许是出于嫉妒，或许是真看不惯，时不时就要当着我们的面评论道："又不是没见过个老婆！"说时还要连带着撇一撇嘴，而我的母亲见状也要跟着撇一撇嘴，当然，她的撇是针对我父亲的，不满意于他的封建和老古板。

我喜欢野外，特别是正午那一会儿，阳光灿灿地直射入田野里，什么都那么鲜亮，走在田垄边就觉得心里分外惬意与畅快。我的几个玩伴，她们都有打猪草的任务，我则没有，但她们喜欢走时叫着我，我也乐意被叫，由此当一听到有人在院门外邀我时，我忙不迭地答应。走之前我会干一件事，就是把要穿的裤子在水里浸一下，然后就那样湿漉漉地套在腿上，再到田野里晒干。

对此我总是乐此不疲，有时同伴会不解地问我："不湿吗？"我回答说："不湿。"天知道我是专为了裤管下垂，有美感，如此就省却了用熨斗熨的工序了。我讨厌用熨斗，感觉既麻烦又繁琐，还得时时刻刻提着心。那时的熨斗都是铁质的，有个三角形的头，熨前都要先放火里烧红，然后垫着一块湿布来回地在衣服上推压；有时也会预先把衣服喷湿了，直接上熨斗，但这样特别容易将衣服熨煳了，非得是那种耐得住高温的料子才行。说到将衣服喷湿，我见母亲都是使嘴含着水喷，像只大花洒，头还要跟着转圈，我学不来，此外也嫌恶心，带着唾沫，所以我从来不采用这种方式。其实就连第一种我都极少用，"嗞"一股热气出来，眼前一团雾，心里就由不得跟着一惊。

　　我做家务，是自小就被母亲要求的，洗锅、刷碗、扫地、叠被子、擦柜子、洗衣服，样样落不下，包括做饭。那时个子矮，够不着锅台和炕沿，就踩个小凳炝锅和擀面条。这锻炼了我，让我能够在大人离家一段时日时独立生存，且很好地照顾着家。我还生得一手好火炉，有人在值日当天费死劲点不着火，搞得教室满是呛人的烟气，我则一点就着。我懂得在最下面先搭些干树枝或把干草拧成绳状，然后再松松地垒些小炭块在上边，而许多人一上来就压个密实，不给空气留一点缝隙。

　　现再回到熨衣服上，尽管在我尚幼的年龄我能驾驭许多事情，但举着一把火红的烙铁委实是件最恐怖的干项，所以我能摆脱不用就尽量摆脱不用。其实对于小孩子来说，裤子上有没有条裤缝并不要紧，人们熨也多半是为了把膝

童年篇

盖处顶起的那个包熨回去，因为那个包对于刚刚才对美有朦胧认知的我们是耻辱，穿着那样的裤子，若是裤管再宽松些，就如同自己是罗圈腿一般，会遭人取笑的，而我又瘦，就更加在意了。

但或许我也是专为了大自然才打扮，我就不记得我去学校时有多操心我那裤子。大自然在我面前是亲切的，我会将我最好的仪容呈现给它。打猪草多半都是走着去，挎只篮子，沿着语文老师家旁边那条路出村，都不用翻坡，先南后西一直走下去，待拐向南边的一条小路走上一段后，再穿过一片树林就到了。那里是村子南半边人家的地，主要是小麦，另外还有莜麦。土豆和油菜在大西边，和村子也是靠一片树林间隔。我们不去西边，只有等每年土豆植株上结上那种小果果时才去，但去也去的是村子北半边人家的地，那儿离村子近。小果果黄了时特别美味，甜甜的，现在想来有点茄娘的味道，样子也像，都外表光滑，透着亮。有人说吃了会中毒，可我们也没见谁中过毒，反倒当应季水果的对待。

好猪草都长在软土里，以地垄为主，地里也有，但通常被锄了净。这种猪草最常见的是打碗花，开着粉色的或紫色的喇叭，十分漂亮，我们见了，通常都是跑着去采。另外还有灰灰菜，灰灰的叶子像落了层霜。这是一种人能吃的东西，父亲闲来总爱讲他当年下乡的见闻，说他有一年路过一户人家，进去讨水喝，见女主人正在做饭，做的正是灰灰菜掺玉米面窝头。这可不是什么吃腻了大鱼大肉想清清肠的做法，而是就那种状况，男人坐了牢，她一个人带着个孩子照应地照应不来，也就没多少收成。

还有一种植物叫"兔奶奶"，学名我不清楚，只知道从地面上往出一薅，根部全是白色的汁液，像奶一样。其实它的叶子里也都是奶，而叶子又圆滚滚的，呈针形，触手一般趴伏在硬地上，外形就显得非常特别。顾名思义，这种草兔子喜欢吃，猪不怎么热衷，所以遭同伴们嫌弃，但我却每回都要采上几株，就为了看那上面流淌的汁液。事实是在往出渗，一颗颗的小珠子瞅着颇有意思。

说到"兔奶奶"，我家养过兔子，就养在猪圈那头，可兔子爱打洞，打得那一片满是黑窟窿，后来兴许它们觉得这样做不过瘾，又往院墙底下打，父母见状唯恐墙因此而倒塌，遂决定不养。我和哥哥内心里十分不愿意，并且越是这样越是拼命地往回采"兔奶奶"，但没有感动谁，终一天那些兔子全都不见了。

最后一种猪草叫"扁珠珠"，同样地，我叫不上它的学名，只知它有一只好看的脚，就那样跷着，端头是只小圆饼，类似风扇叶片，纹瓣呈螺旋状，一环一环地紧紧倚靠着，非常规整。饼的样子有点像扁桃，但扁桃可是比它大多了，另外也没有上面的纹瓣。就是这样一种植物，我却把它忘记了，多年后在江西某一个县城的绿化带里又见到，霎时间就感到非常眼熟，而且它的名字就在嘴边，可就是无论如何也说不出来，努力了几回终还是失败了。曾经往胡麻那头靠拢来着，又觉得有些牵强，今日想来，终于对上了号，它就是"扁珠珠"。

"扁珠珠"也喜欢长在硬地上，据此可以推断它应该有固土作用，可惜那时不懂，当猪菜的采，而猪还不怎么喜欢。

家乡的夏季很短，我总是尽可能地体验它的丰饶，去野外去得勤的那段时间，忽一天有人传出说是遇见了狼，也幸亏说地里有农人在干活，帮着将那只狼赶跑了，否则且不说把她们两个小女孩吓丢了魂，就是被吃了也未尝没有可能。起先人们都不相信，因为已经好多年没有听闻过关于狼的任何讯息了，怎么忽然间它又出现在了田间地头？后来那两个孩子信誓旦旦地反复申辩说是真的，同时她们的父母也替她们做宣传，人们就又信了。

我不以为意。关于"狼"，通常都是我哥嘴里吓唬我的名词，当我在外边玩得很晚记不起回家、哥哥奉母亲的命来"提"我时，如果我拖延，他就说前面山洞里有狼，唬得我们几个小女孩一溜烟都跑回了各自的家。

我那时没见过狼，听得人们是这样描述它的：长得同狗一样，只是尾巴朝下不会打弯，且害怕红颜色。有人为此专门传授野外防狼诀窍，说是最好穿一件红衣服，实在不行就燃一堆火。可这两样我都没有机会实践，一来我没有红衣服，也不敢同父母提要求，二来我渐渐地不去打猪草了。

我又改了兴趣，转而前往草原。草原上有蘑菇，有野韭菜，那更吸引我，唯一不便之处就是有点远，离开村得二三十里。步行去是不可能了，要骑自行车，并且是一帮人。

同行的伙伴中有一位叫"三爱"，她的哥哥在草原上放牛，还专门盖了间房子，等我见时才发现原来就是泥筑的一个竖长圆筒子，下宽上窄，顶端留着个洞。之所以一开始就搞得这样明白是由于当时下面的门锁着，三爱领着我们依次从那洞口爬进了屋内。我那时搞不懂那其实是一个通气孔，同时兼具采光功能。里边也确实亮堂，我们转着圈地上下、左右打量，一个个都备感新奇。有炕，有锅，掀开锅盖，有一溜大肚饺子沿锅帮贴着。三爱问吃不，我们都说吃，于是很快就只剩下两三只了。就这也是出于发善心，将可怜的它们留给三爱哥哥当午饭，否则一准全消灭光。

　　从未吃过这么好吃的大饺子，尽管没吃出一点调料味，却觉得美味无比。三爱说那里边包的正是蘑菇和野韭菜，如此一来也就等不及了，我们立刻要求去采。重又从那洞口爬出，走出不远正遇见三爱的哥哥，三爱告知他我们把他的中午饭吃了，她哥听罢憨厚地一笑，说道："吃吧！"

　　蘑菇地还在更远处，得向东再走出一段路，我们把自行车全都倚放在了三爱哥的那个"泥家"那儿，然后徒步前往。这次出来每人都带了一只口袋，知道也将收获不小，而此刻这口袋就扁扁地捏在我们手里，我们一路走一路兴奋得叽叽嘎嘎。早在进入草原之际就已体会到了它的广袤和无垠，嫩黄色的青草沿路铺陈向前，我们的视线也跟随着一再地向远方延伸。这是我第一次踏入草原，瞬间就感到自己渺小无比，同时又觉得仿佛草原上唯有我们这一伙人似的。我先前乘车路经过其他的草原，但那种感觉和脚

童年篇

亲自踏上完全迥异，那只会使我更加迷茫，便由不得想赶快离开那块地方。如今则全然没有这种感受，

我反而只想立刻融入这片绿色之海，而这片海是如此美，如此温柔，如此抚慰我的心。这可能就是草原博大的胸怀吧，我在儿童期就能体味到这种胸怀，不得不说是一种幸运，更是一种幸福。

草原上很安静，就连风儿都没有一丝，阳光普照，一条银带子蜿蜒向前。这就是草原上的河流，纤细，绵长，带着悠悠和隽永的意韵。我终于明白我为何在乘车穿行那片草原时感到迷茫了，正是由于缺乏了这样一条带子，进而使我不能凝睛，不能与这草原的眼和血流对话，结果导致我像雪盲了一般茫茫然心无所依。

如今好啦，我的眼睛不仅舒服无比，心也舒畅无比，在这种畅意之下，我走得如同风儿一样轻快。

野韭菜与蘑菇不在同一处地方，我们绕了一下道先摘韭菜。

初见时除了三爱谁也不确信就是，也难怪，长得简直太像小麦了，同样的深绿色，同样的细叶，同样的稠密。见我们迟疑，三爱又重申了一遍，可我们依旧没人先动手。这时有人拽了一把叶子凑到鼻子底下嗅，报告说味道辣辣的，于是很快我们就扯着口袋分散开往里装了起来。还不能装太多，得给蘑菇留空间，所以战斗很快结束。

发现第一枚蘑菇的人绝对是英雄，她的一声惊呼足够响彻半个草原，而我们也瞬间身体里犹如被注入了兴奋剂，放极目力专心致志地寻找了起来。接下来的场景便是纷纷叫着"你看那，那有！"和噼噼啪啪的跑动声以及跑到、蹲下、使双手剖开虚土从鼓包下挖出一个个肉嘟嘟的白蘑菇。

这一趟草原之行在时间上选得不可谓不完美，刚刚下过雨的第二天，蘑菇区尽是蘑菇，如此我们就很挑剔，打伞的不要，露头的不要，言外之意，一切都要好的，一切都要新鲜的。采得差不多时我们就开始玩上了，瞬间都成了药神张仲景，遇见一只马皮泡说能止血，遇见一蓬刺藜说能治皮肤病，也有人反对，说是蓖麻才治皮肤病，由此就又争上了，但不久就平息了下来，转而又到那蓖麻刺人的针的讨论上去了。

越是太阳西斜，越是显出草原的空旷，草原也因此而越发显得宁静娴美了，方圆几里，只闻得我们这些人的声音。依旧没有风，被太阳晒了一下午，我的脸火辣辣的。由于还有很远的路要走，尽管留恋，我们也没人敢提议晚回去，赶在下午六点之前，均出了草原。

家乡的夏日太阳落得晚，得八点钟以后，回到家第一件事就是炒蘑菇。切片，锅里倒植物油，什么调料也不搁，就那样清炒，出锅时放一点盐，就是香喷喷的一道佳肴。

头一遭采这么多蘑菇，满以为吃不了的留着晒干了再吃，不想晒当中就起了虫子。我直感到可惜，这时父亲慢悠悠地在旁说道："那得先使烟熏了后才行。"

父亲是个典型的美食理论家，光有理论没有实践，所以我对他的话将信将疑。

采回来的野韭菜没有伤我的心，我用盐把它们腌了起来，并且倒了点醋进去，没事我就叼两根吃。别人都看不上我那"山野菜"，只有我自己当宝贝，好歹它也是我的劳动所得，又走了那么远的路，因此无论如何我都不能轻视它们，我要让它们物尽其用。

说到腌菜，种油菜的人家每到油菜出嫩茎时便会折一些回去，撕掉外皮后再使手掰成两公分左右的小段用醋泡着吃。也算是一道佐餐小食，更是孩子们的所爱，有时会有小孩子抱着罐头瓶子在外当零食吃，谁要就给谁一根。

我喜欢看那碧绿色，装在玻璃瓶里后越发显得鲜亮，加上醋，就更突出了这种绿。

家乡的绿也有令人失望的时候，不下雨就没有绿，对于庄稼而言，也即意味着没有收成，所以每逢这种情形人们就要求雨，而求雨的方式也多年未变，就是赶交流、唱大戏。举办者通常以乡为单位，也有村子自己搞的。自然，在当地举办的我无多大兴致，属我意和悖我心的得是那些远乡远村的，不为别的，只为能远足。然而想要得到母亲的允许是断无可能的，为此我只好先斩后奏，在临出发前或到了后托人给家里捎个话，以解去我心中的那份不安。当然，回来后受罚是肯定的，母亲会让我在院门外一站多半夜，然后不知什么时候再把我叫回去。这里需说明一下的是，同行的小伙伴是既得到家人的允许也在目的地有亲戚，唯有我，两者皆无，同时也对戏啊、交流的不感兴趣，远足纯是为了体验路上的那点乐趣和快意。

骑自行车的那一次就不消说了，与伙伴同乘一辆，一会儿我带带你，一会儿你带带我，爬坡下岗的，说说笑笑间就到了。艰辛的是步行那一回，足足走了一天，累了歇歇，歇好了再走，由于没带吃的和没带喝的（判断失误，以为半天就能到），又赶上天热，那个饥和渴就不必说了。其间路遇一位中年妇女，我们接受了她给的一块饼，并且也喝了她给的水，才得以最终完成此次壮举。到了这里也该描述一下本人的容貌了：宽脑门，细条脸，瘦得满腮没二两肉，唯一装点门面的是一双大眼睛，忽闪忽闪的，谁见了都要来上这么一句："这孩子这双眼，水汪汪的，像会说话！"

同行的伙伴也有一双大眼，同样瘦，但她是圆脸，然而这一路上但凡迎面遇上的人都要问问我俩是不是亲姐妹，特别是给我们饼的那位，我们都否认了，她也还不信，一边给我们喝水，一边兀自念叨："先给姐姐，再给妹妹。"搞得我俩还真有点怀疑了，自此以后便更团结了。

从一个乡到另一个乡，走出一段路后如果中间没有村落就基本只剩荒滩了，我们这次走的路就是这样，沿途就没见过几处阴凉地，否则怎么也不至于这般辛苦。妇女们懂得头上盖块湿毛巾，我们两小孩则完全暴露在太阳之下，热得实在不行时，最后每人脱得上身只剩下了一件小背心，好在黄昏时终于到了。

我对生命的认知始于对昆虫的理解，这些昆虫包括蚂蚁、蛾子、瓢虫、油葫芦、蝴蝶和蜜蜂，下面我即对它们进行一一描述，当然，不依顺序。

当蝴蝶扑扇着翅膀飞来时，我对生命的那种美丽和带给我的欢欣极为惊叹，仿佛它就代表着阳光。同样的感受也会得自于瓢虫的身上，而它又是更为美丽和神奇的一种生物，当它闭合时，我总是小心翼翼的，生怕打扰了它，同时也只为能仔细观察一会儿它身上的花纹而屏息静气；当它打开飞走时，我又深感遗憾，仿若它带走了我的心。对于蜜蜂的感情稍显复杂一些，既欣赏它辛勤采蜜的行径和忽高忽高、忽左忽右控制自如的状态，又担忧不小心被它蜇一下，好在这种担心纯属多余，我不惹它，它只专心采它的蜜，那种专注的样子还很感人哩！说到蛾子，我则完全充满了惋惜之情，它们喜欢灯，并且奋不顾身地往上扑，纵使被烧死了也在所不惜，而这又是何等英勇的行为？记得有这样一句诗：爱惜飞蛾纱罩灯，我想这是写一个人的慈悲心怀的，但我知"飞蛾扑灯"也是一种自然现象，所以并不干涉，也干涉不了。看蚂蚁，多因它的蜂拥和忙碌的身影以及在行走当中凭靠身体排列出来的那一条线；此外它们打招呼的模样也十分可人，碰碰触角，也不知传递了一则什么讯息，随后就各走各的路。蚂蚁还是很好的天气预报员，只要见它们在一个洞口大量聚集且不停地忙着搬运东西，我就知雨很快要来了。我曾目睹过一群蚂蚁抬着一只巨大的昆虫的尸体向前移动的情景，那阵势简直令人称绝，那份纪律，那份耐心，那份从容，那份抬重物时的气魄，给我的感觉是，纵使给座泰山，它们也能搬得动、抬得走。昆虫中最倒霉的要数油葫芦，由于长得丑，又多在野外出现，无大人约束，便成了小朋友手中被戕害的对象。它们经常被解剖，解剖出来就是一肚子油，瞅着非常恶心，它们的生命也就此凋亡。

人的生命的消逝似乎更迅速，就在父母的一句话中，他们说联合厂院子里的那口井里跳进去一个人，不久就见一具尸体被捞了上来搁在门板上，浑身湿漉漉的；他们又说李老头的老伴不知什么原因喝了药，很快又见一口棺材停在了院子当界；他们还说同爷爷住在一起上高中的小伙儿晚上睡觉遭烟焖了没救过来，果真他就死啦，他的爷爷跺足捶胸地哭："为什么没把我带走让你留下来？"可他的孙子那一刻也还是躺在院中的一张木板上一动不动。

瞧吧，我对死亡的理解就是"躺着"。我曾跟随父亲陪逝去的爷爷睡了一夜，就那样他躺着，中间是父亲，这边是我，我却一点都没感到害怕。我对死真正的理解起源于我同学的死，正是在麦子收割下来碾场之际，一天马受惊，刚放学回家的他被马屁股后带着的碌碡挤在了院门口，当晚他还活着，第二天一早死了。从此他的座位成了空位，而我也永远记住了他的容貌：脸红扑扑的，一双含笑的眼，看上去像是在坏笑，其实是因憨厚。我的心凉嗖嗖了好几天，沉默着从未做过任何评论，只在心里明白村东头那一户人家失去了一个五儿子，才上小学四年级，而那个儿子他是我的同学，我俩几乎没说过话。

确实，他显得有些不合群，没几个玩伴，别人玩他只站在旁边看，脸上带着让人误解的笑。由于个子高，他坐

在最后排，而最后排离墙有很长的一段距离，从而形成了很大的一块空间。那是我们的乐园，我们一下课就蜂拥到那里，通常我们都是在那玩倒立，踢毽子和扔沙包则是在教室外边，除非外边的风特别大才改在教室中，但也仅限于踢毽子这一项；有时倒也有男生在那玩骑马，一人驮一个，互相往下扯。

玩倒立时一般都是男和女一起，一排好几个，看谁立得直、立得久。教室墙后边的鞋印就是这样留下的，有高也有低，一大片。有一阵子忽然停歇了，原因是地面上露出了一个洞，有人说洞下面埋着死人。我心里狐狐疑疑地问父亲，不想他一脸平静样，还带着点骄傲色，只听他说道："是啊，学校都是建在坟地上的，选择这样的地才好呢，能出人才。"于是很快那地方又沸腾了，我想其他人也各从他们父母那儿得到了求证。

但有些调皮的男孩依旧无事拿个钩子往那洞里掏，我们凑上去看，他们就突然胳膊一抖动，吓唬我们说钩住了一件衣服。后来由于洞被踩踏得越来越大，学校便一把泥将其封了。想想那时的我们，精力足够旺盛，创造力也非常强，拿根筷子，后面粘个纸制的三翼风扇，前面劈开绑一枚针进去，完成后拿起冲着教室顶棚使劲一掷，这小箭就"呼啸"着向上飞去。大部分都能成功地被插进去，因为顶棚都是纸糊的，也有失败掉落下来的，这时候大家就都纷纷躲避着。这波玩下去，人们又开始做风车，同样是一根筷子，前端用摁钉钉一个事先粘好的纸质风车，后端则高擎在使用者的手里，然后迎风用力一跑，风车便跟随着哗啦啦地转了起来。然而这多少显得有些幼稚，不久就没人再玩了。于是又回到踢毽子、掷沙包、过河、打钢、骑马上，女孩们还会围坐在一起抓骨骰玩，通常都是坐在讲台上，而我也正是在这样一次抓玩中，被一名急急忙忙跑回的男生踩中手指，之后手指化脓腐烂，一直烂到关节处时，父亲带我去看医生。医生的治疗方法很简单，就是每日里使一枚钢针往那腐肉里捅几下，大致历经了半年左右的时间，手指开始长出新肉，一年后手指复原。不过令我费解的是，新指甲的模样有点怪异：两瓣，还分别带着尖。有人说那是猴子指甲，为此我心里还惶恐了好一阵子，待到后来重又变回人指甲，我也就再没有什么担忧的了。

说起来类似这样的小例很多，然而我每次都很走运，最终都会恢复得完好如初，而这将在后面的章节中继续讲到。

我从死神的手中也逃过一两回，最早的一次（只举我记忆中的，父亲嘴里讲的我两岁时出麻疹跑出门外，当晚差点死去，幸而被挨门挨户寻着的半粒安宫牛黄丸救活的不在列）纯是出于好奇与无知。我有一位玩得很好的伙伴，她的父亲在粮站工作，在错开某一个总是驱赶我们的当班人的时候，她经常领着我还有另外两个女孩一起去粮站的大院里玩。那时大院里老是晒粮食，我们无外乎也就抓一把麦子放到嘴里嚼一通子吹泡泡玩，再有就是在大磅上过一过体重，还从来没得出过个准确的数字。但忽一日玩法不

童年篇

同了，我这伙伴提议钻苫布玩。苫布很大，是双层的，中间使线分隔出无数条狭长格，我们要钻的就是这些格。那天也是的，上面没晒一粒粮食，于是我们就各选各的入口往里钻开了。我没问过别人，其间是否曾遭遇过窒息，看她们的样子像是没有，而我则永远忘不了那一刻，钻着钻着忽然感到呼吸困难，紧接着脑袋就开始发晕，当一种恐惧感攫住我全身时，我意识到自己要死了。我得自救，当时有两个选择，一是继续爬，看能否从前端爬出，二是退回，纵使"回路迢迢"。我选择了后者，并且越往后退越镇定，因为退得很顺利。事实证明我做对了，否则我也不可能今天坐在这里写这部作品了。等我退出去后，我做的第一件事就是先坐下来喘气，随后前往前端查看，查看时发现，我爬的那一段端口是封死的。我没有把这段经历告诉任何人，它成了我永久的恐怖回忆，那种窒息感、那种无助感、那种被阳光隔着一层绿布照耀之下的死亡气息，至今还笼罩着我，如果让我来重新做次选择，我宁愿人生中没有过这次经历，尽管我还活着。

之后我便多半只在露天下玩耍，而这原本也是我最喜欢的。记得那时邮局后院有一架拴马桩，粗粗的铁管好几层，我们却当单双杠的玩。最高处离地有好几米，如今想来应该是拴骆驼之用。艺高的人总是在那上面翻来翻去的，事后也证明，凡是能驾驭那一层的基本都进了田径队，而这其中就包括我，当然，就在疯玩的那段时日，我还不知道自己有这方面的才能。

杠子很好地锻炼了我们的柔韧性，然而那也不如下腰瞅着身体更柔软些。也没谁教，若论师父可能也仅是那些来村里玩杂技的人。有一个小女孩我对她印象最深，也最佩服她。其实她也不小了，至少比我大，我那时十一岁，她则十五六岁的样子，不属于很瘦的人，相反身上倒是肉乎乎的。她那天表演的是嘴噙一朵花，就那样叠着身子，胸脯朝下，腿从背上斜伸出去，同头保持一个方向，两只手什么也不托、什么也不撑，像一只旋转的燕子一般展现在众人面前。造型太惊艳了，看得我惊叹万分，过后我是这样向我的母亲描绘她的身体柔软度的：像面条一样。这之后我就学着下腰。这需要极好的耐性，而这耐性我又全然具备，不过得承认，这耐性刚培养不久，是一个女生帮着我建立的，我很感谢她，真心实意地。

　　下面即是解释这件事了，并且是从我们女生爱玩的一项小手工说起。也不知从谁那开始，一夜之间凡女生手里都有那么一个小铁盒，里边装着剪成一小段一小段的小电线圈，最小的比小米粒也大不了多少，放在盒子里密密麻麻的，也五颜六色的。干什么用？编花用，就用剪剩的里边的细铜丝当穿线，将那一粒粒的小电线圈依照心中所设计的花样编成花，多是梅花，然后吊起来放进罐头瓶里，装上水，就是屋内的一件摆设了。这同早年间做小蜡鱼有点相像，但要比做小蜡鱼倾注的精力更多些，也更耗费时间。女生不怕费工夫，这是她们的强项。人人玩，也就经常喜欢互看各自盒子里的，看看都有什么新奇的颜色。那一天也正是在这种情况下，我把那女生的盒子拿到了手里，在还给她时，顺手一扔，一部分就从盒里飞了出去。也怪我，盒盖没盖好。当时就在院中央（其实说院子都非常勉强，因为那时校园并没有院墙），地上也全是土，小线圈飞出去撒了一大片。我原以为，同时我也希望，那女生会说："没事，不要了！"因为这种事常有，人们也常大方地这般表示，但我听到和看到的却是，这女生很不高兴地对我说道："你得给我全部捡回来！"

我答应了，一方面出于赌气，一方面迫于压力。

这女生为人很厉害，同她的母亲一样因粗蛮而出名，她还有一个妹妹也同我们同班级，两只霸王花联合起来就是男生都忌惮。

捡拾伊始，我并不十分情愿，但捡着捡着就变了，我的内心变得十分平和，也十分宁静，我开始真心实意地认识到自己的错误，并且心甘情愿进行补救。这样的捡拾活动持续了好几日，我一下课就来捡，一下课就来捡，确保不落下一粒。后来就连那女生也劝我不要再捡了，我却依旧没有放弃。

我能深刻地体会到我的耐性就是在这一粒粒的捡拾过程中建立起来的，我很享受这种因良好的耐性而带来的心灵的平静与安宁，这也是支持我直到再也从土里翻不出一粒线圈时才结束这番找寻的唯一动因。这位女生无意间成就了我，让我在以后的人生中能够非常有耐心地去从事每一件我欲挑战的事，具体到眼下，就是我想学会下腰。

同样地，一个女生协助了我，当然这是另外一个女生，她也热衷于下腰，并且比我要起步早，同时天赋也好，于是我俩互相托着对方的腰，一点一点往下放。很快，我俩就都掌握了，而且不用借助帮助也能自己放下去。需要一提的是，后来这一女孩考入了文工团，倒也不是舞蹈之类的，而是唱歌。

　　我也唱歌唱得很好，由于嗓子亮，专唱歌剧，当然，是中国的歌剧，那时还不知道外国也有歌剧呢，更不知道唱起来是那个样子。

　　我唱歌，好在上厕所当中唱，当父亲单位的同事问及起母亲这件事时，母亲也不知出于何种心理，我猜是骄傲，因为我的唱歌天赋遗传自她，她对那些人如是说："可能就为了闻那股臭味！"

　　童年，就这样以它特有的步伐和节奏噔噔向前，我从中获得的营养足够我受益一生，然而受益最深的还得是从阅读中来，那时的我，凡是书就看，也不管什么来源、什么内容。我对文字充满了无限的饥渴，除了我自己的小人书被我翻得掉下皮来，我还把我父亲的书也读了个遍，而那些书多是些武侠和政治之类的。另外我也读报纸，细致到不放过其中任何一个段落中的任何一个人名和地名。

　　报纸是母亲让父亲从单位拿回来过年时糊墙用的，一年中也只有那几天我才能看到新东西，其余时间则一概看的都是重复性的，并且一看就是一年。

　　母亲不讲究，时常将报纸糊倒了，我只好歪着脖子看，

但就那样也还是自小就知道越南有个胡志明、中国的刘少奇的大儿子叫刘源、罗马尼亚有个齐奥塞斯库总统。

家里无书可读时我就跑去别人家看，这家人也明白我去的目的，等我一进门就立刻把最新的画报搬出来给我看。我也承认与他家姑娘的关系不属于朋友那种，也不怎么经常在一起玩，但我却一点都不觉得尴尬。还有一个小姑娘，她比我低一级，她父亲是我们学校的教员，他为她订了好几本书，都是既带画又带字的那种，放在现在叫绘本，放在那时就叫儿童画报，当然也都各有各的名称。这种儿童画报故事性很强，都是一个系列一个系列地出，由此吸引着我不断往她家跑，有新的自然兴奋，没有新的尽管有些失望，但重新翻一翻旧的也勉强凑合，起码对得住我急着跑来的这一趟。

再说另一个女孩家的书，其实是订给大人看的，她父亲在邮局工作，订一份杂志也算得上与工作相称。

的确，我就没见谁家给自己订过书看！说起来有意思，这份杂志就像专为我订的，永远都是崭新的，就放在一进门的架子上，我何时去它们何时在。我看，没人往前凑，不像前一个女孩，她永远陪着我，并且一边看一边与我做着讨论，在这里，我则始终都是一个人抱着一本书在她家炕隅悄无声息。

这家的女孩只知道梳她的辫子，她的辫子又黑又长，是她的骄傲，所以她一会儿梳到左边，过来问一问我好看不，我头也不抬地回答说："好看！"一会儿又梳到右边，过来问一问我好看不,我再次头也不抬地回答说:"好看!"其实她才不在意我的意见呢,且顾着自己在心里美哪。

　　该女孩是家中独女,上边有四个哥哥,父母又双双脾气温柔,于是被宠上了天。她是我哥的同学,却老是和我们玩,原因嘛,自然是我们不欺负她啰!她很会安慰人,这倒是与她那胖胖的体形正相宜,因此当我有伤心事时还是愿意与她说,不过这伤心事仅限于我奶奶去世这一件上。

　　说来奇怪,我爷爷去世时我并未觉出什么,我奶奶去世我则有些伤悲,或许是我爷爷去世的当日她坐在那里无声的哀号引得我自此对她心中生了柔情。说实话,我见我奶奶的次数并不多,此外她有二十几个孙子和十几个孙女,能将我对上号也就算不错了,何况总也对不上。我记得我有一次随父亲去看望她,那时我爷爷还活着,隔着玻璃我使劲往里瞅,因为那一阵子她患病在床,瘦得皮包骨,满脸只剩两只眼空空洞洞地在眼眶里打转,父亲怕我见了害怕,他先走了进去,这时只见我奶奶用手指头指着玻璃外的我问我的父亲道:"三,那是个谁?"

　　很显然她并不认识我,但人世间就有那么一种东西,起码对于我是如此,对同性之间总是充满着一股特殊的情意,或许可以将其称为"怜悯",但又似乎不完全是,而这种情感它会促使我在她们逝去时表示出难过,在她们遇危难时出手相帮,倘若是放在平常,我又会竭力避免与她们相争和生嫌隙,更不为难她们。这可能就是弱者生存的一种法则吧,但谁知道呢!

童年篇

我人生中打得最惨烈的一次架是为女生，四个男生欺负一个同班女同学，我看不惯，冲了上去。出于正义，人总是很勇猛，我同四个男生从讲台一直打到煤槽里，打得满鼻子出血我也没退缩，而这一次事件之后最直接的成果就是四个男生再也没欺负过女生。

读到此也许你会以为我性格男孩子化，其实不然，我很文静，大部分时间都表现得非常安静，改变性格、让我变得豪爽起来是在进入田径队之后，这一年我小学五年级。

转过年的七月份我们就要升初中，转过年的"六一"县里却要举办运动会。全体中小学都被要求参加，为了成绩，为了荣誉，学校早早把我们集合起来并加以训练。运动员选拔非常简单，谁跑得快、谁跳得远和谁蹦得高就被选上了，还有铅球，谁扔得远就被选上了。宣布名单时，临时担纲教练的数学老师是这样喊我的：

"短跑，李青！"

"跳远，李青！"

"跳高，李青！"

后来我并没有参加跳高项，只专攻一百米和跳远以及一百米接力。

前半段时间的训练都是在自己学校，每天就是练跑，由于没有器械，也没有专业指导老师，训练强度一般，无外乎也只比那些没被选上的同学多跑几圈罢了，而他们，包括先前的我，平日里既无体育课，也极少跑操。

到了后半段时间，气氛陡然变紧张，我们被抽到了中学，课还在本校上，训练则是在中学训练，那里有一位专职教练，而且我们也都是同那些初中生一起训练。

训练非常辛苦，起早贪黑的，由于还面临着一场毕业考试，母亲就开始咕哝了："这不耽误学习吗？"

担心纯属多余，父亲就比她定力好，因为他太清楚我的实力了，再加上教练一口一个地夸："你那姑娘，学习又好，跑得又快，跳得还远，真难得！"他可不就不着慌嘛！

我更不着慌，巴不得每时每刻都训练呢。

训练可以给我带来欢乐，大家聚在一起说说笑笑，甭提日子过得有多舒心了，也就是从这时候起，我的性格迅速变得外向了起来，并且一直持续到初中结束。

同一时期，班级里转入了十来个人，都是从下边学校选上来的运动员，为此班级还显得有些拥挤呢。

去县城里比赛，送我们的是一辆大卡车，我们统一坐在车头外，车向前行，路两边的白杨树齐刷刷地往后退，风又是清凉的，就感到无比惬意，且也笑声不断。其间短暂地下过一点雨，人们纷纷就近抓取东西往头上盖，有几个男生分别顶起了炊具上的一只大锅盖和一只小锅盖，雨噼里啪啦、叮了当啷地往锅盖顶上砸，他们躲在锅盖下偷着乐，我们在外边瞅着他们那滑稽的样子跟着乐，最后不知谁起头唱起了歌，于是雨伴着歌声，歌伴着雨声，大家一路向前。

到了县城，从未见过世面的我们可算是开了眼了，县里的那些运动员人人都身着一套好看的运动衣，且看样子都是学校统一购置的，我们呢，只有秋衣秋裤，并且还是家里的那种，上面普遍印着小碎花，穿在身上如同一帮梅花鹿似的。好在走在大街上无人笑话，此外我们也并不在意，而到了正式比赛场地，我们又都是秋衣秋裤往下一脱，只剩裤头背心在外。仍旧是家里的那种，同样，我们也没觉得有多尴尬。成绩最重要，还是努力为它吧！

竞争异常激烈，能进入决赛就已经相当不容易了。我跳远取得了全县第四名，四乘一百接力仅取得了第五名。其实成绩还可以再好点，无奈没一个会穿钉鞋，土制跑道被其他队的鞋钉剜得一个坑一个坑的，我们的胶鞋跑上去颇受影响。初中组适应能力强，借来几双钉鞋，很快就帮着脚下如飞，加之实力本来就超群，最终我们获得了集体第三名。

回来，即宣告那段火热的日子结束了，为此我还好生适应了一阵那冷清的气氛，之后我参加毕业考试，九月份升入了初中。

少年篇

你能想象我会穿打补丁的衣服吗，而且是心甘情愿，甚至以此为傲？的确，上了初中后我表现得有些特别。我梳着一头齐肩长发，刘海也齐齐的，看上去像个香港人，不过班主任老师并未留意到这一点，他只留意我衣服上的补丁了，两块深蓝色的布对称地缀在一件灰蓝色上衣的外肘处。他站在讲台上对着全班人夸赞我艰苦朴素，殊不知若有一天当他看到这样的衣服风靡大街时，他是该多么由衷地感叹我对时尚的超前预知能力啊！当然，此时我已转学，转到了县城里，否则单在我们村的中学，就有好几个补丁比我多的人，殊荣岂又能落于我的头上？

我转学全因当地迟迟不开外语课。先前的说法是要学俄语，只等俄语老师来，然而等了半年也未见老师的影子，于是父亲一思量，加之不想浪费我学英语的热情，便给我转了学。事实上，我们那里到底也没开外语课，之后便又有一两个学生转出，但那已经是等初三之际了，怎么说也有点晚了。

我转入的学校，依旧是一所农村学校，生源来自于周边地区，另外也包括一部分牧区学汉语的学生。其实他们本也是汉族人，只不过生活在牧区而已，但也偶尔有一两个真正的少数民族学生。我插入的是一个农村班，即以农村学生为主的班级，这也是父亲所希望的，因为牧区班的学生普遍贪玩，担心受影响。我刚一来，成绩稍微沉寂了那么一段时间，进度不一样嘛，英语又落了半年，我要赶，但势头在那，我也不怯馁，在课堂上的表现相当抢眼，举个例子，我朗读《故宫》，教室里鸦雀无声，而我的声音又传得很远，就连我自己都能感觉到那种洪亮和顺畅带给我的那份阅读快感。多少年后，我的耳边依然能够响起"过了太和殿就到了中和殿"这样的句子，与此同时，脑际出现的也仍旧是一个少女手捧着语文课本，在开敞的窗户下，在和煦的春风中，大声地、镇定地朗读着一篇课文的图景。

之后语文老师对我青睐有加，然而忽一日又把我批评得一无是处。事因一次往学校交白面（我们那时每学期都要往学校交白面和土豆，牧区的学生则只交肉。交来的是羊肉，吃则吃的是猪肉，由于交来的肉量很大，我们跟着沾光，所以那时伙食非常好），我回来晚了，便被在门口罚站。那时我已不穿补丁衣服了，由于有零钱自由支配，我都是自己买衣服，穿得比较光鲜，也许正因如此，语文老师瞅着我不怎么顺眼，他上上下下打量了我一番后沉着脸开始发问：

"干什么去了？"

"交面去了。"我回答，声音很轻。

"下课不能交？"我不吱声，其实我就是下课去的，无奈人多，轮到我就已经上课铃响了。

"我看你是越来越不像话了，刚来时多么优秀，现在又多么糟糕，照此下去，你迟早会烧成一把灰的！"

我一直没理解这句话的意思，但自始至终认为是一句诗。

不要以为我们语文老师苛刻，他很公平，对谁都一样，唯一的区别是女生不挨打，只被罚站，男生是既挨打，又被罚站。然而没人记恨他，反倒私下里特别同情他。主要是同情他的衣着，裤子上永远都破着一个洞，裤腿永远一条长一条短，短的，秋裤露在外，长的，一抬脚被鞋后跟挂住。他的妻子是我们的数学老师，长得精神，身材又好，是舞蹈演员出身。话说她只将自己打扮得漂漂亮亮的，丈夫略显邋遢，不过这"邋遢"一词如今看来也仅是孩子们的挑剔语，被夸张使用了，此外即便是，又该数学老师什么事呢？因为世界上它就存在那么一种男人，他不接受任何人的指正与安排，尤其是在着装方面的，他认为那才是对他本人的挑剔呢，甚至是嫌恶。

少年篇

有一个女生是个罗刹鬼，一看语文老师秋裤又露在外，便趁他在讲台上转身之际匆忙召集就近的学生看，一边召集还一边偷偷笑，笑里透着十足的恶意。然而这还不是最恶的，最恶的远超我当时所理解（当然是针对其他老师的，而且是其他校），事实上我现在也不理解，她伙同另一个女生写信编造说补习班的一个女生主动追求二中的一位化学老师，且为他生了孩子，而那孩子如今已经很大了，一条腿还有毛病，是个瘸子。她俩在宿舍里趁着周末人少趴在被窝里杜撰，一边杜撰一边还嫌不够刺激，不时地添枝加叶。所以说有时候少年的恶才是真正的恶，带着最原始的愚昧与残忍。

信是写给那女生家里的，两人寻不着那女生家的地址，便说写个大概就行。我不清楚她们为何那么憎恨那位女生，一边咬牙切齿地写，一边骂了无数个不要脸，我怀疑"不要脸"也在信里出现了无数遍。

这样的信写了不止一封，因为有一回我听到她俩在那嘀咕："怎么写了那么多封也没有回音呢？"

没有回音敢情好哇！

语文老师有一个嗜好，喜欢号召人们向这个学习向那个学习，我猜测这可能是所有教语文的老师们的通病，我在我们乡中学上那半年学时，那位老师也是，都快成他的口头禅了，不住地要求我们向两个学生学习，而这两个学生有一个共同特点，即不仅上课认真听讲，下课也照旧学个不停，当然前提得成绩好，不然上不了他的榜。

如今的语文老师只号召向一个人学习（之前可能有我，现在我被剔除了），那就是暂列班级第一名的一位男生。说暂列，是缘于期末考试我就超越了他。他叫王生，个子中等，皮肤白净，长得很好，眼睛也温柔，但就是不跟人说话。我就没同他讲过一句，只每天见他在下课之后也嘴里叽叽叽叽地喃喃自语。一开始我不知道他在那叽咕什么，嘴角还泛着点白沫，后来才明白是在背东西。也真难为他，丧失了青春期的活力，一心只为未来而付出，然而上天却并未眷顾他。

这是后话，现还是来考察一下这号召的效果。压根没有用，大家还是该干吗干吗！本来就是，下课是专为了让休息，与其不休息，设立那课间十分钟又有何意义？

我们还是有自己的判断力的，况且事实证明那也不是真理，所以我严重怀疑老师仅是喜欢他们安静的样子，不过还是那句话，前提得是成绩好。

等初二年级时，班里又转来一位同学，男的，他很快又超越了我，由此我们班的前三名排次是：转来的男生、我、王生。转来的学生当然特别优秀啦，他也很安静，但至少不死坐着，他会出去看别人玩，有时也会爽朗地笑几声。他后来考入了中国航空航天大学，之后出国留学且最终留在了美国。对于他，我的记忆很少，也仅停留在这些事上，对王生则不同，好多好多，仿佛他一直以来就是我的研究对象似的。其实是由于我同情他，从我认识他的那一刻起。他的眼神很善良，也很疲惫，并且总是带着一抹惶恐，间或朝我一瞥，我就感到像是看见了一只羊。他身上没有丝毫的侵略性，那件黄绿色的小军褂又加深了这种温顺感，我猜尽管他学习成绩名列前茅，都没人嫉妒他。

我则时常被人咒。一次上课，我都不记得表现得有多招人嫌，结果等到吃罢晚饭，宿舍里的人都去上晚自习后，我被我的一位好朋友叫住，她直言不讳地告诫我以后课上别再那么积极了，说有人为此而足足骂了我好长时间，就在

我站起来回答问题之际。我问骂什么，她就转述说我张狂了，倨傲了，爱表现了，瞧我那恶心样啊，巴不得我早点死呢！我又问是谁骂，她便把名字告诉了我。她那时同那女生同桌，如果我没猜错，那女生是故意骂给她听的，而她也果真中了计。然而等我找到那女生对质时，她却一口否认，反倒像被蝎子蜇了似的反问我哪个告诉我的。我哪可能把我朋友的名字透露给她，那样做岂不等于出卖朋友？可我最终还是出卖了她。

话说这女生有个姑姑，做事老到，比我们大三四岁，却同我们同一班级，因为那时有一些预备考中专的，经常从高中退下来插入初中，她就属于这种情形。她把我叫到一边，以关切的口吻，谈心般地几下就把我朋友的名字从我嘴里套了出去。我猜测她这样做也仅是想证实一下，她必定在找我之前已经先同她的侄女了解过情况，除非她侄女没对她说实话，而我从她的脸上读出，她是知道她的侄女并未被冤枉的。

但她依旧想给她正名。原因很简单，她的侄女由于性格缘故原本就没几个朋友，另外还时常被老师课上批评，这下如果再同我搞不好关系，不说损失有多大，至少有损失。事实上当我刚一听到我朋友告知我她侄女在课上咒骂我时，我还感到十分诧异，因为平日里我们的关系很不错，我还去过她家一次呢，一群女孩子骑着自行车趁着周末放假（我们那时放大礼拜，两周歇一次，一歇两天半），在头天下午从太阳一离中天一直走到黄昏时刻，到一处高地时，看到夕阳美景，除了啧啧赞叹之外，还一起哼出过几句诗呢。

然而关系再好，看来也是假的，凭我对我朋友的了解，她不可能说谎，否则当我决定去核问时，她怎么就不加以阻拦呢？

但说到底我俩还是太嫩了，也把事情想得太过简单，结果这姑姑一出马，几下就把我俩悉数给"解决"掉了，而她的具体做法即是：她瞅了个没人之际把我俩叫到一起（她的侄女并未露面），当着我的面斥责我朋友，说她满口胡话，小小的年纪不干好事。那一刻，我明知道我的朋友受冤枉，可我愣是没帮腔。这里边有两个原因：一是这位姑姑平日里对我们都很好，我不好意思反驳，二是我的朋友如一只斗败的鸡一样乖乖地听她批评，一点都没辩白。

明白并意识到我做了件对不住朋友和令人不齿的事几乎是在转瞬之间，接下来我懊丧地以为我的朋友自此不再理我了，孰料她很快就又邀我上她家玩。她家在农村，有个很大的院子，院子里种了好多胡萝卜和西红柿，我一去就拔萝卜吃，当然只挑那种最小的，相当于帮着间苗了。拔起来的萝卜只有手指头粗细，嚼在嘴里又脆又甜，非常有意思。

少年篇

我俩再没提过上述那件事，但我心里的内疚始终存在，并且越是随着年龄的增长越是强烈。是啊，这就是成长路上的污点，洗也洗不掉，唯一能淡化它的就是不再犯，而我也果真没再犯。

我不再去质问任何人，无论谁再告诉我类似事件，其

实是所有事件，我都能够做到同什么都没发生过一样，有时甚至还会在心里添上这么一句："或许她说的是对的。"一句话，我变得相当宽容与大度。

到了初三我也才十三四岁，依旧青涩，依旧不谙世事，更无多大心计，也想不到别人有多复杂。初春的一场雪让我原本轻微的胸膜炎变严重了，原因是我受冻感冒了，父亲那时正好在县里开会，白天顾不上带我去医院，晚上医生又不上班，便只好先由校医临时为我打针。开始时我都是自己去校医务室，等到病得走路都费劲时就改为校医来宿舍帮我打。那时我已经不上课，整日里只躺在宿舍中，起先有一个女孩和我做伴，她因做实验眼睛进去玻璃碴而在宿舍休养，但不久她就重又回到了教室当中。此后就剩我一个人了，校医一天两次来为我打针。有一天他妻子代他来。其实也没什么，就是一个普通屁股针，谁承想她一针扎下去竟扎得我两眼发黑，我猜是扎到坐骨神经上了，我嗷的一声惨叫，带着针头滚到了一边，这下子可是把校医的妻子吓坏了，再之后她就没有来为我打过针了，而我也落得个睡觉屁股不能挨床的境地。我身体悬空双脚架在被垛上熬了一天又一天，巴望哪一天醒来忽然病就好了，可情形却越来越糟糕，我开始发高烧、咳嗽。那段时日非常艰难，等到后来我才得知我同时染上了肺结核。其实本可以避免，但毕竟还是年龄小，当对铺一个靠墙睡的女生"咳咳咳"时（后来她被确诊肺结核，家里将她接了回去），紧挨她的女生提出来和我换铺位，我也就很爽快地答应了。我以为她是为我好，因为我那时紧邻门，门一开一股冷风呼地就跟随着进入。写到这里有必要介绍一下我们的床铺情况：都是大铺，进门靠窗一溜，对面靠墙又一溜，总共容纳了十五六个女孩，每人半米不到的地方。刚入住时凭着父亲的巧说我挤入了北边那一溜，而其中又顶数我上面提到的我的那位好朋友为我让出的最多，但最终我还是搬到了门口睡。没办法，太挤了，睡时只能侧着身子，若是想平躺，两条胳膊就得顺着放在肚皮上。最恐怖的当数半夜起来上厕所，回来后自己那一块地儿就没了，如同闭合和被抹平了一般，得使劲扒条缝才能重新找回。这么说门口就空间大吗？起码有一边没人挤，况且原来该处也仅放些箱子，我只简单地把它们搬到床下，就不须劳烦别人地有了睡觉地方。弊端只是门外那一股风，由于是平房，门与外界直通，一开，就猛烈些。为此我还专门拉了块帘子，多少起点作用，但作用并不那么显著，好处是好歹终于不挤了，我也就再无他求了。

父亲的会整整开了半个月，等他开完时他做的第一件事就是接我去医院，此时我却坚决拒绝。我担心去了就会立刻安排我住院，尽管父亲许诺说仅是去看一看，我也不相信。父亲见说不动，就请了一个人来，这个人我小时候见过，对她也多少有点印象。据说我曾经吃过她几天奶，后来两家人就多有来往，早些年她搬到了县里来，父亲倒是经常见她，我却是这么多年来头一遭。说到底我还是比较信任女人，劝说工作毫不费力。我是下午去的医院，当

晚就住了进去。二病合一，医生决定先治肺结核。那时没有利福平之类的特效药，只有链霉素，而我对链霉素又过敏，只能是一点一点加量使用。接着又加入青霉素治疗胸膜炎，同时也从胸腔抽了两次积液。我住了一个月的院，刚进入医院时，医院还烧着暖气，等出院，天气已经很暖和了。

父亲为我办理了休学，我不同意，因为离中考还有两个月的时间，我还想参加，可惜拗不过父亲。他说是怕我身体吃不消，另外还要连续打三个月的针，他认为在学校里不方便。

如此我就以这种方式与同学们告别了，事实上如果我之前的一次艺考成功的话，我也早早地与他们说再见了，而且是高高兴兴地。有先例，我们班有一位同学被画院录取了，一早收到的通知，兴奋得一溜烟收拾东西跑了，都没来得及与人们打声招呼。他是跑着从后门出去的，那一刻，惹来多少副羡慕的眼神啊，人们纷纷回头，接下来又纷纷转头，瞬间，羡慕变失落，而这其中就包括我本人。

读书是项苦差事，尤其在没有目标和不清楚为何而学的情况下，我经常感慨，像我这样成绩可谓非常理想、学习起来又不感觉累的人都偶有不想坚持下去的念头，那其他人，条件不理想的，又是何等地感到难熬啊，所以还是理解万岁吧！

实际上，艺考我只去报了个名，也热衷了两天，随后听到班里人说数学老师找我。没说什么事，但鉴于她是舞蹈演员出身，而我也正好想咨询咨询她，因为我这次报的也正是舞蹈，因此我主动到了她家。一同前往的还有另外一个女孩，她也报了名。

一进门，数学老师就尖声地叫道："啊呀，我正找你呢，你来得刚好！"

她这一声叫搞得我还有点不好意思，此时语文老师也在，一脸谦和样，要知道他在教室里可不是这样子，这在前面也描述过，所以还真是大出我们的意料。之后他就不知哪去了，只剩我和数学老师以及另一女孩，我们都是站着谈的。

"听说你要报考艺校？"数学老师开门见山地问道。

"嗯——是的，所以想来听听您的意见。"我说道。

"你成绩那么好考什么艺术学校么，还是舞蹈？舞蹈都是吃青春饭的，到时你还得转行干别的！"

我突然想到数学老师正是吃不上青春饭了才改行当了老师，于是我立刻犹豫了，要知道我可不想当老师，并且还是在一个小县城里当，另外即使不当老师我也不愿意，我的理想在大城市。

少年篇

"英蓉也想考？"这时她又问与我同来的女孩。

"是。"英蓉回答道。

这下子数学老师却沉默着没做任何评论。

其实就在数学老师家里我就已经决定放弃了，出来后英蓉问我还想不想考，我说不考了。英蓉一个人去了，没被录取，之后她并未回学校，而是直接去了一个小剧团。等我再见她时，她已经长得很高，而且也比原先更漂亮了，

骑着一辆自行车，头上箍着一条宽宽的束带，告诉我说她经常外出演出。实话实说，从她的脸上看不出过多的兴奋，反倒平静得令人惊讶，瞬间给我的感觉是她比我要大出好多，但实际上她比我小。后来我就没再见过她了，也不知而今发展如何，但愿越来越好吧。

现再来回溯我住院期间遇见的两位病人，她俩各有值得一书的地方，所以我这里特意留了笔墨给她们。

先说一位老太太，我都搞不懂她到底是脾气好还是脾气不好，对她的儿子，特别是对第三个儿子，简直像对待敌人一样，横竖都瞅着不顺眼，见了就要发一通牢骚，再外加一顿指责（后来我才从她的絮叨中得知，是由于她的三儿子没听她劝阻，给她的孙女娶了个后妈）；对她的女儿，则像对待蜜宝似的，那个甜啊！当然还不如对待她的孙女甜，事实上可能是可怜她孙女，觉得孩子没妈，又得了个后妈，受了莫大的委屈。我见过这女孩的后妈，挺老实的一个女的，也不敢多说话，和犯了罪一般被众人拿眼睛斜睨，由此原本就苦的脸显得更苦了。

这位老太太是半夜住进医院的，闭着眼，插着鼻管，嘴里哼哼哼的，给我的感觉是她当晚可能就会死去。我很害怕，因为父亲晚上并不陪床。我提心吊胆了一夜，只听着那监听心脏的设备"嘣儿、嘣儿"地响个不停，而她的儿女们也陪了一夜。后来她渐渐好转起来，我才一点一点接受了她。或许是我是一个孩子的缘故，我感到她家人对我都特别好，尤其是那两个女儿；当然还有一点原因，那就是我同老太太的那孙女年龄相仿，并且她也读初三。但很明显，她比我颓丧了好多，每次来都哀凄凄的，像告状一样，而她走后也果真雷霆爆发，那三儿子就会被如同机关枪般的责骂扫成个闷葫芦，机枪手不用问，即是他的母亲。他始终沉默着不应声，等到后来我知道他后娶的妻子是一位扫大街的，我突然就对那老太太有了意见。

不过她始终对我好，当出院时还反复叮咛我去她家玩，而我当真于某一天从一溜带豁的矮墙前经过时，忽然就听得有人在里边大声喊叫："李青！李青！果真是李青！"

我被断垣之后的人家叫了进去，进的就是老太太的家，她的其中一个女儿在，叫我的也正是她。我留下吃了一顿饺子，饺子碗里倒了好多醋，她女儿在饭店工作，知道什么醋最好。

再说另一位病友。她是一位十八岁的蒙古族姑娘，从八岁起就患脊髓炎，走不了路，她哥带着她走过了半个中国去求诊，最终也还是回到了家乡。在家乡，在县医院，坚持让一位蒙医治疗。我见她的时候，她已经可以扶着床每天小走几步，照她原来的说法，是一步也不能。治疗方式是针灸加一些其他办法，谁也没见过，每天都是她哥背着她去另一诊区。说起来她这位哥，刚一开始人们都误以为是她男朋友，照顾她照顾得那般尽心尽力和细致入微，当一旦得知是她哥时，人们就又立刻心生敬意，转而齐声夸赞起来，那一刻，那女孩望她哥的眼神便充满了十二分的温柔与感激。我出院时他们还在住着，他们简直都把病

房当家了，据他们说已经住了两年多了，接下来再住多久，无说法，不过对于他们来讲，回家之事已然不是最重要的，最重要的是有一天那女孩能够迈开腿走路，对此，那女孩自己也充满了信心。祝愿她吧！

休学回家最大的弊端是我无玩伴，我每日里除却打针、吃饭、偶尔坐一会儿，就剩睡觉了。那时也无书读，另外父亲也不鼓励，加之我自己也没太大的兴致，在家里萎靡不振地待了一阵子之后，父母一商量，把我送到了我姨家。我姨家有三个孩子，足够解我的闷。

我去时她家正忙地里的活，茄子、青椒、西红柿大量成熟，时不待人，全部人员都扎进了蔬菜地。我来帮了他们一个忙，帮着照看二姐家三岁的女儿。二姐比大姐结婚早，丈夫是城里的一个装修工，一天也不得闲，所以压根倚靠不上。姨家哥呢，技校刚毕业，正等着往钢厂分配。此时此刻，他是第一男劳力，第二男劳力是我姨夫，但他有肺病，出不得太大的力气，况且他还要赶着马车往城里送菜。提到他的马车，不得不说他的马，那个漂亮，高头俊尾的，全身的皮毛如同刷了油一般。姨夫视他的马为自己的命，一听到马出声就是半夜他也要起来瞅三遍，而他的马听见他咳嗽也会立刻做出同等回应。别人没这待遇，那匹马对其他人非常不友好，谁到跟前朝谁伸蹄预备踢。它更不让人往身上驾马鞍，只有我姨夫才有此殊荣。如此的关系使得他俩像一对兄弟，所以每到天气不好时，我姨夫嘴里念叨最多的就是这匹马。

我姨算得上家里的副手，却也从来没人指望从她那里获得多少辅助，她自己那一摊就够乱了。她做事不得章法，但看上去却总是在忙，一句话，不会统筹，干着这件就去干那件了，最终两件哪件也干不好。举个例子，有一次她正掀起锅在灶膛里掏灰、生火，在去院子里取烧炭时看见院中不知哪处地方有点活，她就去干了，结果屋里黑烟冒得咚咚的，我大叫，她听见方才匆忙往回跑。这样的例子不胜枚举，可她却听不得人说，谁说她和谁恼，下一次照犯。后来我渐渐明白我姨何以脾气不好了，她同我妈一样，都属于"侉子"，而侉子给我的印象就是脾气不好。母亲经常给我讲她为何要背井离乡从自己的家乡来到现如今的地方，说是因为饿，饿得上课实在撑不起精神时，就从窗户外扯几片大树叶进来贴在脸上挡着睡，后来我姥姥一看不行，就领着两个女儿乘火车几百公里外一人一户人家地把她们分别给嫁了，然后她一个人回了去。为此我母亲老是埋怨我姥姥，我倒是没听过我姨埋怨，但她自此再未回过自己的家乡。所以两个外乡人脾气不好是有缘由的，而我姥姥却是和我这样解释说："我养的两个姑娘脾气都不好！"言外之意，是她没教育好。

我姥姥脾气好，而且身体也好，活了八十六岁才卒。她是一个小脚老太太，我见的唯一的小脚也是她那双，备注：这里指的是脱了袜子之后的那双肉脚。

她也来我姨家住过，却往往住不长，主要是人家忙，种菜的农民一年四季不得闲，顾不上照应她，她也害怕给

少年篇

人添乱，很快就回去了。

我来我姨家总算还自认为有点用，除了上面说的照顾那三岁的孩子外，偶尔还会给他们做做饭。但次数有限。主要是他们饭量太大了，我一个人做不过来，协助我姨还行。

我给做过一次馄饨，包了一下午，茴香鸡蛋馅的，为了提味，差点把罐底那点油全倒进馅里边。他们那时吃供应，油一年也分配不到多少，吃时都得省着，我却大方得要命，另外还煮坏了吧，烂乎乎一锅，搞得我就是想表功也不好意思。

还有一次是做焖面，拿错了瓶子，误把醋当酱油了，这下子可好，焖出的面都是酸的。亏得我还会做饭呢，两次都办砸了，或许也正是因办砸了才均被记得，谁知道呢，总之后来就绝少再独立操作了。

我的任务还是看孩子。其实那小孩很好看，永远也不哭，就喜欢抱个塑料大娃娃，而那塑料大娃娃身上的衣服被脱得一件也不剩，就那样整日里让光着。我给她一块胶泥让她随便捏着玩，她不感兴趣；我给她捏了一辆小汽车，带四个轱辘的，用火柴棍穿起来还能跑，她也不感兴趣。她只对娃娃感兴趣。如此我也就不管她了，我只自顾自地坐在屋檐底下使高粱秆做眼镜，间或还拿起来嚼几口，嚼那里边的甜汁。小家伙则一声不吭地在旁光看着。做眼镜主要用的是高粱秆的外皮，撕成细条之后绕两个大圆，用里边的柱芯（切成一段一段的）一接口，就是一对镜圈，然后再做一根鼻梁、两只镜腿，往起一组装，一副眼镜便成了。

我架在脸上美滋滋的，同时也让那小孩瞅，那小孩却连笑都不笑一下。

好深沉的一个小孩啊！

我和这深沉的小孩外加她的那只娃娃每天都要睡一觉，睡到几点全凭看有没有外界的干扰。这一日，忽来了一个老头，他站在门口问匆忙间爬起来还懵懵懂懂的我：

"他家人嘞？"看来他知道我不是我姨家人。

"地里去了。"我迷迷糊糊回答说。

"哦，什么时候回来嘞？"他继续问道。

"不知道。"我依旧半睡不醒的。

接下来他又问了几句，我也又答了几句，很显然均牛头不对马嘴，他也意识到再问下去可能越发离题万里，便走了，临走也没告诉我他是谁。

有意思的是等他走了之后我才明白过来，问"你有两个孩子啊"是把那个塑料娃娃当成了真小孩，而那时我的三岁表外甥女正和那个娃娃共枕在一只枕头上；此外他也把我当成了这两孩子的妈。

我把这件事告诉我姨他们，他们猜了半天也没确切地猜出是谁，后来我二姐问："是不是佟教授啊？"众人才像是猛然醒悟过来似的齐声说道："他是眼睛不好。"

直到这时我才重新回头审视了一下那个塑料娃娃，才觉出它的个头大来，但至于能把它看成一个真人，我则始终不理解。

在我姨家我一直待到玉米棒子熟，他们会摘一锅焖着

吃，焖一晚上，第二天喷香。其间发生了一件事，这件事本不该发生，无奈却还是发生了。

在我姨的村里，住着一个智力上有缺陷的女人，我也不太明白她是义务还是有钱领，总之看护着监狱的一块地，地里种着一大片胡萝卜，风起时，绿绿的萝卜缨跟随着起伏摇摆，足有半米高。

我不看孩子时会来地沿处溜达，另外不光是这块地，在别的地方我也时常驻留。我喜欢胡萝卜，部分是因它的那萝卜缨，碎碎的，乱蓬蓬的，有点像沙蓬，有点像乱发，显得特别繁茂，也显得特别温柔。别的菜就很少这样（茴香除外），都是大叶作物，我嫌它们太刚强，如果再是灰白色，就更不受我的青睐了。我那时还和这女人家二女儿玩，她辍学在家，我则自小就时常来我姨家小住，所以之间也没什么拘谨的，可我知道她身上的毛病，爱欺负人。有人撺掇过我让我教训她，但我姨一早就提醒过我叫我不要惹她，说只要惹了，她妈就会赖在家中不走。

可这一回我不能再忍了，她污蔑我偷地里的胡萝卜。其实稍微有点思维的人只要脑子一转就会明白，我哪有胆去偷监狱种的萝卜，光是监狱那两字就够吓我的了，我去那片地纯是出于好奇。告状者或者说"执法者"还未等我到家就已经先坐在了我姨家的炕沿上，我一看气氛不对，就莫名地感到担心，再一看那脑子有点问题的女人怒狠狠地盯着我，我就知道与我有关。果真，我姨问我为何去偷监狱种的萝卜，我一听就急了，赶忙辩解说我今天压根就没去过那里。我姨是相信我的，然而那女的却死咬着说她家姑娘亲眼看见了，我问哪个姑娘看到的，她说二姑娘。如此一来也就对了，我今天刚刚和她发生了点龃龉。可她也不能因此而冤枉我偷萝卜呀！更令我气愤的还是她这妈，说是要把我告到乡里去、告到监狱去，这时候就连那院子里的马都为我悲鸣，于是我不等她进一步在那威胁我，就跑着上了她家。她家二姑娘一见我便知道我干什么来了，心虚地赶快召唤她姐出来帮忙，她姐也是个糊涂虫，一心只想护着她妹妹，在我和她妹妹打起来之后假意拉架，频频对我出手，因此就在那天下午，我们三个扭作一团。胜利者是我，因为我占理。事后那大姑娘同我二姐这样描述我："没想到还挺厉害嘞！"我二姐板着脸回答她说："你也真够可以的……"后面的话她没说出来。

这是我此生中打的最后一架，我原以为自打那次同男生打出鼻血后再也不会打了，不承想我还是没忍住。这么说我为何在那一回就会断言是最后一次呢？有一件事我得在这里提一提，在那一次同我打架的人当中，有一位男生同样也是老师眼中的"宝"，他乖顺、学习好，为难女生纯属被裹挟。他们是一个群体，同是老师们的孩子，只不过是些中学老师们的孩子。但我认为那更可恶。打完的第二天，他们被班主任集体叫到了后山上，批评当中那男生就跑了，之后被追回。这是我后来听班主任说的，听到的那一刻我忽然感到有些过意不去，心想要是跑了追不回来或者再出点其他事，岂不等于我间接害人吗？我失去过一位同学，

不想再失去一位。

再回到这一次，若不是她们做得太过分，我想我也不会给我姨惹事，而我姨随后的一番话也自此让我收起了锋芒。她说我是一个外面来的人，他们村有他们村的一些规矩，平日里就连他们也不敢打破，我一个孩子何以要惹这麻烦呢？

我明白她的意思，是说这家人在村里的特殊待遇，由于母亲有残疾，所以两个女儿尽管十分乖张跋扈，四处生事，也听任着，因为只要干涉了，更不说阻止了，就说欺负她们残障人家庭，而她们又没有父亲就愈加有说辞了。这时我哥在旁边帮着我说了一句话："那家的那两个姑娘早就欠收拾了！"我姨反手给了他一巴掌。

这件事倒也没给我心里留下什么阴霾，不久我就预备回家了。走时我姨夫驾着大马车送的我，并且给我背了一袋子青椒和茄子，而我也愉快地接受了。

坐在马车上，车行走在柏油路上，我的心情格外舒爽。要的就是这份自在和清凉，好多人骑着自行车或坐在汽车里打旁经过时，都免不了要多瞅我几眼，我能读出他们眼中的含义，但我却毫不在意。在这一点上我同我哥不同，他爱面子，来我姨家好多回，每一回走时是既不愿意背菜，特别是用口袋，更不愿意让我姨夫用马车送。我则完全不顾及背着那口袋像农民，坐着那大马车像土佬。

马车走得慢慢悠悠，沿路的树木都是一寸一寸地往后移，如此马蹄落在路面上"嘚嘚"的就显得格外清脆和响亮。

彼时树叶间透过的上午的阳光不住地打在我的脸上，我无须眯眼，便能享受这份轻抚，因为那光那么柔和，那么安详，那么美好，即便有阴影相伴出现，也毫无破坏性，反倒增添了一份宁静，有一阵我似乎还陷入了无限的遐思中，途经那监狱的指示牌时，也心无任何波澜。

在车站候车时，一个人问起我的理想，我满怀豪情地回答说："考大学！"那人见状称赞道："好样的！"并竖起了大拇指，事实上，天知道我为何要那样说！

接下来就是记述再开学我插入新班级一年中的事情了，说来奇怪，对于这一年的记忆要远超对于休学前我那一班级的记忆，而且也总觉得原来那一班级人格外多，挤挤挨挨的，都是陌生的脸，这一班级则相对稀疏，人我都熟悉。说到底还是由于我的天性在这一班级里得到了充分显现，而课余外的一些活动又强化了这些，于是我的延续的初中的这段时光代替了所有的初中时光，或者说使得原来的那段黯淡了，模糊了，退出了我青睐的范域，结果只有这一段才光辉灿烂，让我永远铭记。

我从一进入班级就理所当然地成为了学习之王和成绩之王，我可以毫无负担地去从事其他的，譬如逃课这一并不光荣却很平常的事项。讲这之前先得说说我们学校的院墙。院墙有三面：北面，即正式大门处，挡住了大街；东面，封死的，外面一片平房，老师们住在那里头；西面，也是封死的，外邻一土坡，再往远走就是一小村子。南边开敞，面对着的全都是庄稼，庄稼地里有条路，一直通往一处砖砌的院落。院子很大，也很僻静，除了我，很少有人往那边走。我能找到那处地方，纯是探幽所致，另外也被它的神秘气息所召唤。到了我总是小心翼翼的，因为那处院落的外墙上用白粉写着很大的两个字：有雕！若是放在现在我会立刻明白那就是一块广告牌，是卖雕的，可我那时却以为是一句警示语，警示用雕看家护院，而我又只想搞清楚雕与老鹰有何区别，所以即使心里有所忌惮也几次三番前往。然而却从未见院里有过任何动静，只有一次，突然冒出一只狗，"汪汪"地冲我大叫，我心想这下该惊动雕了，却不料从一间屋里走出一个女的，她隔着栅栏自远处厉声喝问我道："干什么的？"见状，我只好灰溜溜地走掉了。

学校垒院墙，也即预备把南边封上是在某一天宣布的，你都想象不到，我不仅没有悲伤，相反还感到非常高兴，为什么？因为学校让我们自己脱土坯、自己搅泥垒院墙！很快，教室门前那一块硬地就变成了劳动场所，学生们挑水的挑水、搅泥的搅泥、脱土坯的脱土坯，而我也不知是真有力气还是假装有力气，还负责挑了好几天水，后来还是觉得脱土坯有成就，就又脱土坯去了。全校的学生都参与，几天工夫就把南面那堵墙给矗了起来，也几天工夫墙就塌了。无须任何人帮忙，只一场雨就搞定。塌了之后我才意识到还是塌了的好。学校自此再未垒过院墙，坍倒的就那样让坍着，有那么一段时间，我每天都是翻过一道矮豁来来回回，但后来就不知是谁给理出了一条道路出来，毕竟，从那里上学、放学的学生还是有那么几个的。我是其中之一。

父亲为了让我住宿条件好一点，并未让我住宿舍，而是让我住在一处农户人家，这家人家有个女儿，比我大点，同样初三，但她在补习班，并且是上上届的。

她父母为我俩单独辟出一个屋，所以我若回去，也相当于独自在宿舍，无人打扰，更无人查宿舍。也是的，我那时总爱生病，便老往回跑，为此我们体育老师不止一次这样对我说："你是身体素质好，体质不好。"我那时分不清什么素质、体质的，还以为是一句十分矛盾的话哩！

逃课多逃在英语课上。必须赞一句，英语老师是一位美男子，烫着卷发，高高的个子，有点像中世纪时的欧洲人。他喜欢咬文嚼字，也喜欢往出赶人，另外还喜欢查点谁交作业谁没交作业，而这三者以喜欢往出赶人为事件的果，以喜欢咬文嚼字和喜欢查点作业为事件的因，如此这两因一果分别一组合，便生出不少喜剧故事来。

先说咬文嚼字。人们不笑他的英文，笑他的中文，于是他稍不耐烦就把笑的学生撵出了教室。他倒是从不恼怒，天生的绅士做派，只以商量的口吻问道："要不你俩出去？"也难怪，笑的往往都是同桌一对，那撵出的也只能是两人一双了。我和我的同桌被撵出那回站在外头没什么干项，一商量我回住处，她回宿舍。

再说没交作业。因没交作业被撵太普遍了，夏天还好说，人们趴在窗台外补作业，补完了回来上课，冬天由于太冷，有的便跑了。我被撵的那回颇为逗笑，许是人们听到了外面呜呜的风声，便要起了心计，明明英语老师手里拿的那薄薄的一沓充分表明了只有三分之一的人交了作业，孰料点完名后全班人竟一个不落地全都站了起来（点一个站一个），于是只好再点。再点则改了规则，逆着来，是点一个坐一个，结果又全都坐了下来。这下子可好，激起了英语老师无限的斗志，他让全班人都出去，然后点一个进来一个，并且在想出这点子之前一边整理那薄薄的一沓作业，一边非常不服气地自言自语道："我就不信这邪了，抓不到你们——"

结局如何，不用猜，有三分之二的人被留在了外头。寒风凛冽，冻得人们直打哆嗦，很快这伙人就开始商量是否该离开。我不等他们商量完就先走了，因为商量也无外乎有人走有人不走。

写到这里可能有人好奇：那等我们回来，老师有没有惩罚性措施？答：没有；另外这属于体罚吗？答：我不认为。

仲春时节，教室门洞开，微风带着春天特有的气息涌入教室当中，人们开始变得活跃了起来，而我们那一片又尤其如此，因为有一粒"开心果"越发地蓬勃盎然了。此时我已调换了座位，同一位男生坐到了一起，他不产笑，他只负责笑。制造笑料的是前一排的男生，他性格温顺，颇有点女孩的气质，为此人们给他起了个绰号：车姑娘。这一绰号在我到来前就已经有了，而且我看他的样子一点也不生气，可想而知这是一种什么胸襟。他装着什么都没见过、什么都没听过，只要人们一提到稍微新鲜点的事，他就眼睛睁得溜圆故意问道："是真的吗？"然后人们一见他那天真的模样就哈哈大笑。他自己也笑，捂着嘴，十根手指头纤细如葱。他喜欢穿一件蓝色的中山装，看上去颇像一位老干部，可他脸上的神态又那么特别，挂着完全想打坏主意的怪笑，就多少有点不相符。然而这也正是他的滑稽之处，有时他就是不睁着圆眼问人们"是真的吗"，人们也憋不住地见了他就想笑。他偶尔也会讲笑话，但人们大部分笑的还是他的姿态和语气，而不是笑话本身。说到他，不得不提他的同桌，瓷娃娃样的一个女生。她学习很好，齐耳短发，皮肤光滑细腻得真的如同烤了瓷一般，我时常这样对她说："真想上去咬一口。"她也这样回答我："那就来咬吧！"她一心谋学习，"车姑娘"却经常捣乱，对此，她有时真生气，有时假生气，话说真生气又能怎样，无外乎她也还是重复那句说了一万遍的话："车姑娘！你怎么这么讨厌呢？"

　　我自小就没有称呼别人绰号的习惯，可当真的面对"车姑娘"时也从未叫过他的本名，我只以"你"作称谓，这可能多多少少换来他的一点尊敬，我听到他背后夸赞我，而我则着实没良心，一毕业即把他忘了。

　　不过这也不能完全怪我，他本人也得负点责，他没有坚持到最后，也就是说他没有参加中考。是否是学校不让他参加，不得而知，因为那时候有升学率的考虑，有一些同学就会被学校明里暗里地暗示回家，而他们也果真就回了家。当然也有自己决定的，就如我后来知道的，我休学前的我那一班级的我的那位好朋友，拿一纸毕业证就是她这么多年来求学的唯一目的。

少年篇

　　事实是我们那一集团后来也崩塌了，这也为我提供了快速忘掉他的一个缘由。事起一桩龌龊案，"瓷娃娃"（声明一下，这里不带有任何歧视，而是一种赞美）的铅笔盒里被人塞入了一张纸条。算不得情书，但一切均与爱有关，我们看了后就觉得是在侮辱她。她个人更激愤，都气哭了，她跑去找老师，老师给她出的主意是：她唯有考上才能粉碎对方的阴谋。好家伙，还是老师厉害，都能上升到这一层！"瓷娃娃"果真也听了老师的，愈加奋发图强了，典型的表现是再也不同我们一起吵闹说笑了，并且脸上整日里都挂着一层严霜，让人看着感觉特别冷，于是接下来我们一个个纷纷都将座位调走，而那一片自此再未响起过任何笑声。

　　篮球赛是在四月份举行的，没有比几场，更无观赏性，一帮菜鸟，不会运球，只会传球，还往往传到对方球员的手里，投篮则十投八不中，然而观看者众，与此同时嘴里还不住地大声嚷嚷，有加油的，也有喝倒彩的。彼时正值春季盛风期，未砼化的球场时不时就要卷起一股风，尽管带着不少土，却看不出有丝毫影响，无论是场上还是场下，热情均十分高涨！

　　制作手抄报是应教育部门的要求，通知下到班里瞬间引起阵阵讨论声，要知道单调的学习生活正需要点别的东西来刺激，而这人人都可以参与的、且是文化的，就更有吸引力了。人们跃跃欲试，都是自己组队完成，对于个别不积极的，班主任硬性把他们编入其他小组。需要极好的画工、版面设计，内容重不重要不清楚，反正没有限制。

有的报到上边获奖了（这里边没有我），由此也宣告了这一活动的结束。

的确，自打进入这一届，活动明显比上一届多，此外也人才济济，有会画的，有会唱的，有会说的（相声和小品），有会跳的，全都在毕业前的最后一次活动中展露了出来。我们举办了一场晚会，会上有个人节目，也有集体节目，我们女生唱了一首歌，迄今还记得是河南民歌《编花篮》，唱着唱着大家竟不由自主地抬起右腿编成了一个环，然后丁着左腿，就那样在场地中绕着，宛如一只转动的花篮；男生则各有表现，说相声的是把同学的名字编了进去，演小品的模仿的是陈佩斯和朱时茂，值得特别指出的是一位男生在后黑板上即席画了两条龙，两条龙气势如虹，栩栩如生，两只爪子朝外张着，简直像要马上飞出来似的。有一位稍晚些时候到的其他班级的老师看了后惊问道："这是谁画的？"我们班主任老师不无骄傲地回答道："某某某！"无疑，他是一位城市学生。

步入六月份，一切都安静了，人们都进入了考前冲刺阶段，这时候就连体育课都被取消了。我偶尔会抱着篮球去球场上拍几下，但"咚咚咚"的声音在寂静的校园中回响，就连我自己听着都感到骇然。有一回我也是简单拍了几下便匆忙收起，之后就站在一棵树后兀自出神，

这时刚巧一位老师经过，她认得我，见我正在发呆，便冲我高声喊道："你站在那干什么？还不赶快回去学习！"

哦，学习，直到这时候，我竟忽然怀疑起了它的目的。

毕业之前发生了一件事，算是给我这初中生涯画上了可鄙的记号，不管是不是直接由我导致，我也认为足够我内省一生。

我有一副眼镜，算不得度数高，戴与不戴于我来说没有太大影响，所以有一段时间我将它锁在了宿舍的柜子当中，但有一天这柜子却被人撬了。眼镜丢了，藏于眼镜盒里的钱也丢了，倒是没有全丢，还给我留了十块钱路费。我将此事报告给了班主任，班主任立刻组织人开始"侦查"。不得不说做法有失妥当，他把我们几个他认为平日里表现良好的、此外也信任的人聚拢在一起，让我们指出谁是最值得怀疑的对象，并且说要借机彻查一番，以便确定以往那些遗案是否也是这些人所为。然后他就分配我们几个各自去"怀疑对象"的家里，去寻求他们家人配合的同时查找蛛丝马迹。我去的这位同学的家可谓引狼入室，她先前领我去过她们家，而我正是因此而无须人引路。

我去时只有她母亲一个人在院子里，见我一个人来而她姑娘仍在学校还感到很诧异。我说明了来意。她一开始不相信，反复声明她姑娘没这毛病，见状，我指着院中铁丝上晾晒的两件衣服告诉她说："这是我的两件衣服。"

其实也仅是两件小背心而已，其中一件上面还有一个破洞，而类似这样的衣服如若不出现在这里，我是万万想不起它们来的。

可而今它们却成了证据！

她母亲立刻痛心疾首，随后一边对我说"她说是你送给她的",一边带着我去查看还有没有其他东西。

结果没有。我卷着那两件小背心作为罪证交给老师，老师不日找这女生谈话，紧接着这女生便退了学，而那时距离拿毕业证仅仅只剩几天的时间。

我的内疚是从多年后升起的，我意识到自己做了一件错事。

这不是纵容，而是一种宽容，宽容可以荡涤人的心灵，甚至可能使对方成为一个高尚的人，想想《悲惨世界》中的冉阿让吧！

终于到了谈文学的时候了，而且是文学梦，但这不是我的，而是别人的。要谈此还得回到初春时的那一场大雪之前，我恰巧又跟着一位同学到了她们家。这么说，我为何老是跟着别人上人家家呢？因为我家路途遥远，半年才能回一次，所以只要一有人邀请，我就跟了去，当然，前提是她家得在农村，去时需走较长的路。

我去的我这位同学家，有一个哥哥和一个姐姐年龄都比较大，都考过大学，却一个不中，之后他们便都回家做了农民，但他依旧有梦。哥哥呢，是想当名作家，而他也正在创作着一部作品；姐姐呢，是想当一位农业家，养好多拖拉机。他们分别对我讲述了各自的理想，我都听得十分入迷。

我喜欢听人讲梦想，特别是在炉火前或是在烛光下，光照映着梦想者的脸庞，他们的神情再神往些，我就感觉自己的心热乎乎的。他们展望的那幅图景其实许多时候我

少年篇

并不能理解得那么透彻与全面，可我知道那蕴含着美好，所以我绝对是梦想者们的最佳听众。

我的同学则不然，隔着老远冲我喊道："别听他们吹了！"

她主要是针对她哥的，认为他的梦最不切实际，而我却不明白怎么个不切实际法。是不是就因她哥那个醒目的"书房"，和这农家不相配？我听过这样一则故事，故事的发生人家还是我的亲戚，儿子屡考不中，父亲便禁止他再念书了，而他则还想继续考，便一边在家干农活，一边偷偷地复习。这一天他正捧着书读，或许是耽误了什么活，被父亲看到后进来将书撕了个稀烂，一面撕还一面斥问他道："这能吃还是能喝？"我猜测她哥的所谓不切实际大体也与干农活有关，因为我听到好几个人为此而批评他。我则崇拜他，看到他坐在那"书房"里的样子尤其觉得神圣。

他没有专门的书房，就在厨、卧、厅三合一的房间地中央，靠着火炉摆了一张书桌，书桌后围着半圈书。他坐在那圈里，炉火熊熊时，那一圈就被镀上了一层红金色，而他坐在那里，俯首书写，便是这红金中的一尊神。

如前所述，我喜欢看书，到了谁家只要见有书，便会一头扎进去，但面对这半圈书，却不敢伸手触碰一下，仿佛动一下就会亵渎似的。

第二天，我又目睹了同样的画面，熊熊炉火，一张书桌，一团红金，一尊神，可令你想不到的是，这幅画面并未存在多久，返回学校的当日我即把它给忘了，所以说它与我后来的文学梦毫无任何关联，更谈不上影响。

我的文学梦是从一篇小习作开始。在讲此之前，先来聊一聊我对高中的选择，我青睐偏文的，因此在成绩允许的情况下选了一所市属中学。然而等进入之后烦恼便来了，我发现我不会学历史，历史成绩差得不能再差，上课也总提不起精神来，经常上着上着就睡着了。如此在课上就老是处于迷迷糊糊的状态，提问，一问三不知，下课，别人起立，我坐着，等他们坐下了，我又站了起来。

　　我好奇大家都是怎么记住那些历史事件以及历史年份的，而我则满脑子只萦绕着这么一句："汉谟拉比法典是刻在一根大石柱上的……"为此我想去学理，却又遭遇了化学。同样地，我记不住什么东西和什么东西加在一起生成了什么，且是什么颜色，看到大家在课上踊跃发言，我就问他们："你们是怎么知道生成什么的，而且就连颜色都知道？"可没人告诉我，好歹有人说一句吧，还是这样一句："嗯，它就是那样的呀。"我很苦恼，我讨厌这些不加推证就得出的东西。打击更来自于化学老师本人，她会突然走到我的身边提问，我若回答不上来，她就拖着长音用讽刺的腔调对我说道："咦——，你快去学文吧！"

少年篇

　　我是打算学文，可一想到那历史我就头疼，另外我也不舍得放弃物理和数学。诚然，学文也考数学，但难度不一样，简单了就像是对我的一种嘲讽似的。再说物理，我特别痴迷，觉得是一门非常美妙的课程。但我还是决定学文，因为我敏锐地察觉到我的气质与文科相符。然而我这个孬种临了却没有勇气走出教室半步。学文还要走出教室？

这又得回到老师的工作方法上了。班主任是一位年轻教师，人很骄傲，我们是他的第一届学生，且我们这一届也是有史以来最强的一届，特别是在理科方面，而他又是教物理的，给我的感觉就是：谁若去学文就如同是在背弃他一样。也无怪我误解他，分文理的那一天，他守在教室门口，面色严峻，甚至有些阴沉，冲着大家大声且生硬地喊道："谁学文往出走！"那架势、那口吻形如在撵人，于是我立刻变得犹豫不决了。事后与别人聊起来，有好几个出于同样的原因放弃了学文，此外在一个班级里，通常都是成绩不好的才选择学文，那如果我们走出去，就相当于当面向同学们承认自己在学习方面逊色。瞧瞧，多么可笑的心理啊，可就有人顶住了这样的压力走了出去，所以我很佩服他们。

然而我并不后悔学理，学理给了我不一样的人生，这在后面将会详细讲到，这里还是回到初始时期我对文学那朦胧的渴慕上来吧。我有一堆小说，藏在宿舍被子底下，有工夫就抽出来偷着看一会儿。我不敢说有人透风，只能猜测是老师眼尖。还是这位班主任老师，他一直带到我们毕业，他那时好去我们宿舍，出其不意地，去了就坐下来聊一会儿，多涉及学业方面。这一天，宿舍里没几个人，聊中间他突然跳下地（还是大铺，他坐在对面），直奔我的铺位而来，到了就伸出手从被垛底下掏。他是趴着掏的，而我的那些书就那样被一本本相继掏了出来，随后他对我说道："你有这么多小说，借我看一看。"说时也不经我同意，不由分说就全都抱走了。也是我天真，还以为他真去看了，不久后就会还我，结果再无下文，直到那时我才明白，书是被没收了。后来我就去办公室偷偷把它们都拿了回来。我估计他都发现不了（况且我也不在乎被发现），那个办公桌乱啊，好多书和资料都堆在一起，都没留一块空地给他自己。

在此之前，我只读一本《孤独心理学》，我也只剩这一本了。不得不说，这本书对我产生了不好的影响，我开始主动寻求孤独，刻意去体验那种滋味，而且我发现我也能很好地忍受这份孤独。这让我联想起我小时候，一帮小朋友集体和我闹别扭，她们霸道地要求我认输，以此作为我回归小集体的条件，可我却很干脆地离她们而去，并且在此后很长的一段时间内一次也不去找她们，结果最终她们先向我认输，并承认做法过火。本来嘛，都是因意见相左，我又不愿附和，所以我压根不想着妥协，在不妥协的日子里我就只一个人玩，且也不觉得日子有多枯燥。

再回到这本书上，使我读不懂却诱惑我的是里边的一张插画，一个人坐在一株树下，背倚着，两脚向前伸着，四周围全是水。画是漫画形式，人则看上去像一个道士，但也像一个普通人，脑顶束着一帕方巾，鬓高耸。这期间我恰好听到一则故事，故事的主人公我也见过，是一位市里的女孩，她父亲开大车，她母亲是位回民。我父亲也认识他们这家人，可他那时讲得最多的是关于她家吃饭的问题，说得分开做、分开吃。我好奇的是这女孩的行为，突然间哈哈大笑，突然间沉默不语，我的同学为此告诉我说，她入过狱，是一位警察帮助并挽救了她，之后两人谈起了恋爱，但后来由于一件错案，这位警察受不了内心的自责自杀了。

立刻，我的脑子里就涌现出了对这则故事的处理结果：我将这位女孩降为了一位中学生，他的父亲则代替那位警察，母亲呢，自父亲自杀后也追随了去，于是这女孩只孤苦伶仃地一个人生活在世上。

我坐在一块大石头上反复揣摩这种感觉，大段的内心独白，写于稿纸上整整三页多，随后投出，几个月后收到退稿。

上了高中后，我的个性开始变得鲜明，总坚持自己的，因而和一两个老师关系闹得挺紧张。这里仅举一例，事出我上课不抬头。

我不喜欢时时刻刻跟着讲课啰嗦的老师的进度，感觉太浪费时间，因此凡遇此情形，我通常都是低头自学，这惹恼了我们的数学老师，一次课上，他几番喝令我抬头看黑板，但他越是这样做我越不服从，结果他把余下的时间全都用来批评我了。这还不算完，下课后他又把我的同桌叫去办公室,告诫他不要和我玩。他还说了我其他一些坏话，总之是说我这个女孩是个危险分子，让他远离我。我同桌一回来就把这些悉数告诉我了，而且他极其气愤地说道："也不看看我们是什么关系？"另外他也感到受到了侮辱，让他背叛朋友，明显看低了他。

我倒是一点都不生气，就连悲哀都没有，只觉得这老师越发地显得没水平了。平日里他就喜欢计较，并且还喜欢要小心计。他搞了一次民意测验，要求同学们实名对他提意见，同学们也是傻，还以为春天来了，这个提啊，都是教学方面的，结果他拿着纸条逐一订对：这个谁谁谁提的，意见很好，但是他不准备改，原因是什么什么；那个谁谁谁提的，意见很好，可是他不准备改，原因是什么什么。最终，他一条也没接受，却把同学们曝光了个遍。也是同学们感念他工作兢兢业业，讲课讲得汗流浃背，以及对同学们搞不懂的题不厌其烦地在黑板上推来导去，否则早要求换老师了。或许他曾要求换过，才有了那次提意见的事情，否则怎么等他报名竞选副校长时人们那么欢欣鼓舞呢？

　　一句话，他的课讲得很笨，不过终归也是个好人，当我高考完同学骑着自行车载着我返回学校时，被他看到，他老远就冲坐在后座上的我喊道："李青，考得怎么样？"

　　我不想讲被男生追逐的事，感觉很厌烦，都是些狂妄自大者，不提也罢。这里讲一段其他班级其他人的事，故事的真相谁也搞不清楚，多年后我以此为蓝本创作了一篇小小说，现展示如下：

少年篇

诡计

　　她实在忍受不了了，便自己写了个纸条压到了铅笔盒内，纸条上写满了情话，落款是一位男生的名字。随后她假装受到了侮辱，生气地将这一纸条拿到男生的面前让他看，并大声地质问他为什么要写些乱七八糟的话。

　　男生一脸懵懂，竭力否认，可还是有人信了。纸条里

也涉及另一个女生，这另一个女生与男生的关系像是恋人，否则她怎么会当着众人的面愤然对那男生说道："没想到你的灵魂比面貌还丑陋！"

男生是有点丑，可有两项光环罩在他的身上，一是学习特别好，一是校长的儿子。

校长的儿子也懦弱，他不敢承认自己只喜欢那一个女生，结果这场风波过后他里外不是人：女朋友分了，名声也坏了。

她的前半目的达到了，可她却没有收获应得的。她原来希望他能注意一下自己，如今他倒是注意了，却是为了躲避她。这令她相当气恼，但又无可奈何，怨气加痴妄使得她开始呓语了起来。

当然更刺激她的是，那另一位女生就像上了发条一样，拼了命地学习，不仅晚上熄灯后照着手电在被子里学，而且还不脱衣服，一大早第一个跑到教室；男生也同样发奋，连课下也不再朝外溜达，如此等到高考通知书下来后，一个考取了北京师范大学，一个考取了中国人民大学，而她，则在复读的第二年，疯了！

到了高中，体育课才正儿八经地上了起来，而且比从前正规多了。也难怪，老师们都是从体育学院毕业的，光是从形体上就显露出"专业"二字。同学们都喜欢上体育课，尽管一周的节数并不很多，也还是在课上学会了排球、篮球的标准玩法，之后学校举办排球赛、篮球赛，各班都有队伍参加。通常难以应付的是体测，各有所长，也各有所短，我的短项在于长跑，肺活量低，八百米跑下来，脸部肌肉都跟着抽搐，但由于有短跑和跳远带着，我的体育成绩总体属于上乘，一次一百米测试下来，又遭遇到了年少时同样的问题，一位同学，也不知出于何种目的，酸酸地、富含深意地对我说道："一般都是学习不好的体育好，学习好的体育不好……"我感觉蒙受了羞辱。

操场那时候对于我们来说就犹如一块圣地，特别是黄昏时刻，落日余晖打在墙上、铺在地上，就增添了不少静谧与安详。有人喜欢在那里走走，我则喜欢在那里坐坐。陪伴在一起的是一位其他班的女生，我俩关系极好，什么时候有一方相约，什么时候另一方也应约。她非常聪明，也极有思想，但就是时常忧郁。不过她的忧郁是阶段性的，甚至是瞬时性的，其余时间还是十分活泼，所以她总是笑起来银铃般长久，截止起来也相当突然。这可能也属于青春期的忧郁吧，但我大体感觉还是对于未来的一种迷茫表现。我俩有次坐在学校储土豆的地窖上谈得最久，也最实际。地窖的入口处高高隆起，上面铺满了沙子，坐在顶上就如同坐在一座小山丘上。那一日也是夕阳非常好，照在她的脸上，她神情忧郁，乃至有点伤感。她说她想去参加他父亲单位的招工。我没有劝，甚而至于都有些羡慕，羡慕她有其他选择。他父亲在一家金属矿上工作，效益好坏是我们从他们这些子弟身上的穿着以及花钱的手法上判断得出的。当然是效益好了，否则我这位同学也不能动此念头。令我感

慨的是，前几次我俩坐在这地窖上都是要么唱歌，她唱歌很好，要么谈些其他的，多是读过的书，这一次却是谈这些。我没地方去，便想着去当兵，可女兵需要城市户口，于是只能作罢。很失望，却也仅是一霎时的。然而我的这位同学却决心坚定，赶在一个周末，回去报名了。我忽然替她感到惋惜，因为她的成绩不属于次的，相反却很好，只是不稳定而已。这与她下的功夫多寡有关，一使劲，一努力，就上去了，一松懈，一惰怠，就下来了，但有一个不争的事实，那就是最难的题，一定是她首先做出来，有时甚至是她唯一做出来。

我还是希望她能留下来考大学，可她去意已决，并且心情随之大好。她回去要乘长途车，且正好路过我家，我便跟随着一同上了车。其实那天我是去送她的，她一邀请我说："上来吧！"我就跳了上去。一路上她谈笑风生，我却怎么也笑不起来，是啊，失去一个校园伙伴，无论如何也不是一件好事情。

母亲见我忽然回来，任何东西都没带，还以为发生了什么事，我无精打采地回答说："只是回来看看！"便躲进了小屋。之后我回学校，我的这位朋友再未出现，等到同学们都考上大学，我又替她惋惜了一次。下面是我多年后听到的一条消息，说她所在的金属矿因资源枯竭而关闭，职工分流的分流，买断工龄的买断工龄，而她则在山西做生意，具体来讲，就是卖服装。

我依旧喜欢去田里，学校前边就有一块，只不过得过了马路，再穿过一片平房才行。下雨天，特别是下毛毛雨时我最爱出行，就一个人，脚踩在地垄上，故意让脚底下打着滑，两条胳膊再迎着雨张开，脸上、头发上湿漉漉的，就感觉非常惬意。这是少有的富有诗意的时候，周围一派寂静，唯有雨和四下里的绿色陪伴着我，那一刻，我感到我就是这片绿色的主人。

说到诗，此段时间我写过一首，是关于一只鹅的，从天外飞来，灵感来自于一位女生学鹅走，她张着手，摇摇摆摆的，模样非常可爱。若干年后，当我听到毛阿敏的一支歌中有相似的句子，顷刻间我感受到了莫大的心灵震颤，恍惚间还以为那就是我写的这首诗呢！

我订了几本诗刊给自己，课余时间除了抄诗还偶尔小试牛刀，不过写得不多，更没留下一首，原因是它们随着我那本日记亡而亡。诗歌让我更加忧郁，但此种忧郁已经属于深沉性而非不可抑制性的了，所以无碍，另外也带了一层那一时期的年龄特征在里头，即所谓的"强说愁"。

我看诗歌都是静悄悄地看，并且带有刻意隐蔽之意，都是将书抵着桌洞，而当新刊来了之后我也迅疾地将它们收入洞内。这是一种出于本能的保护，好在老师们排斥诗并非像排斥小说那样坚定与明确，要知道小说是坚决不允许带进教室的，诗歌倒是没听谁禁止，可也没听谁鼓励。如此它似乎就处于边缘之际，就如它后来的地位一样，好在我经历过它的黄金时期，也算幸运，纵使已是一个尾期。

在我还没有广泛地、大量地阅读更多的文学作品之际，

少年篇

诗歌较之于其他文学形式带给我的影响可谓更早，它直接促使我拥有一种悲天悯人的情怀。这一点首先被村里人看出，他们评价我说："那是一个仁义的孩子。"而我却感到万分惭愧，为年少时曾打过的那些架。

上高中后，村人对于我的关注度要高于以往，其实是对所有正在读高中的学生，都在等着比较谁家的孩子考大学考到了哪里、考了多少分。家里拥有考生以及准考生的几个家长更是暗暗较劲，有时难免会有风言风语，传不好了就闹别扭。有一回我听母亲愤愤然说前面的老头（毗邻我家院墙东南角又盖出一间屋，里边住着一个老头，他孙子和我同一年级）对别人讲，她不会教育孩子，我生错了家庭，她就找人理论，结果可想而知，自此她和那老头生了嫌隙。

父亲会打哈哈，同几个学生家长，特别是学生，都有交往，而且越是趋近高三越是不时地向我通报他们期中、期末的成绩，而我对此毫不关心，因为他们都是别的班级的，另外即使就在同一班级我也照常漠对，一句话，我并不争强好胜，或者你直接认为我没有竞争心理也行。

我的目光是向内的，我关心炉火胜于关心其他，我会长时间地盯着那团"火红"，看它上面跳动的炽焰，从激烈变得平和，继而保持这团火红的同一性和美丽性。它只有一种光彩，却也因此而最显圣洁。我会利用这光彩烧上一壶水泡脚，而且泡好久，之后擦干抹上冻疮膏。我受冻疮困扰已经两年多了，论原因还得回到初三那年的那一场春雪，也终于到了该讲那一场雪的时候了。

当我们预备离开的当日，一早天阴沉沉的，我那享有文学梦的同学哥哥不无担忧地说："恐怕要下雪了。"果真，随后雪下来，等停了已是下午，而且雪深及小腿肚。我们抓紧时间出门，想赶在黄昏前回到学校。同行的还有我的同学的妹妹，她比我们低一级，成绩优异，且学习相当刻苦。

我那日穿了一双低帮鞋，浅口，布面，简直可以称得上是一双夏季的鞋，因此走在雪地里不久脚即被冻麻木了。这还不是最糟糕的，最糟糕的是，等到深一脚浅一脚地入了城，到一处商场门口时我才发现，原来脚上只剩了一只鞋，另一只早走丢了。找是不可能回去找了，谁知道丢到了哪里，只能是继续前行。回到住处，我第一时间将双脚贴在了热炉筒上，那一刻感觉真是舒服极了，然而等到睡到半夜，出状况了，十个脚趾钻心地疼。我一直忍到天明，起来一检查，十个脚趾齐刷刷都变成了黄色，如同烤焦了一般。脚趾头没掉就是万幸，在过了一段时间那十个黄壳一起脱落了之后，自此落下了冻疮的病根，一到冬天就犯，遇热即痒得难受。

少年篇

其间我用泡热水的方法缓解。上学时不方便，寒假回到家我每日如行仪般地执行着一套程序。如上所述，借用的就是那眼前的一团炉火，而炉火又通红通红的。怕焖烟，都是等炉内最后一粒炭烧净后才安寝，而我就是那值守人，因为我要泡脚，单等地上没人活动时，也单等那壶水烧开。我故意关掉灯，父母躺在炕上睡，我则坐在一只小板凳上，

兑水，泡脚，再兑水，再继续泡，直到我认为好了时。但忽一日，也不能说是突发奇想，而是我嫌等水等得太麻烦，懒人模式，干脆夹起通红的炭块直接扔进盆里。凉水遇炭块升腾起一股股热汽，"哗"一声"哗"一声响时，水也被瞬间加热，而那些炭块也最终在盆里碎成了渣滓。就这样我无意间遇着了仙方，冻疮从此痊愈！当然这是几年之后我才意识到的，此时此刻我却还是在寻求着暂时的舒服，坐在地上泡着脚，放大的身影映在墙上，如妖魔一般，也更衬托出了我发辫的纤细模样。

我曾经一度头发很短，短到极致时便如同一个男孩子。一次也是刚剪，上物理课时，班主任忍不住越过好多人的头顶问我道："谁给你剪的头发？"于是人们越发有理由频频回顾我了。回到宿舍，负责为我剪头发的女生不安地问我："是不是剪得很失败？"我回答说："没有，剪得挺好的。"我有意混淆我的性别，故意穿了一件深色衣服，可我还是被挑选做了我们班校歌咏比赛的女领唱。我们班主任荣誉感强，他从外面专门请了一个指导老师，那老师不认识我，凭声音识别出了我，并且选定了我。

另外还有一个男领唱，他头发飘飘，反倒像个女的。这种反差可能也是其中一缘因，比赛当晚，我俩各自一开口便引来了一阵又一阵的欢呼声。指导老师说，让我尽量以高音进，让我的搭档尽量以低音进，都达到了，也颇出效果，身后的同学们齐声、和声也都唱得非常棒，最终我们获得了第一名。

之后我留起了头发，并且由于长得快很快就成了长发，我用一根银色的绳子一圈一圈绑住发根，让其余部分垂到脑后，甩来甩去的。我变得非常有气质，无论冬和夏，一句话，我懂得美了。然而我却并未留恋这种美，我知道它仅是一种浅层的美，还有更深层的美需要我去追求，只不过我暂时还不明白那是什么。

高考前的几个月，我又发展出了一种爱好：绘画，由于没有基础，纯属装模作样。我背着画夹子消失了一段时间后被班主任老师重又看到，他当着好多人的面对我说："其实从事这个也挺好。"他说得很真诚，也戳中了我的虚荣心，可我还是预备参加高考。高考前那阵子，人们已经不诚心实意跟随老师进度了，都是做卷子，做十张和做二十张没啥区别；此外也是奇怪，越是这时候老师们越喜欢讲难度大的内容，而且毫不夸张地说，我们如同听天书一般，于是人们越发地感到乏味了，头都是成排成排地低着。

语文老师依然强调她的文言文，而我则最厌烦这个，所以找机会我就坐到外面大石头上阅读杂志。读的是《读者文摘》和《青年文摘》，都是同学买的，大家借过来看。那时候我早已主动坐到了教室最后一排，在不在座位上已无人关心。也是不可思议，班级里竟然有一百多号人，这是分文理后的硕果，学文的少，学理的多，两班一合就成了这种状况。

人多也有好处，我肤浅地认为给我们后面的人创造出了一个自由国度，不必时刻提防着老师，我们只依自己的

少年篇

进度安排个人学习，说实话，我在这里寻得了难得的清静。

　　偶尔也还是需要抬头看黑板，如此我就又需要一副眼镜了。我决定去配，然而我却选择绕远道去省城里配。在此之前，我一再推迟出行日期。是的，我比以前办事犹豫了，更比不上小时候那般勇敢，而且我发现我很会为自己找借口：什么今天起晚了，明天有其他事，后天又下雨，但终于也还是出发了。

　　配眼镜一点都不费事，很快就配好了，等到拿到它在上课时戴起，谁瞅见谁乐。人们接受不了它那粉红色的框，搞得我也有点像嫌弃它，然而如今想来我却认为它是最漂亮的一副，至少它很独特，不似人们普遍戴的那种，都是金丝边。

　　得到点王生的消息，他也同年高考，原来他因患神经官能症高二休学了一年。

　　再写就是高考结束后的事情了，填报志愿，然后我独自去水库边溜达了一趟，回来生了一身荨麻疹，去医院看，医生给开了点扑尔敏，服下，犯困，睡了一觉，没有完成父亲交予的为家里买东西的任务，挨了一顿剋。

青年篇

我把一个人的青年期定义为从十八岁到四十岁，如此就足足有二十二年的时间，在这二十二年里我们可以完成好多事，足够丰富自己的阅历，也足够让我们的人生上到一个台阶，甚至是很高的台阶。

　　我十八岁进入大学，从第一天开始我就表现得比别人沉默，似乎一下子就退出到了群体以外，而这种退出又是非自主的、不受控制的。我不知道这是否是冥冥之中命运的安排，总之从此后我过渡到了一种沉静的个性。

　　我有两件热衷的事：体育和借书。体育不单指体育课，一堂不落，时时心念着，另外还包括早晚跑步、闲时扔篮球和练排球。体育课是两个班合上，加起来也就三十几个女生，九十分钟的时间一晃而过。教我们的是一位女老师，她是第一位教我的女体育老师，所以我总想从她身上看出一些特别的东西来，加之她又长得很漂亮，我的视线就上课时总不离她左右。其实别人也一样，只是不知道她们的心理是否也同我相同。体育老师人不高，很黑，爆炸头，或许是她自己也清楚她的细腰在我们眼里引出了多少

羡慕，她没事就让我们练仰卧起坐，可我们却只在测试前勤奋，过后就松懈了。体育老师还管我们的形象，不赞同我们在大街上吃东西，然而当某一天宿舍的一位女生像发现新大陆似的告诉我们说，她看见体育老师捧着一只玉米一边走一边啃时，我们简直如同见证了一个最大的谎言者一般，这时有人替她辩解道："她只是不让我们吃那种容易脏手类，看上去不雅。"于是接下来大家就开始讨论起哪些属于容易脏手类。泡菜算一个。那时在学校南门口有一个女的推着辆小车，小车的玻璃橱柜里摆着各种腌好的小菜，有萝卜、海带、豆皮等，我最喜欢吃里边的蕨菜，一次买不多，最多十根，然后边走边从袋里掏着吃；别人也各有所爱，都是趁着两节大课中间的休息时段去买，所以等到了教室就基本已经用手解决掉了。如此这吃泡菜就是最典型的了。随后有人问吃煎饼算不算，有人想了想回答说："也算。"因为也会脏手。那吃玉米呢？

事实上，答案已然不重要了，自打那次体育老师说过之后，人们都已禁绝了在街上吃东西的行为。我们把她的话当金科玉律，全因她是一位美丽的女性，要知道在本就为数不多的女体育老师中出现一位漂亮的，简直被视同偶像一般，何况她的皮肤还那么黑。说来也怪，我们竟然全都喜欢她的黑皮肤。

然而就是这位女性，她没有教会我们蜷着身子上单杠。这个我从小就掌握的项目，让我一次次在刚一起头时就沮丧地宣告失败。杠子高，臂力不行，我们上不去。老师让下去练，我们也不知练哪、如何练，功夫倒是下到了，却不见任何成效。一位女生跑着上单杠，我们一个个学不来，到了再次上课时，我们基本都需要推一把，那女生却要求加助跑，老师疑惑地问道："能行？"那女生很笃定地回答说："能行。"于是她就像跳远一样，先加速跑了一段，到杠子前忽然一伸手、一抓杠，两条腿再使劲往上一抬，身子便紧跟着卷了上去。后面的动作没什么难度，只要胆大，无外乎单腿压杠环一周、腹部压杠环一周，然后头朝下，屁股朝上，身子一蜷倒着下来。

到考试时，我们脚底下多了一只凳，总算有了支撑点了，我们也全都卷上去了，然而无论如何都觉得是一种耻辱。

我的篮球和排球在课上得到了精进，网球学了一点，但不感兴趣。主要是篮球和排球都有地方练，篮球就在一只框下扔呗，排球则是对着一面墙来回地接和送。

那是一面红砖墙，与一处建筑的外立面呈九十度夹角，另一面则是堵铁丝网。三者构成一个凹字型，红砖墙在最里，而它本身又属于一栋建筑的外墙。

建筑所在的院落相当安静，压根不见有人走动，就像被废弃了一般，如此便被我发觉是一块非常好的练球之地，既僻静，又不用费力捡球，所以我每到晚饭前都会来练上一阵。

每次都练得大汗淋漓，球撞在墙上被弹回，我用手臂接住再送出，球接着再被弹回，往复无数次，我垫球的水平就大有长进。有时我也见有人在那里练网球，我摸索出

青年篇

她出现的规律后便改在了下午去。夏季的下午非常热，关键是太阳光照也强，正好是在西边，因此一段时间以后，我被晒得脸上除了眼角有两条白线外，其余部位就全都是黑的了。

我对着镜子费劲地琢磨，还以为这么年轻就长了皱纹，后来想到是太阳照射时眯眼造成的，便巴不得绷着脸、弓起眉好让太阳赶快把那块地方给补晒一下。想法很不实际，后来我就戴起了草帽，与此同时，我也减少了去的次数。

学校有一块排球场地，也挂着两张网，但总体条件不佳，泥土地，还不怎么平整，平日里鲜见有人在里边玩，冬季时则浇上水变成了溜冰场，那时倒是人不少。

我们上排球课是在体育馆里，木地板，相当有感觉，咚咚咚的声音也听着十分悦耳。体育馆为新建，里边各项设施都完好，能在里边上一节体育课，真是打从心底里感到满足，甚至都有点骄傲。我练发球是在那处泥场地，主要是练上手飘球，一段时间掌握，一段时间又不掌握。上手传球不是我在大学学会的，顶脱臼了一回小拇指我就再也不敢试了。说起来也是草率，当忽然感到特别疼痛、关节处又鼓出一块包时，我立刻使另一只手拽住这受伤的小拇指使劲一拉——关节复位了，但也随后轻微一碰就疼，大概用了很长时间才恢复。

该说一说溜冰了，我这胆小鬼连旱冰也没学会，更别提溜真正的冰了。有一位同乡，比我低一级，溜旱冰时摔伤了胳膊肘，是粉碎性骨折，看她整日挎着条胳膊，我便连动一动的心思都没产生。

其实即使没有她，我也不会尝试，这与我的个性有关，我不是什么都愿意去试一试，而是有所选择，例如跳舞、游泳，以及溜冰，我估计这辈子都不会去触碰。就是不感兴趣，此外也不自信，认为自己学不会，由此也就不去浪费那个时间。

所以上了四年大学，大小舞池我从来没去过，周末以看电影或看录像或者与朋友在一起为主，有时也在宿舍听歌和听收音机。我有许多磁带，也有一部录音机，收音机则是朋友的，她在别的班，也在别的宿舍，是一位才女，稍后我会详细介绍到她。

再回到跑步的事情上来。我早晨跑是在刚一起床时，那时宿舍人还都睡着，大致六点钟左右，我绕着操场跑两圈，然后回来洗漱，再去食堂吃饭，之后去上课。我如果决定不去上课时，就会一直睡到中午，早晨也不起来跑步。晚上跑则分晚自习前跑以及晚自习后跑，之前跑不用有人陪着，跑完我还要压压腿，一点也不着急回来，而且还要欣赏一会儿夕阳美景。有一对老夫妇，凡我见就总在跑道上拉着手步履迟缓地慢慢向前，老头行动不便，后来我知那是中风，老太太则颇有耐心地在旁陪着和牵引着。再没有比这美的人间风景了，有夕阳照着，说不出有多温煦。

晚自习后跑是有人约我时我才去，通常是朋友，有时也是为了说话需要。晚上操场上没有灯，黑咕隆咚的，所以才要有伴，跑完则我们一路走一路聊回来。

有人爱补夜宵，一般都是方便面，为了便宜，就去批发，只有饼不带调料，然后我就见这饼被泡入饭盒中，跟着再加入一袋榨菜，最辣的那种。我没有这习惯，喝一袋茶就可以了。乌龙茶，上世纪九十年代很风靡，一小包一小包的，上边挂条线。朋友爱开玩笑，她总是趁我不备将茶包拉到她的杯子里，等我发现我再拉回，如此就泡出两杯来。我给她单独泡，她嫌浓，另外也单为了这喜剧效果。

我时常庆幸生在一个美好的年代，宿舍里的人都喜欢阅读，一到下课回宿舍放下书包后，人们就相约去图书馆借书。得承认，图书馆的书相对老了些，有些还是上世纪五十年代苏联版本，但总还是能挑出一些来的。有人偏重于伤痕文学，例如铁凝的《玫瑰门》、王安忆的《走向列车终点》，有人则对路遥情有独钟，时常谈起他的《平凡的世界》。我对这些都不是特别在意，我偏爱西方文学，例如《简爱》《飘》《三个火枪手》以及《基督山伯爵》等，然而这些书却全都在图书馆借不到，想看得自己买。那时学校有租书处，都是学生开办的，基本以武侠类以及言情类为主，西方文学，他们没有。

实际上西方文学属于紧俏商品，特别是《飘》，需要去购书处预订，一月来还是两月来以及来不来均是未知数，拿到则如获至宝。

我也不是全部就青睐西方文学，为了一本霍达的《穆斯林的葬礼》，我也在购书处候了很久。得到后，我用了很短的时间就将这本书阅读完毕，为其中所描绘的凄美的爱情故事所感动。我能想象到月儿的冰清玉洁，白床单，白被子，加上疾病造成的无血色的脸，更能显出这一点。也是我运气好，这部作品被拍成了电影，名为《月落玉长河》，当然，等看到这部影片时已是我读研究生时期，纯属因缘巧合，否则极有可能错过，因为我压根就不知道它被拍，并且还另起了一个名字。

当晚人们是奔着《伦敦上空的鹰》去的，然而在电影开场前却被告知拷贝还在路上，作为救急用，片名"月落玉长河"五个字打在了银幕上，直到此时人们还不清楚这是一部什么片子，可当"穆斯林的葬礼"几个红色的字随后从屏幕深处由远及近、由小到大蹦出，就如同绽开的一发礼花，顿时，坐席上出现了短暂的哗动，只听得人们纷纷小声议论说：原来是《穆斯林的葬礼》啊！我则为这次奇遇感到大大的欣喜与吃惊。很快，人们就全都投入了进去，中途当放映员站在高台上大声询问："《伦敦上空的鹰》拿回来了，用不用现在换？"人们集体阻止："不用！"声音之响，响彻整个放映厅，于是那晚连放了两部影片。月儿是由史兰芽扮演的，冰雪样美丽的一个女孩，之前她曾饰演过唐晓芙，同样清纯可人，不过我看《围城》是后来的事，而且认为就艺术价值而论，电视剧要高过作品本身。写得太过琐细是那代作家的共同特点，当代人则越来越强调留白。

这里提一本大学期间宿舍里传看的书：《大学生活录》。受制于自己的身份，谁都一开始把它读为"大学生——活录"，然而又觉得很拗口，直至有一位女生大声地读出"大学——生活录"，人们才哈哈大笑。书中所写故事发生在内蒙古的一所高校，并且以我们的理解，在校生应该都是工农兵大学生，因为他们的生活看起来与我们的重合度不高，似乎一开始就明确知道毕业后的去向，所以爱情也不敢公开地谈，倒是有偷吃禁果的，但那已是结尾处，具体来讲就是临毕业出发前一晚，到底与爱情有无关系，谁也不好判断，况且我们也不讨论，其实我们连谈都不谈及，一句话，对于性问题我们总是刻意回避，至于纯粹的爱情，谁爱谈谁谈呗！

大学期间，我是爱情的旁观者，我眼见得人们哭、人们笑、人们神神秘秘，我只将冷若冰霜坚持到底，其间差点让一位军医误入，好在我即时向他摆明了我的态度。

事出一次外出，我单带了一张一百元的钞票，原本不打算走很远，也不打算进饭馆吃一顿，然而下来了雪，并且下得很大。鹅毛般的雪片飞飞扬扬，这激发了我的兴致，同时也使街边的小摊，例如烤地瓜的、烤羊肉串的跑得一个也不剩。我串钱的愿望落空了，这时我却忽然想到坐车，因为我已感觉非常冷，尤其是脸，冻得生疼。我想试着上车，但一想到售票员向我摇头说找不开钱时我就犹豫了。我把希望转向了街头的饭馆，打算一方面吃点热乎的东西祛祛寒，一方面将钱串开好乘车，无奈因不在饭点饭馆均在打烊。这也不用我过多解释，当时就是这个样子，而且越是街道宽阔，越连个副食店都没有。

我沿街走着，先前想饱览雪景并体验雪中浪漫的想法早已一扫而光，路经一家药店，我都动过进去买盒药的念头，但终于也还是没有实施，要知道对于一个尚在求学阶段且花父母钱的学生，没有任何理由支持我们去买用不着的东西。

我还在继续走着，当脚也感到非常冷时我开始想碰碰运气。一辆公交驶入站内，恰好停在我的面前，车门打开，下来几个人。轮到我上车时，我一只脚踏在踏板上，一只脚站在地上，探着脖子向售票席上的售票员问道："我只有一张一百的，能找开吗？"售票员摇摇头。我抽脚后退，孰料一个不小心刚巧踩在后面一个人的鞋上，而此人正预备上车。我看到那是只皮鞋，与此同时我的身体还跟着摇晃了一下，被那人伸出手迅速扶住。我赶忙道歉，那人却什么也没说，只等上车之后才扭转身子使劲盯了我一眼。许是他看人的眼神太过特殊，我理解成了不满，由此我记住了这个人的容貌：圆脸，大眼，白皮肤，一副养尊处优的样。

我只能再走。终于，在一处巷口我看到了一家清真面馆，门头上写着"新疆炒面"四个字。面馆门上挂着一只棉布帘子，一掀就有一股热气跟着冒出，我看见出来的人都吃得一副心满意足的样，瞬间明白自己得救了。出于保险的心理，我一进去即开口问道："一百的能找得开吗？"于是我听到了那日最温暖的话语。

人很多，排队期间我细细地观摩了一下做面的整个流程。面是那种很硬的面，像只能被杠子压得动似的，事实

是使一块两端带柄的木板压，压平后用刀切，切成柳叶宽的薄条，然后放在一口大锅里煮，煮得差不多时捞出在凉水里过一下再放在一口小锅里炒，炒好后配一碗汤。

当我端着我的那份在一个空位上坐定，立刻就感觉身旁有一双眼在盯着我，我扭脸看，发现正是刚才那位"被踩者"。他的眼神依旧比较特殊，我以为他心里仍在不悦，便又道了一回歉。这并非多此一举，我明白穿皮鞋的人最怕鞋被别人不经意踏上一脚，踩脏了不好看是次要的，鞋头被踩坍了才是大问题，从此两只鞋将非常有可能变得不一样。我个人就有这种经历，所以对于给别人造成的损失格外感到抱歉。然而他却笑了，笑得很洒脱，随后他和我攀谈了起来。他很健谈，都是他主动问我，我不擅长与陌生人讲话。从他的谈话中我得知他是一位军医，在一所部队医院的皮肤科工作，据他表示看得最多的是年轻人脸上的青春痘，他都是自己配药，药都很便宜。他提议如果我有同学或朋友受这方面的困扰不妨来找他，我答应了，我也果真给他介绍了几例。效果确实很好，他也从这几个人的嘴里对我有了更多的了解，于是某个周末，他出现在了我们校园当中。

我具体搞不清楚他的年龄，他也没说，给我的感觉是三十左右的样子。他说他的父亲就是一位军医，并且曾经是院长，只不过如今退休了。对于这样一位出现在我身边的"社会人士"，同学们议论纷纷，有一天朋友问我是否恋爱了，我感到很诧异。不过我随即开始审视我们的关系。

他来没说是专门，只说路过，想到我在这里，便进来看看，而且我们那天也只在长条椅上坐了坐，之后他就走了。凭此看来，这算哪门子恋爱关系？

然而我错了，等再一次来他便携带了礼物，并且邀请我一起去看电影。我顿时明白这意味着什么，毫不犹豫地加以拒绝，等他回去打电话又试图争取时，我直截了当地告诉他说："你恐怕是误会了，我没有任何这方面的打算。"自此，此人消失不见。

同班一位男生后知后觉，过了很久才忽然于某一天问我道："你那位军医哪去了，怎么不见来找你？"我沉默着没说话，脸上的表情异常冰冷。对待这位男生，我的内心总是很复杂，他很优秀，但同时也很傲慢，与人说话总像是拷问似的，我不喜欢他说话的口气，所以总躲着他。他也介意我的态度，与我保持距离，只在下课离座那一瞬间会扭脸瞥我一眼。我仍旧坐后面，一如既往地保持着过去的习惯。毕业离校时，我在车站遇到了他，他说是来送一个人，可我并未见到他送的人。二十二年后再见面，他对我进行了表白，那一刻，我对他充满了怜悯。受此情感触发，我写了一篇小小说，题目叫《篝火》，虚构大于事实，同样地，我把其展示在这里：

篝火

就在篝火前，人们纷纷燃放着烟花，他默默地递给了

她一根，她也默默地接过了一根。气氛稍显特殊，因为就在前几分钟，他向她做了表白，而她则沉默着什么也没说。

她爱了他十几年，可就在他表白的那一刻，她不爱了。

这种感觉很微妙，带着许多悲情在里头，说真的，在听到的当时她并没有感到一丝快乐，反而有点厌恶他，或者说轻微的怨恨。

这算什么，难道仅仅想把埋藏于心的话说出来？

之后他便抓住一切机会当着她的面对别人说，她当年骄傲得像个小公主，然而她不是；见她否认，他又说，她很自卑，然而她依旧不是。

这说明他并不了解她。

可她了解他，他喜欢被人围着的感觉。

于是她离他很远。

但这种很远很怪异，两人就像是闹别扭的情侣，他一有机会就利用他双含情脉脉的眼瞅她一眼，像是乞求和解似的，而她却冷冰冰的满脸漠色。她从不躲避他的目光，有时还故意迎着，可就是冷得像坨冰。他时常撬走她的同行异性，就用言语，叫一声那人的名字，那人便退后与他为伍了，她则独自一人继续前行。

她不生气，连恼火都谈不上，尽管她知道他是故意，但她仍旧不生气、不恼火。

他抱过她一次，她在运动会上赛跑伤了脚，他抱着她往拍片室走。他让她勾着他的脖子，她也就勾着了。她以为这次之后他会对她说点什么，可他什么也没说。

后来两人的关系更加冰冷，不过她还是在临毕业前问了他一句毕业后上哪。他回答说可能留在原地。

　　她则去了南方，随着一个愿意陪她走的人。

　　走那天在候车大厅她遇见了他，他说来送一个朋友，刚好与她碰上。

　　火车启动，天空下来了毛毛雨，一首《蒙蒙烟雨》响起，当她听到第一句时，内心就潮湿了。

　　"第一次偶然相逢，烟正蒙蒙，雨正蒙蒙；第二次偶然相逢，烟又蒙蒙，雨又蒙蒙……"

　　再见面，他看到她的第一句话就是："我好想你！"她以为是在开玩笑。不过她早已不是当年的那个她，而今她能接受别人的玩笑，所以她也对他说道："我也想你。"

　　但她简单了，当篝火燃起，人们都蜂拥向那里时，他当面向迟了一步离开的她说道：

　　"只有失去了才知那种痛有多深，你知道吗，你在我心里一直都是最美的！"

　　如前所述，她没有做出任何回应，望着他通红的眼，她觉得他十分可怜。

　　然而这算什么？

　　我学吉他是在刚一入校时，学校的吉他学会开班，我去参加了，坦率地讲，还不如我自学呢，那么多人混在一起，叮叮咚咚，噼里啪啦，耳廓里充斥的全都是杂乱无章，所以我果断地放弃，买了几本书开始自己研究。不属于有天

分之人，一段时间后只勉强能为简单的歌曲伴个奏。初期弹得更拙劣，有一天竟因此而闹出了一出笑话。话说学校女生楼的楼顶很宽阔，有女儿墙围着，人们在上边感到很安全。通常都是晒晒被子之类的，偶尔也有人跑步，我则瞅了一个无人的下午躲在一处角落静静地弹我的吉他。弹中间忽见我的朋友王翦出现在入口处，露了个头目光四处逡巡，待看到我时她第一时间便奔向了我，到了不由分说就抄起我的一条胳膊硬拽着要走，并且一边拽一边嘴里还这样说道："快别在这里弹了，我还以为哪位领导人去世了呢，打开收音机听不是，站在楼道里听听出是在上边，后来一想估计是你，便上来找你来了。"

王翦，即我前面所说的才女，诗词歌赋都很擅长，戴一副眼镜，笑起来特别甜。我乖乖地跟着她下了楼梯去到她的宿舍，一边走一边听她讲误将我的吉他声听成哀乐的事情，直到这时我才从懵懂中醒悟过来继而想到笑。我俩的关系属于交心的那种，多少带有点惺惺相惜的意思，我敬佩她的才华，同时也对她纯洁的心灵颇有好感。

包容与融洽可能是对这种朋友关系最好的诠释，我俩之间从未闹过别扭，相反只要一回想起来全都是笑料。她的床铺对我具有相当大的吸引力，除了干净外，书香味极浓，有她自己用毛笔写的一副小对联、几册大辞典、几本小说、较多的古诗词书籍以及一台立式收音机。

我最钟情她的收音机，每到听新闻和小说连播或者配音小说时就跑来拿走了，作为交换，我把我的录音机给她。

王雪纯就是在这一时期认识的，她为许多配音小说配音，而且总配那个女儿，声音纯美，加上翻译腔，听着简直舒服极了。《爱玛》也是这时候听的，为了爱玛的命运，宿舍里的人几乎操碎了心。同一时期，我培养了对于《新闻纵横》的热爱，并且将这一热爱一直持续到之后二十年。我喜欢听那昂扬的声音，特别是在清晨，伴着它起床，总感觉精神分外清爽。

有时她也不给我，或者等我拿走了，她又来要，类似这种情形通常都是她不在宿舍时我擅自拿走的，所以我也只能还给她。其实我那录音机上也带着收音功能，只不过效果不好，听时"嚓啦嚓啦"响个不停。唉，要是她听的节目同我一样该多好，这样我就可以跟了她去，可惜不同。

她同我的不同之处还有好多，但这并不影响什么，丝毫也不。下面再讲一例好笑的：

有一天下午，别人都在宿舍里谈天说地，她却平躺着在闭眼睡觉，脸上表情肃穆。我正好洗出床单来找她要夹子，见她睡着便一边同她宿舍的人说着话，一边随手抖落了一下床单。许是有水珠落在她的脸上，也一定是，只见她猛然间将身子立起，眼也不睁，厉声冲我喝问道："干什么？！"说完又直挺挺躺下，和扔一个大麻袋似的。那时我还没有见过木乃伊，若见过，也就有得比较了。我被她的表现吓了一跳，与此同时也感到很生气——我以为她一定依据声音判断出是我了，结果还这样吼我，于是我接下来夹子也不要了，转身"噔噔噔"地回到了我的宿舍。过了一会儿她过来解释，我则给她模拟了一番她刚才那骇人的模样，她看罢先笑了，我则跟着后笑了。

现在想来，朋友们总是给予我的太多，而我回报给的太少，所以只能借此在这里多写写她们了。

毕业前她赠给我一件礼物，她自己用纸叠的一只小青蛙，粉红色的，肚皮上用隽秀的字体写着：腹有诗书气自华。

在校时她喜欢给我讲陈抟老祖，说有一天人们见路当界莫名拱起一个大包，疑惑中忽见那大包自己动了起来，然后就包变人，人变陈抟老祖。敢情他走着走着感觉困了便团下身子睡着了，可当人们问他睡了多久时，他回答说："睡了八百年了。"

"上床便睡，定是高人。"这是她用来鼓励我抵御失眠的又一经典语句，有一段时间我老是晚上睡不着，手也经常抖，如今想来，如果那时我就拿起笔来写，或许就立刻治了这毛病，但谁又能想得到呢？到医院看，医生说是植物神经失调，几位医生嘀嘀咕咕，最终也没提出什么治疗方案来。后来我自己顽强地克服了，从而又为我个人赢得了更多的人生经历，具体来讲，就是为若干年后的写作赢得了更多的人生经历。

王翦毕业后选择当了一名记者，这是令我想不到的，但更令我想不到的是，她牺牲在了一九九八年抗洪报道的前线中。生命中总有不可承受之重，她是我失去的第一位真正的朋友，在她刚刚去世的那段日子，我总想起她在宿舍向她的父亲介绍我的情景、她去北京毕业实习回来带给我的那么大的草莓、她工作后寄给我的一张在南京回音壁贴着壁面聆听的照片。照片上的她那么娇俏,穿一件白衬衫,短发,显得十分干练。另外我还总假设,如果她去搞她的飞机设计专业就不至于过早地离开人世,但同时又觉得怎么可能呢,要知道,她同我一样热爱自由,只不过不如我表现得那么明显罢了。

唯一让我安慰的是,她在校园里留下了许多值得为之骄傲的印迹:女生楼楼门口的那篇《爱莲说》,她用毛笔写的;道路两旁的宣传语,她与其他人一起从字典上一个字一个字地临下来后放大写就的。校园广播站也曾有过她文字的回声,她那时是供稿员,她写的东西经常在那里播,述古论今,我们听得十分诧异,同时也心悦诚服——谁让她有一个别人无法媲美的家庭呢!

她的父亲是一位文化站站长,据她讲她从五岁起就开始练习毛笔字,并且背诵诗词歌赋,而她的父亲也经常给她讲古代贤哲的故事,加之她自己喜欢,长大后再研究,便成了一位我们眼中名副其实的才女。

有人问过我,是不是就因为她是一位才女,我才与她保持特别亲密的关系,我的回答是:不是的,我对朋友一视同仁。我还有两位较近的朋友,尽管她们不如王鹮有才,我一样尊敬她们。李然然,同我一个宿舍,一位淳厚善良的女性,她乐于助人,人格中透着高贵;侯小梅,性格直爽,喜欢赞美人,自己爱打扮,也爱打扮人,所以我每次去她那,她都要把我的头发散开,一会儿编个辫,一会儿梳个髻,有一次还拿起一把剪子吓唬我说要给我剪成短发。然而她却又每次都盛赞我的长发。我和她相识也全因我这把长发，她说我和某人的接近，此外就是我俩外表也酷似。我见过她说的和我非常像的人，就在一天早晨，同在自行车车棚的窗口取车，我特意多看了她几眼，她长得很清纯，披肩发，末梢烫着卷，穿一袭连衣裙，腰部反束着一条带子。我没看出我俩有多相像，但侯小梅宿舍的人却屡屡认错。

侯小梅是化工系的，同王翦和李然然都不认识，而王翦和李然然彼此之间也并非朋友，可就是这样一组关系，有一年春季我们四人一起去公园赏桃花。想想这对于我来说是何等幸福的事情啊，都是我的朋友，而之后我们又玩得那样开心，撞碰碰车时差点把肠子笑出来。我们那日也拍了好多照片，都是桃花下的，或含羞，或平静，或畅怀，或雀跃，照片洗出来之后在宿舍里传看了很久，也为那年的春季增添了许多盎然之气。

这件事的重要性是我后来悟出的，它直接温暖着我的心，使我感觉在这世上再没有比朋友之花更香的花了，我执着地认为：在这世界上，没有亲情可以活下去，没有爱情可以活下去，唯独没有友情活不下去，它是我们最赖以生存的精神养料，它滋养着我们，感动着我们，使我们变得坚强，并且在人生前行的道路上始终支持和照耀着我们。

李然然经常同我一起追张艺谋的电影，凡电影院放，我们必去看，回来晚了，叫楼门，挨看门人一通子责难，但下一次照犯。后来我渐渐地明白，我一半的原因是去追巩俐，喜欢看那个长着一对小虎牙的女人。我在《英语文摘》上曾读到过这样一篇文章，英文的，为一个外国人所写，她告诉她的导师在中国有位女性，指巩俐，只在哭时最美。她的导师大为不解，认为无论如何笑时最美才正常。我不置可否，其实是没有自己的判断力，不知对与错，直到有一天我看到巩俐笑才豁然晓得，那位导师是对的，或者说一半是对的，巩俐笑起来一样美。

我总是对校园的黄昏持有一种特殊的感情，特别当跑完步、压完腿、背倚着栏杆看操场那片广阔的平静时，便感到从中能获得绝对的内心安宁。那平静富有相当的魔力，吸引我流连忘返，直至最后一片薄暮退出天际。不跑时我则会踏着校园广播送出的音乐，轻盈地走在道路上。校园有两条主路，都很宽阔，一条从女生楼出发通往食堂、教学楼、实验楼；一条从车棚出发通往设计楼、图书馆、商场，途经各大院系。校园内最出名的当数"红楼"，它的建设年代最久远，可以追溯到一九五几年，是建校之初建筑物，为红砖所砌，样式倒是没什么稀奇之处，就是一个小二楼，然而我们却以能在那里边上课为荣。这与所设课程有关，都是基础学科，其中的《物理化学》最神秘，不仅由两位老师一起为我们上课，而且实验室颇具古典特色，既幽深又充满着学术气息，摆满了瓶瓶罐罐。我喜欢这种浓浓的科学味道，它比那些窗明几净、白墙白实验桌、摆放着较多现代仪器与设备尤其是演示设备的实验室更能赢得我的尊敬。再说两位老师，出现在同一堂课上为我们授课实属罕见，

这么多年来我们还是头一遭见，刚开始，我们误以为那位年轻的、站在讲台上的是该课程的主讲老师，不承想其实坐在门口的、被我们认为是听课的或督导的那位年龄大的老师同样也是，当涉及作业以及实验时他便径直走了上去，几番这样的操作后我们终于明白，原来这门课是需要两位老师通力合作来完成的。

在工科院校，清华大学这块牌子很被我们看重，所以当一旦获悉哪位老师从那里毕业，我们都要私底下议论一番。像这位讲《物理化学》的年轻老师便是，他很害羞，几乎老对着黑板，丝毫也不敢多看我们一眼，于是我们总拿此当议题。还有一位老师，我们是后来才知道的，她教我们的专业基础课，等到不教了，我们才听说她毕业自清华，由此我们便不厌其烦地、一条一条地回顾她教我们时的教学方法。说起来我总是对基础课情有独钟，这或许与它们的严谨性有关，充满着一丝一扣的逻辑，不断地挑动着我的思维。《机械制图课》是一位胖胖的中年男性所教，课程设置在教学楼的十三层，室内永远阳光灿烂。我们每次去都是扛着图板，长长的制图尺挂在一边。制图老师的授课方式一板一眼，学会了他所教的那些理论绘三视图以及立体图一点都不难，特别对找虚线非常有帮助，然而我偏偏就要按我自己的那一套，每次都是先画立体图出来，然后再依此给出任意三视图，或平面，或立面，或侧面。这样做，好处在于特别锻炼我的三维立体感，坏处是小错不断。

个人感觉，制图犹如变魔术，特别当到了绘制齿轮和螺旋体时，就平着移动铅笔，同时再转着一只带圆的小尺子，不一会儿便"变"出了一幅立体图，相当神奇。这实际上已经属于物理学的知识了，我们个个都感到非常兴奋，但久了便觉得枯燥，尤其还需要在一丝不苟的情况下。所以我很能理解那些制图人员，他们真的很辛苦，所幸后来出了那么多的制图软件，帮着减轻了这方面的负担，而这又得感谢计算机的应用与推广。

我学计算机，或者说我们学计算机是从软件开始，也即从语言开始，Fantran，大量应用在计算流体力学上，搞模拟用的，当然我们学时比较简单，只学口令以及对一些程序的边界条件的修改，意即具体情形下的使用。

课程分理论部分和上机部分，理论部分在教室上，上机部分在机房里上。令我搞不懂的是原本没多少人的课竟选在一个偌大的教室当中，空空荡荡不说，一家人全都攒聚在前面那一块地方，样子看上去颇像是在聚会，而聚会的中心便是那讲课的老师。或许她很喜欢被围的感觉，时常强调要人们坐在前头，我则只喜欢坐在后面。一同在后边的还有那么几个，大家都分散着坐，然而忽一日那老师心血来潮，讲课的中间非得让我们上前面去。起先大家都没动，后来见那老师口气强硬，便都照做了，唯有我，依旧一动不动。那老师恼了，眼中喷火，课也不讲了，我眼看高中曾经发生的一幕马上要上演，便起身推开门走了。后来听同学们说，紧接着还有一位同学也走了，是位男生，别的班的，于是这老师开始当着大家的面信口胡诌起来，什么

青年篇

101

心疼女朋友了，不能见她受丁点委屈，她跑了，他也跑了，这样的一对男女……，总之话很难听，然而我却听着连一点反应都没有，只担心恐怕这下子要被抓补考了。

但我却过了。

《电工学》是对高中物理的拓展，实验很多，我们也喜欢做实验，感觉连接一些线、开关以及设备之后就会有奇妙的现象出现非常有意思。做正反异步电动机实验有一定的危险性，指导老师一上来就特别强调要注意安全，并且举了上几届的一位学生的例子，说她因违反操作规程，触碰380V 电压而亡。实话实说，这样的警示听时心惊肉跳，等到做时转瞬即忘，同组的一位同学，还是一位男同学，由于害怕，他只让我一个人接线，他在旁边静观，而我也不负所望，不久就全都接了起来。等到合闸一试，两部电动机同时朝同一方向转，我立刻明白有两根线接反了，我着急伸手去拆接线板上的线，被旁边一组一位眼疾的男生看到，一把打掉了我的胳膊，我也瞬间意识到，电源还没关呢。

这位男生救了我的命，然而多年后再见，我却认不出他来了，不是时间的缘故，而是他太胖了，于是许多人就以这样的方式成为了"陌生人"。

岁月迢迢，长河奔流，时光一去不复返，我在大学四年中并未干过轰轰烈烈的事，论及丰富程度恐怕都不及我童年与少年的一半，但它却给了我专业知识，继而让我有了一份工作。

我进入了一家能源企业，且正赶上改公司制，以下就称其为"公司"了。公司的工作既不清闲也不繁忙，因此在我眼里被认定是在虚度。我喜欢那种忙起来一刻都不得闲、闲下来又可以充分休闲和安排自己事务的工作，不过类似这种不紧不慢的也有一个好处，即人们都很真诚，也时时袒露着真性情，这为我后期的写作提供了很多素材，而我也在那时深刻感悟到这段经历的宝贵，又反过来感谢这段经历。

我一共在公司待了三年，三年里一半时间与工人待在一起，一半时间在技术部门搞设计。工人们都很淳朴，也都十分幽默，我从他们身上学到的东西最多，他们也直接影响了我的性情，我变得比在学校时开朗了许多。朝夕相处，让我可以近距离地观察他们，他们中间有大梦想家，有吹牛者，有鲁莽者，有智者，有爱享受者，有顽皮者，有受压抑者，有乐天派，有抑郁者，当然，还有阴谋者，而这些日后都成了我笔下栩栩如生的人物。工人的命运并不悲凄，但总是惹人同情，因为他们很少能自己掌握命运，都是倚靠在公司一棵树上，一荣俱荣，一损俱损，大小环境都能影响到他们。后来我成了他们羡慕的对象，原因即是我离开了，而公司的日子彼时比从前差了许多。

我在时还是相当不错的，正处于黄金时段，人们的脸上很少有愁容，对于参加各种活动也积极响应。外出踏青是每年必举办的活动，包了车走很远，而我每次也都选择一个临窗的位置，望着外边绿油油的田地兀自享受。有一次一个女孩见我不和他们一道玩牌，便冲着我讥讽道："你

怎么像个农民？"若干年后我回味，我认为我就是一个农民，我也不再羞于承认，而在当时却觉得多少是对我的不敬。

篮球比赛、排球比赛、健美操比赛、歌咏比赛、演讲比赛、大合唱，这些都定期举行，总之文化活动丰富多彩。这里值得特别一提的是，当然这或许仅对于我个人而言重要，对别人则并不意味着什么，那就是向公司报刊投稿。有任务，可以是报道，也可以是散文、小说之类，我那时还不会写散文，擅写小说，所以总是轮换着一次投报道，一次投小说。有一篇小说引起的轰动大，名字叫《三儿》，写的是一位北京知青独生儿子的成长经历，以小小说的形式，语言比较精炼，见报后，人们纷纷询问原型人物是谁，并且有一位老师傅，平日里喜欢与我开玩笑的，以娱乐的方式把作品名称经演绎后挂在嘴边，具体表现即是，一边抚摸着身边小辈者的头，一边颤着音称呼道："三儿子——"关于这位老先生我随后再说，先说我的回答。我告诉他们说没有原型人物，要有也是家乡那么多小伙伴的一个缩影，是一个集体形象。

遗憾的是原文已无从查找，这里只能试着再重写一遍了：

三儿

三儿是带着父母的期冀降生的，他的父亲是北京知青，当年返城他未返，所以将希望落在了下一代的身上，为此他父亲还特意给他起了个北京味儿十足的名字：三儿，叫起来就是这音：Sanr——

其实他是家里的独苗。

三儿喜欢放羊，跟着前头的人家，父亲白日里磨不开面子当着那家人的面教训儿子，夜晚敞开了劲地在自个儿屋内对其棍棒加身，母亲则在一旁不住地责骂。

然而骂罢了、打罢了，第二天三儿又去了。

等到上了学，三儿没工夫再去放羊，可有工夫数羊啊，于是每到黄昏之际，羊"咩咩"地叫着涌进前院人家的院子，三儿就站在栅栏旁一五一十地耐心点数着。

村里来了戏班子之后，三儿的兴趣挪到了那上头，他忙里忙外地帮着搬道具、弄烧煤，等到戏班子一走他也跟了去。母亲得知后追出村，却只见空道不见人。

随后就听着消息不断地传来，今三儿在这，明三儿在那。学是上不成了，这一年三儿十一岁，父亲希望他通过考学回北京的愿望自此落空。

青年篇

大致两个月之后，三儿回来了，手里拿着一只铜管，上面连一个眼都没有。接下来他也不晓得使的什么家伙什，又是凿又是磨的，一段时间后，铜管愣是生生地变成了一只铜笛！吹倒是能吹，就是音差了些。

笛子不玩时，三儿的手里又多了一把二胡。二胡是村里二瞎子的，讨饭时拉着用。三儿也不知从哪里学的技能，没事就坐在院门口的石头上拉，声音凄苦，听得教人直想哭。这一天三儿的母亲终于忍不住了，鞋也没穿，抄起一把笤帚就冲出门朝他打了过去，一边打还一边嘴里骂道：

"热红晌午的，别人都在睡觉，你却坐在这里拉这哭丧调调，还不赶紧还了去！"

后来三儿就在大街上下棋（村里有下棋的传统），他专挑那些摆下残局的，并且一准能赢。有些人脸上挂不住，就向三儿的父亲告状，结果三儿的父亲把他好一顿批评，并且帽子扣得好大：什么不尊重老者了，显能耐了，云云尔尔。

很显然，三儿天生就不属于这个村子，于是他在村里又苦熬了几年，等到十六岁一到，他立刻提出来要外出打工。

父亲起初不同意，但自去了趟算命先生那又同意了，原来算命先生说啦：三儿头上长了块反骨，就由他去吧！

三儿一开始在一家饭店打工，充当配菜工，不久他当了主厨，主厨成了配菜的。干了一两年之后三儿又去开电梯，开了一段时间后就不开了，嫌枯燥。后来他去送药，听从老板的指挥让往哪家店送就往哪家店送。挣得不太多，但好歹稳住了，这一年过年他买了一部相机，回家给家里人照。有一位村民听说，找来请他去给他老父亲照一张，当时也没说用途，只说他父亲瘫痪多年了，想照张相，然而照片却并未冲洗出来，而三儿也没将这件事放在心上，因为像这种冲不出来的情况常有。来年他再回家，母亲说起，方知那老头去世了，去时棺材前没有相片便用碗沿蘸着黑墨在纸上扣了道印贴了上去。母亲责备他说："多少年了，王五财不让人给他照相，听说你回来拿了台相机才答应，结果还弄了个这。"这件事带给三儿的震动极大，同时他也内疚极了，他想了一夜，再回去干脆干起了纯粹的销售，他一年四季在外边跑，挣了一笔钱后辞去工作开了一家照相馆。他雇了一个员工负责为他打理，他则扛着相机走乡串村专为那些行动不便的老人免费照相。再听到他已是多年之后，他成了一位摄影家，他的摄影作品经常获奖。

这就是那篇小小说，后期当我正式开始从事写作时，我将这篇小小说扩展成了一部长篇，背景依旧是家乡，也依旧以家乡的人和事为主，但完成后并未出版，只是作为了练笔，然而它却凝聚着我对家乡浓浓的情，好多话我也都是采用方言。

现来说说我的那位师傅，我在二〇一八年写过一篇关于他的文章，属于大家在一起交流了，写完后发布在某论坛上，所以这里仅节选其中一部分。说明一下，文中所提的＊老师，是论坛里的一位人物，我当时以他俩作比较对象；另外文章中的"厂"即是指公司，我们习惯于这样称呼。

青年篇

……

我的师傅，和＊老师有些相似，同样地古道热肠，同样地属于乐天派，同样地具有老顽童的特征。

他的爷爷是一大代表，他的父亲是一位老军人，他呢，在那个"火红"的年代去到了遥远的甘肃某个地方，并且一待就是几十年。等他回来时差不多都已经五十了，他进厂，我大学刚毕业到厂。也许是因我家远的缘故，在千里之外，又是车间里年龄最小的，人们对我都很好，其中又尤以他为主，于是很快地我们便成了忘年交。人们都很尊重他，他的焊接技术数一数二，又是高压焊，在厂里和宝似的，但就是表现得像个老小孩一样，见谁都开玩笑，不过他的玩笑不伤人，反倒每次都是一片喜庆。

他非常富有正义感，对于看不惯的他敢于直言，由于他说的都是事实，也没人敢反驳，好在这种情况很少，围绕在他身边的就总是欢乐，他也总是笑呵呵的。

我那时经常上他家吃饭。其实他和老伴都不怎么会做饭，有其他同事在时就从外面买，只有我一个客人时有时反过来我给他们做。他们喜欢吃面片，我就做面片，老两口不喜欢吃肉，我就做素的。

我这个人天生喜欢吃烤馒头，他家有烤箱，有时一早他就带只烤馒头过来，外面一层硬黄皮，里边松软，真是爱煞人。他还帮着我洗工作服，当然是用他家洗衣机了，其他同事都是铺到车间地上使刷子使劲刷，我就省了这道工序了，只等着周一一大早收衣服就成了，而衣服必定叠得齐齐整整。

说一件特别可笑的事，有一年我妈去看我，他得知后就跑到我那里非得看看我妈长什么样，看完后回到单位忙不迭地对我说："小鸟（这是他给我起的名字），你快问问你爹妈吧，你是不是抱养的，你怎么长得和你妈一点都不一样？"

我和我爸长得像，只不过他是单眼皮，我是双眼皮，不过我完美地遗传了我妈的蒜头鼻。

我师傅的老伴也非常好，我叫她师娘，她长得很美，细皮嫩肉的，皮肤还白，宛如奶浸过一般。胖是胖了点，但也由此而更显温和。师父喜欢两极分化式评论演员，我记得他那时候对李谷一不对付（方言，不喜欢的意思），被师娘听到后，她便说他道："你这个人，一点也不客观，喜欢的夸得如同一朵花似的，不喜欢的把人家贬得一文不值。"师父听到也不反驳，笑嘻嘻地转脸问我道："你说是不？"我回答他说："我支持师娘。"

　　在我的记忆里，最早以传销模式进入中国的产品恐怕是仙妮蕾德，厂子里有好几个人干这个，有一个女的，穿着一身绛紫色重磅真丝衣服，模样有点像张曼玉的还鼓动过我，我见师娘也有，便问她怎么没听她说过，你猜她怎么回答的？"我已经被人骗了，我怎么还会去骗别人呢？"

　　听听，多高尚吧！

　　我这个师娘后来经常上普陀山修行，有一年我也是出差路过进去看望我的师父才得知。师父依旧不会做饭，每日以吃面条为主，他说寺里也让他去，可光是不让抽烟这一条他就接受不了。

　　是的，我这个师傅爱抽烟，还爱喝浓茶，另外还一大早就爱生嚼西红柿和青椒，看着的人一脸不解，他吃着津津有味，那么★老师，您有这些特点吗？

　　……

　　我曾裹入过一场纷争。要么说办公室事多，我们有四

个设计组，我所在组的组长特别能干，由于他总是身体力行，对组员也颇为照顾，所以四个组中顶数我们组最团结。这一年也是领导好大喜功，申领了超额的活，为了圆满完成，他许诺我们组组长年底给他先进。这个先进可是含金量高啊，直接的奖励是调其家属进公司。我们组长的夫人在一家化工厂，危险不说，收入还低，所以他单就这一目标也拼了。我们自然个个支持，说白了，从某种意义上来说，我们干活不就是给组长干吗？然而等年底晴天霹雳，先进给了另一个组的组长，而那个组长成天只知去领导办公室汇报，并且一待就是很长时间。明显有猫腻。我们组长去找领导理论，领导说他（指另一人）也干得不错（后来知情人称是上边压下来的），组长于是觉得被耍了，罢工不干了。我们也在毫无任何商议的情形下自发地跟着罢了工。

风暴接着来临，拆分组是必然的，但在拆分前得有相应的处罚：组长首先被撸，剩下就是我们了，据传闻那另一组的组长建议让我们扫厕所去，事实是我们一个一个地被叫到领导办公室去表态，是支持我们组长呢，还是反对他？轮到我我只说了一句："既然承诺了，就应该兑现！"

我对阅读的喜爱一以贯之，公司有阅览室，我却都是借回来读。我正式接触伤痕文学也正是在这时候，心灵受到的伤害着实不小，我都后悔看这类书籍，特别是那种乱伦的，简直超出我对人类的理解。后期我改为读余秋雨的书，那种慢悠悠的语调以及对历史的深厚情怀很是感染我的心。这一时期我没有读太多的西方文学作品，只是痴迷于一本名叫《大家》的杂志，我是在那上面认识马尔克斯的，所以在多年后当再次看到他的相片时，我一眼就认出了他。《大家》是一本非常好的杂志，可惜后来停办了，我迄今保存的唯一的刊物就是它，除此之外再无别的，它成了我对上世纪九十年代末文学的最美好回忆。

由于我们早晨七点四十五就上班，人们普遍都睡得很早，晚上九点多就见窗户齐黑，只有我，每晚都坚持学习到十一点钟左右。

三年到期，我买断工龄，拿钱去读了研。这是我一直以来的夙愿，我的人生也自此起飞。有了钱可以让我安心地读书，而我也确实心无旁骛地做到了。你都想象不到我竟然去读了数学专业。实际上这没什么好惊诧的，我选的是应用数学，它本身就是为其他学科服务的，例如经济、计算机、热学、力学、光学、磁学等，也难怪曾经有一位老师这样对我们说："等你们到了研究生阶段，你们会发现，其实你们是学数学去了！"于是我干脆选择了数学。

我像一只候鸟一样由北飞到了南，在西南地区的校园里一待就是近三年。

校园很美，人文气息十分浓厚，有一大片湖，湖边有许多树，很多鸟儿在上面啁啾鸣叫。我的宿舍离湖不远，所以每日里都能听到它们的叫声，那叫声如同唱歌一般。有时候天不亮它们就开始唱，等天亮了，就唱得更欢了。通常一早一晚时鸟儿最多，声音也最稠密，各种腔调，仿若在开会，但事实很可能是在聚会，甚至是在比唱和吵架，

有些听着就是气急败坏的，而这样的声音又总是最难听。有一种叫起来"格哩格哩"的，像是在斗唱，按我的理解就相当于人类的"你来你来"，而那个颤着声打啭的，很可能就是在说："哎呀咦，看你说的！"那"嘎嘎"的，就等于在挑衅，"怎么的，你不服？"总之，各有各的表达，各有各的心情，装扮着清晨与黄昏时，也使得这两个时段别具韵味。我喜欢这样的清晨与黄昏，如若同时再走在光影疏映的路上，就感觉再美不过了。

有一条石子路通向湖边，两旁是茵茵绿草，其中有高树，也有矮冬。高树通常不为人所注意，矮冬则总是那么醒目，因为园艺工都把它们一棵棵修剪成圆球状，大的大，小的小，瞅着十分有趣。我经常暗自揣摩这是如何做到的，却一次也没目睹过他们的现场操作，想必都是趁大家睡着还没醒的时刻实施的吧！

校园内的建筑也非常有特色，有一部分是红顶白墙，坐落在翠绿当中，显得格外雅致，也格外小巧玲珑。这是专为吸引人才所建，起名也叫"人才楼"，住着许多博士后与科研人员。我们则住在青砖楼里，楼面朴素，不过倒也不失庄重。但对我而言，我还是喜欢那红顶小楼，与此同时也对住在那里边的人充满了崇敬之情。

我的第一场爱情就逢遇在那里，他笑眯眯地看着我，我立刻爱上了他，而他也爱我，我们在临近毕业前结婚，可他却在一年后遭遇车祸而离世。为此，我对他的记忆永远只停留在了这三年里以及毕业后的那一年当中。

他叫方良，是一位计算机系的学生，他本人也学计算机，主攻软件领域。在校期间，他就差不多每月有收入，都是一些计算机公司来的活，有导师介绍的，有他自己找的，反正他毕业之后也是从事这方面工作，所以早早便得到了锻炼。

他个子很高，也很清瘦，戴一副眼镜，显得颇为儒雅。不忙的时候他会打篮球，此时我便多半跟着一起。我们通常玩四人式对抗赛，在半篮下，我俩一组，其他俩人一组。我不会带球，但我投篮极准，这种玩法非常有利于我们，我们总是赢。说起来好笑，有一回遇一个小个子男的，他懊恼地一掷篮球说道：“不玩了，没意思。”他的同伴自然也同意，我和我的男朋友则一脸尴尬。

这也不能怪怨我们，谁让他们总是忽视我，觉得我是个女的，又个子不十分高，在刚开始分组时老是放弃选择我，等到真正玩起来之后不敌我俩又碍于面子不接受换组的提议，只能是自己怄气了。好在这种情况不常见，寻个空闲的半场也不是那么容易，况且方良也喜欢同众人打比赛，我便一旁当观众或是离开了。

方良做得一手好菜，有一年过年回他家，基本都是吃他做的菜了。他妈妈做菜一般，他爸有几手，但主要限于烧肉方面，再说得多点就是舍得放调料，葱、姜、蒜、花椒、八角、辣椒、料酒样样不缺。我乐得享受，此外也没人用我。方良家在云南，饮食文化不同，我做的那些他们不喜欢，我张罗了几次以后也就不再坚持了。

二○○一年夏季我回老家，在县城偶遇了初中同学，从她的嘴里我得知王生自杀了，故事的轮廓大致是：他考取了一所两年制师范专科很失意，毕业后被分配到了一所乡里的中学教书也很失意，婚姻，从同学的描述判断，依旧失意，不受对方父母尊重，于是在一次老丈人过火的举动下，他走了极端。

我的姨夫也同年去世了，我去他家时只看到了摆在柜子上的遗像，其时我已猜测到了，却憋着没问，事后受我母亲责备，我沉默着没说话。我有一位小时候的玩伴，后来她家搬到了县里，那还是我上大学的时候，有一次路过进去看她，看见她家柜子上摆着她母亲的遗像我便问了起来，这一问不要紧，她哭了许久。后来我就谨慎了，但这也不是单纯原因，其实我那时还心存侥幸，希望能在院子里看到我的姨夫。我的姨夫一生勤劳，死时却受尽了折磨，听我母亲说，是患了一种真菌病，皮肤溃烂，母亲说是拉大粪感染的，可他早已不拉了呀，所以最有可能还是农村的卫生环境，特别是他们种菜的，都是水浇地，蚊子就特别多，我在时就隔三岔五脸上被咬包，可想而知他们又是一种什么情形？

如今也好不大哪去，倒是一家人都兴冲冲地盼着拆迁。我看到城里人已经占据了村北边，盖起了一幢又一幢的楼房，大有把前面那些小平房倾轧的趋势。正月十五时我赶上了他们村闹花灯，此时还有戏台前一块空地，等我过几年再去，空地没有了，上面出现了一溜商店和一所幼儿园，并且楼房又继续向前扩展，都到了幼儿园后头，而原来那处地方上的人家均消失不见了，整个村落显得特别拥挤。

闹花灯惊动的是全村里的人，将锣鼓队和高跷队围了个水泄不通，之后就是放礼花和鞭炮，砰了啪、吱了咚的，大概放了几十万甚至上百万块钱的，然而村民们高兴，等结束后还久久不愿离去。

读研期间我没怎么阅读过几本文学书籍，都看专业期刊了，另外受制于经济与时间影响，也没怎么游历过，只去过一处地方，那里的山很高，爬上去只见一条河从峡谷中缓慢流过，河水清冷，不似我小时候见过的草原上的那条那么温暖。当然，它更无法和大海相比。我见过大海，气度远超这条河流，它几乎包容一切，而眼前这条河看上去仿若是从别人家门前偷偷溜过，显得非常小气与拘谨。要怪就怪两座山太巍峨吧，而且夹了个三角形出来，漏斗般，河从其间流过就如同受排挤似的。这样的河天生格局就小，所以也不能给人以美感。很遗憾，这是我少有地给大自然做出的负面评价，但愿是我不会欣赏。

纪念祠去过两处，都是历史名人的，修缮得古朴端庄；小院呢，典雅秀丽，有几簇竹子，剩下的则是树木，但树木稀疏，在大夏日去就明显感觉热了许多。到郊外去的那次不算正式，因为是带学生实习，也没四处走走，故而不计入内。

关于毕业后到底去哪的问题，方良和我商量了好几回，考虑到未来发展，最终还是选择了北京。

北京阳光充足，二〇〇二年六月，我们在交道口安了家，我工作在建国门内大街，方良工作在五道口。五道口离交道口比较远，乘公交得耗费好长时间，而我骑着自行车就可以上下班了。这一次我进入了一家外企，由于加一分钟班公司就得多付给人们一分钟的钱，公司便限制加班，由此除了上班之外，我的业余时间总比方良多。方良就职于一家高科技企业，工作比较繁忙，加之又经常外出与客户见面，所以我一个人在家的时候多。这里补充一点，方良同我一样，也是工作后读的研，他入读前的工作单位是一家软件培训公司，说白了就是卖自己的软件，教购买者如何使用，我猜测他的儒雅样应该就是那时候培养出来的。方良出事是在外地，是在见客户的路上，我得知消息赶去，他已经在殡仪馆。我披着毯子陪了他一夜，第二天火化时才想起来哭。此后我就一直一个人过。

我在北京总共生活了十三年，二〇一五年离开，在期间，几乎把就近的地方探访了个遍，而我也始终没离开过这片地方，因此对其感情之深不是用平常语言能够描述的。另外这片地方于我而言也意义非凡，因为它让我潜意识里认定我接触到的就代表着北京文化。在哪里生活就要体验哪里的文化，无怪乎我的一位同学曾幽默感十足地向我说道："我们来北京都是绕着弯迂回进来的（他们是从密云或大兴进入北京市中心的），你可好，一下子就插入了北京心脏。"

在中心的好处就是可以随时观察、随时体验，而我又本身爱徜徉，一般周末和晚上都会出行，但鉴于时间跨度

116

比较大，好多地方一天一变，而我又反复去，所以接下来只挑拣最具代表性的我的所见所闻做介绍，即便其仅是一个粗略的、大致的描写，也呈现的是我的灼灼诚心，更是我难得的人生经历，写下来便是一篇纪念文，而它的题目我觉得最应该是：《追忆北京》

我时常去什刹海，什刹海以它的美和粼粼波光吸引着我。我通常都会以火神庙前的那座石头桥，即金锭桥为起点沿湖顺时针绕一圈，早晨还好，人不多，冬季时就见在中国邮政那一带再往里处有人凿冰游泳，有时冷不丁"扑通"一声还吓人一跳。与北海公园北门相对、荷花市场旁那处广场一早有人跳舞，也有练剑的，黄昏时热闹，大人小孩齐出来，就挤满了人。再往前走一溜饭店白日里冷清，夜晚则充满了浪漫格调。商家都把桌椅搬出室外临湖摆放，点着灯，或者就借湖边灯柱的光，人们纷纷吃着，举着杯，交谈着，眼望着湖面。交谈声都很小，营造出优雅的气氛。这是这一片的特点，再往下走，有一段高墙，高墙下则十分静谧，有许多大树，树龄都很长，枝条拂面，颇有一番意境。湖心有个小鸭岛，有许多鸭子在上头，夏天时它们经常在湖里戏水，个个都长得非常漂亮，有一阵子我甚至都怀疑是野鸭，但有人说不是。

冬季时，等湖结了冰，这些小鸭子就不见了，当它们再出现则意味着春天来了。那时就有人划船，不过那些船总是傍着前海东沿，那里的小吃店多，建筑也漂亮。

我向来都不走到西海那边，而是从后海西沿就会过到

对岸。在北岸，一处避风处，正是冬泳者的"好营地"。他们来了之后先在暖阳下躺着睡会儿，然后起来热身，再下水。下水时先用手舀着水一点一点将身体淋湿，以便适应那种凉度，紧接着再游。游也游不长时间，很快上岸。以上为我所观察到的，或许有出入，这里也不多解释了。

宋庆龄故居在附近，很大的一个门，非常醒目。我一共进去过两回，两回所关注的重点都一致：南楼处纳兰性德的词、故居中院的海棠树、故居里的展品、恩波亭下的那两架秋千。

海棠树我遇到过它的盛果期，有掉落在地上的，我捡了几个，都很小，属淘汰下来的，算不得好看，我拿在手里也仅仅是出于一种把玩心理。

老家有海棠果，我没见过树，只见过果，很酸，总是半面黄半面白，等半面红时则里边的肉变得沙了起来，但通常都等不到那时候，因为那意味着已经不宜储存了。想起来小时候给老师们割麦了，地除了宽，还长，从这头望不到那头，挥着镰刀割了两垄，到地头竟然分得了二斤海棠果。真是喜出望外啊！其实我不爱吃海棠果，但那好歹是对我劳动的肯定，所以迄今还记得，而且还记得那白花花的太阳和抬头望太阳时眼前的一团黑以及我挥汗如雨的"小蛮样"。

北岸有浓郁的生活气息，同时也有丰富的艺术氛围，在夜晚时，时常有拉琴的、吹笛子的、朗诵的，坐在岸边的小石凳上，兀自陶醉着，沉迷着，背景是灯光映照下的泛着彩色波纹的湖面。白天则是健身人群和休闲人群，打牌的、下棋的以及活动身子骨的比比皆是。

有一只小松鼠有一次被我偶然撞见，它拖着大尾巴几下子就蹿上树踪迹全无。我之前见过金花鼠，在一片山林中，它们是两只一同出没，相伴着一起嬉戏，但那是在野外，像城市里能够见到这种啮齿类动物实属罕见。或许是我孤陋寡闻了，就连小区里有一只黄鼠狼也觉得甚为新奇，等晚上人定后我出来沿着楼前楼后慢慢踱步时，倘或见它快速地穿过道路向绿化带跑去，便有了大老鼠成精的感觉。

后海的酒吧是一大特色，但也吵得凶，白日里那些沙发被扔在外头晒太阳，晚上上面挤满了人。家家都雇有歌手，唱得声嘶力竭的，使得这一片显得相当地嘈躁与不宁，再加上门口招徕顾客的，吆喝声不绝于耳，便又增添了几分喧嚣在里头。我不喜欢这种闹哄哄的气氛，途经时总是快步通过。

再往前就是白日里的繁华重地，这里小吃云集，人流如织，多数人都一边抻着脖子沿街欣赏，一边手里举着点什么，随时上去咬一口，银锭桥上则仁满了眼里放光的人，左顾右盼之下也构成了一道风景。从事胡同游的人力三轮车整齐地排在地安门百货后，车顶统一为红，车身古色古香，到哪里都一串铃声，清脆悦耳。车夫兼导游，一路骑一路为游客讲解，到了某些地方，还要下来站定详讲。我有时如果碰巧来了兴致，会停下听上几耳朵，以便长点知识，而车夫们也乐意被人围观，更加地口若悬河了，不过说实在的，他们的生意冷清的时候多，你就看那闲在那儿的车辆数以及车夫揽客的恳切样便知此话不虚。

我喜欢观察那些乘车人的表情，聚精会神，生怕漏掉一点车夫嘴里的内容，同时还得留心不错过相应景点，所以他们此时此刻的模样在路人眼里最能诠释那个词：旁若无人。车辆疾驰时，车上的人衣袂飘飘，当这些车一阵风似的从我的身旁经过时，我就感觉整个胡同的空气被瞬间搅活了。

我的什刹海游就结束在这些三轮车的停靠站，即前面说过的地安门百货那儿，返回有两条路径：一条回到起点金锭桥，沿前海南沿过地安门外大街，进玉河故道遗址（东城段），然后帽儿胡同再加其他胡同一路回去；再一条走鼓楼前，沿鼓楼东大街一直向东，途经宝钞胡同、大小经厂胡同口。这条路早晨走最好，阳光斜照，透过树缝洒在脸上，履声橐橐，有鸟儿在头顶不断啁啾鸣和，再加上地上日影斑驳，便觉诗情在心中油然生发。

小石碑胡同至鼓楼前街，即地安门外大街北端有条倾斜的胡同，叫烟袋斜街，它将什刹海和鼓楼这两处地方连了起来，但除非是我特意过来购物，一般是买鞋，手工制作的那种，否则无论来多少回，去多少回，我也绝少从这里经过，我嫌挤，另外它的模式同南锣鼓巷相像，对我没有过分的吸引力。

我偶尔会环完什刹海再进北海公园，这时就从荷花市场旁的那处广场过地安门西大街进入。北海公园不大，从北到南，爬上山，再返回，也耗费不了多少时间。方良在世的时候我俩游过一回，那时只顾着划船了，没到处走走，白塔山也没爬，饭也是在船上吃的，我们靠岸，店家给送过来。过后方良后悔没租一艘电动的，船划出去很远，再划回来精疲力竭的就没了兴致再游其他地方，本以为还有机会，谁承想却永远也没有了。

在公园内，行走在湖边我想不起那首歌，一上山则心头立刻喷涌而出："让我们荡起双桨，小船儿推开波浪，海面倒映着美丽的白塔，四周环绕着绿树红墙……"

帽儿胡同前是玉河故道遗址东城段，之前就叫玉河，后来修了，周围的建筑又新建了，才改名为现在的。我一直以来都不知道它是属于京杭大运河的一部分，直至有一次翻看《半月谈》才晓得，很是惊诧，感叹经常从那里走，却不知是走在运河上。公园内有一个小凉亭，刷着红漆，十分美观。有时候我会进去乘乘凉，再顺带着欣赏欣赏眼前的湖面，见湖面上荷花盛开，有青蛙在荷叶上跳来跳去。

出公园，北门外是"北门涮肉"，二楼开敞，是八月十五赏月的好去处，不过每到那时候，老板就在前面加一溜塑料帘子挡风。有一年我是和朋友一起过的，举杯时心中一阵怅然。那晚的月亮有些朦胧，邻桌一个台湾人在那里大声喧哗，更衬托得我俩寂寞了。我这位朋友是又一个类型，也不结婚，也不恋爱，只热衷于当驴友，四处探险，没钱了就回来找份工作工作一段时间，等一有了钱立刻就又在探险的路上，倒也过得逍遥自在。不过她如今定住了，在西藏开了一家旅社，与别人合伙，从电话中听来，似是很快乐。

帽儿胡同很长，但我一般走炒豆胡同那边，那里有一扇朱门，门后大宅院，有一回打开，一个服务生模样的人走来，门边两只小猫在嬉戏，他是为它们而来。我被允许摸了摸那两只毛茸茸的小家伙，此后每次走到那，我都会想起这一幕。

有一家理发店很特殊，在朝北的巷子尽头，店主一边给人理发，一边画着画，当然，我这个"一边"不是指同时，而是指他的能耐，也不知到底以哪个为主业。在北京类似这样的奇人很多，每个人背后似乎都隐藏着另一个人，他不说，你不知，他若说，你诧异。小区里有这么一个人，个子不高，肚子圆圆，有一回聊起，他说他原来是足球队的，如今在什刹海体校当教练。让我惊奇的是他的言论，他说人得像乌龟一样慢慢地活着，如此才能长寿，像他，无事就在床上趴着，翘着手和脚，学乌龟。我不信他的话，但我信他说的"年轻时搞专业运动，一停下来准发胖"，因为他就是一个例子。

还有一个奇人，他本在北剪子巷，也即东城区公安局那一片，这里一并说了。他看上去会十八般武艺，修锁配钥匙磨刀磨剪子补锅还外带理发。我喜欢看他给人剃头，就那么一刀一刀地，不一会儿手底下就诞生一个光头，所以他才是真正的艺术家。

绕不开的南锣鼓巷，不写哪也得写它。说实在的，刚开始我并不看好它，嫌它闹哄哄的。然而正是这种闹才显出了周围的静，渐渐地我也能够欣赏它那特别的美了。店铺多很别致，所售物品也独一无二，据说多是手工制作，这个我不敢苟同，但要说吸睛方面，我还是赞成的。那家青花制品店存在了好多年，门口一件大长袍上的青花项链，或者说脖饰就是用青花碎瓷制作的。我曾经进店咨询过，店家说都是将碎裂了的文物瓶或文物碗的残片进行再加工。我确实也心动过，但由于价格的缘故最终我还是放弃了。

另外还有一家团扇店也总是吸引我的目光，把把扇子鲜艳漂亮。"京扇"是我后来才了解的名称，我会隔着玻璃欣赏却从不购买，连打算也没有。主要是它们太精美了，我害怕买回去东丢西丢的亵渎了它们。鼻烟壶是在一条胡同里售卖，不在南锣鼓巷，买过一个，带着红穗，摔碎了又去买了一个，又摔碎了，便自此不再追求。

南锣鼓巷里的小食我就不一一介绍了，我最钟情的是吉士果，带着冰淇淋，带着草莓酱，每一次拿在手里我都如孩子一般兴奋。多少回，我去南锣鼓巷就是为了它，返回时再慢悠悠地走在前圆恩寺胡同，看胡同两侧的房和树、墙和窗。刷红漆的最好看，灰色的多少显得沉闷与单调。来时我则多半走菊儿胡同，那里有一处被绿植披盖的建筑很美，也很神秘，我经常认为那应该是过去某位名人的住所，并且该人一定具有相当高的文化品位。

我不能说胡同里下雪后有多好看，但随后结冰再融冰时风景绝对是冬日一绝，就在屋檐下，一排排地挂着许多

冰锥，光滑，晶莹剔透，如果再往下一滴一滴地滴着水，就会令我想起岩洞里的钟乳石，它们往下凝着水，一滴又一滴。不过这些冰锥也很危险，随时都在往下掉，掉下来落在身上恐怕就成了凶器。

骑着自行车，摁着小铃铛，丁零零地在胡同里驰行，总有一种飞翔的感觉，若是再有鸽子跟着放飞，这种感觉就尤甚。看鸽子飞得在早晨或黄昏时，最佳地点有两处，一是交东小区，一是北新桥附近。晨光下或晚霞中，天空银光闪闪，忽而出现，忽而消失，忽而这儿，忽而那儿，那急旋的姿势，紧跟的队伍，纵是再僵固的心也会随之神驰意往。

我对鼓楼的认识稍为不全面了些，甚至说肤浅了些，一直以为那里只有它一座单楼存在，直至有一次朋友请吃饭，约到地铁安定门站附近，我步行往过走，从鼓楼后穿行，豁然看见一方广场以及又一座相似的楼，才知还有一座钟楼，并且对于喧闹的街衢后面藏着这么一块宁静的地方感到不可思议。这两座楼我一座也没登上去过，有时会到鼓楼前站定凝神读一读标牌上的字，但接着就朝小经厂方向走去了。

壮观的场面在一家馒头店门口，"山东饿面馒头"，购买队伍从早排到晚，近处的人来倒也罢了，有些竟然是从清华那边来，并且一来就拉个小车，自己买也帮别人捎，年前那一阵子不得已老板只得限购。

如此就总是吸引路人的眼光，他们十分好奇，有时会忍不住喃喃自语道："这是在买什么？"待到看清是在买馒头时就更加好奇了。

馒头名声大到几乎全北京人都知道，有一次我去青岛出差，返回时在机场买了两个"王哥庄大馒头"，由于馒头大不好往包里装，我便放在了行李架上，然而一路颠簸，待下飞机时，乘客都走光了，我也没找着馒头在哪。我于是脱了鞋踩在座椅上找。一位乘务员看到后走过来询问我找什么，我说找馒头，从青岛买了两个馒头。她一听就叫了起来："哎呀，还用从那么远的地方买馒头，北京就有，在小经厂那边，馒头特别好吃，排队的人那个多！"

我对小经厂的感动在于对一个做皮件的人，我不知道该称呼他是设计师还是别的什么，总之只要晚上路过，看他专注地在皮子上比着把尺子画来画去，我总要站立欣赏一会儿。都说工作中的人最美丽，这里我要加上修饰语：专注于工作中的人最美丽。他不会觉察到有人在盯着看，他屋里亮着灯，我在外边，中间隔着一道玻璃门。

青年篇

看到这个人我总是会联想起另一个人，这另一个人其实我也不认识，是听别人说的，而说的人也仅是陈述而已，他不会清楚会给我带来什么影响。要说这件事先得说文身行业，我对文身设计师些微有些看法，属偏见了，然而当有一天听到一位修脚师傅这样对我说，说他认识的一个文身设计师每晚都要去学画画，瞬间我的看法全变了，我转而尊重起了这个职业。

再说两只鸟。过了十字路口在马路左侧有家小商店，

商店小到只容得下店主一个人的身子。门口两只八哥是招牌，黄眼，红嘴，周身黑，其中一只很会恭维女性，你只要隔着笼子同它打招呼，说一声："Hello！"它便亮着嗓子回应道："你好，你好漂亮啊！"它对男性不这样，一句话也不说。另一只鸟比较高傲，或者说可能不会说，你无论怎样逗它，它也如一块石头一样一动不动，眼睛盯着他处一声不吭，只偶尔抬起爪来挠几下头。装它们的笼子很讲究，不锈钢笼架，底端镶着梅兰竹菊带字的四幅画，透着十足的雅趣，同时也给这人来人往的街道平添了几分宁静。我其实是很反对鸟儿装笼的，为它们失去自由而鸣不平，但对于这两只鸟儿的态度例外，没有可怜它们，也没有厌恶其主人，所以有时候这心理表现得还真是很矛盾哩。

雍和宫上空飞翔的雨燕是一景，每到春季，特别是清明前后，成群地于黄昏之际练飞，它们或翻飞或疾驰，最终消失在太阳降落的方向，先是黑点，之后全无。有人说它们住在雍和宫的宫檐下，我不确定，看似另有他处。我喜欢看这些小精灵迅捷的样子，带着一把小剪刀，两条小腿并着，身子一掠就是好几十米航程。个别的也飞得很低，让我看得十分清楚。我看雨燕不定期，也没特别的愿望，碰上了就多仰望天空一会，就在雍和宫的对面，隔着一条马路，倚着栏杆。然而有一阵子，受着一股神奇力量的支配，我一到黄昏时就必定要迫切地前往，然后长时间地守候，仿佛要发现点什么。一天没有，再一天也没有，终于，也不知第几天，我看到了如下一幕：一只身形比较大的雨燕，栖在宫顶的一根铁丝上，挺着身子，眼睛四处巡望，像一位警察一样，当见到不远处有几只小雨燕落下时，立刻赶过去轰起，几番同样操作后，我顿时明白：哪是什么警察，分明就是教练，它在训练鸟儿们飞！

当我意识到这一点时，刹那间一股热流涌向心田，那份激动就别提有多强烈了，一行文字快速闪过脑际后，我认定如果此时此刻写一篇文章，题目唯有一个，这就是《有一种爱叫驱赶》。

是啊，培养，训练，增强下一代的生存能力，可不就是一种爱吗？

在地坛公园，我追求三样东西：银杏落叶、双杠、露天电影。每年的十一月中旬，地坛银杏大道迎来最辉煌时刻，置身于其中，从头顶到空中再到地面，满目黄，便宛如在童话中一般。那些小扇子在绿的时候不惹人注目，变黄之后却招来万般宠爱。我喜欢地上的，厚厚的如垫子一样，踩在上面满满的舒适感，而这种感觉不只在脚底，更是在心里；另外这种浓浓的鹅黄色能够带给人以温暖，从视觉到身体，传递仅需一瞬间。

错过地坛的银杏黄是一种遗憾，当有一年我忽然想起时秋已尽，那首《秋意浓》刚好形容我当时的心情，悲凉且失落，仿佛失了整个季节似的。其实也差不多，每一年的秋季，在北京，我只等待银杏黄。

不想谴责谁，我只为地坛的银杏叶感到幸运，它们没有被塑封成标本当商品卖。同样是夹在书页里，买来的和捡来的意义大不同，对待前者，我可能随意丢弃，对待后者，我则始终珍惜。

我玩双杠没有任何花样，就是双手撑上去，停一会再下来。然而就这单调的动作我也乐此不疲，不为别的，只因为它相对我而言具有挑战性。或许单杠也有这种挑战性，但上边攀满了男人，我无法尝试，也便无法验证。

看露天电影，我也说不清源自何种心理，若是硬要分析，恐怕同静静地坐着看夕阳别无二致，反正那电子大屏幕也不清晰，更没几个人，多数是进城务工人员，大家都分散着坐在几级水泥台阶上，谁也不交流。毋庸置疑，看露天电影得夏季，而且也仅在周六才有，还时不时放大家鸽子，所以能不能看得上全凭运气。

讲一件有意思的事，有一次天比较热，太阳也久久不收敛它的光芒，我好不容易等到太阳落山了，电影也开始播放了，这时同学一个电话打来让我去吃饭，而且还催得挺急。地点也不远，坐车绕，自行车没骑，于是我步行着走了去。一见面，由于天热，又由于我走得急，同学见我面红耳赤的样子好奇地瞪大眼问："你怎么想起来去看露天电影？"我没回答，因为那天在座的还有很多人，大家七嘴八舌的没轮得上我解释，但看随后同学依旧表现得万分好奇，或许干脆说就是一副不可理解的神情，我才差不多感知到自己的样子有多狼狈。

二环的那条护城河在黄昏时刻总燃着一把火，那不是因太阳的直接照射，而是照在一座建筑物后的反光映在了河面上。我喜欢把它描绘为一把火炬，有尖，有体，有柄，并全都微微颤动着。有柳树同时倒映时最好看，静的静，动的动，通常都吸引我驻足在桥上凝眸盯视许久，随后才起步前往地坛公园。

雍和宫就在护城河边，隔着一条马路，我却从来没有进去过。没什么原因，要找也只能说出于一种敬畏。附近的国子监和孔庙我倒是去过两回，都是一道去的，两处院落之间通有一个小门，不用分别出了这个再进那个，方便游览。也许是国子监内修缮得比孔庙新，我对其印象不如对孔庙深。后者院内正门口有一株柏树，已死亡，怕倾倒，园方种了一棵紫藤绕其身。我第一次去时，只对树上的那一串串紫色的花感兴趣，还以为就是那枯柏上结的，待到问工作人员，工作人员给我细致做了讲解，听完的一瞬间，我的心头即刻涌出一种感动，认为这分明就是一种爱情，树与树的，一方死，另一方替它活，并且还拥抱着不分开。

青年篇

有一处展厅展示的全都是乐器，我在这里第一次见到了瑟和笙，不看标牌我还以为前者是琴，对于笙，我倒是能猜得出来。琴瑟合奏，凤管鸾笙，想想那幅图景就觉得美。我临走买了一只"空"，也称"无忧鼓"，使小槌敲不同的部位就对应发出不同的声音，有一处位置恰与我的脑弦相通，一敲我的脑袋就疼，由此我相信武侠小说中写的用音乐杀人的办法是真实的。

有一艺术馆叫"大都艺术馆"，距离孔庙不远，之前经常有画展，我也时常去看，忽一日就倒了，此后我就改为了去琉璃厂看。我不懂画，更无研究，纯属瞎看，另外有一件事很伤我的心，我以为凡画家必定身上艺术气息浓厚，而且这气息是从外表上能够看出来的，结果失望。年轻的通过小辫显现（我不知年轻的女画家长什么样，这里只说男的），或是一髯小胡子，中年的和大街上的普通人无异，年老的没见过，这里不做评述。

簋街，对于饭店本身没什么可写的，因为我没进过任何店，只是有一次路过一家店，对店外养的小香猪感了兴趣，站定看了许久。要写也只能是写坐在大街上排号候座的食客，并且是那些兴致勃勃的，说实在话，我心里多少有些排斥他们的行为，觉得为了吃大可不必，特别当有些年轻人还领着自己的父母一并坐着等，而这些父母一看就是从外地来的，样子疲乏且局促。他们把这视作孝顺，我却认为实属残忍，大热天的，又是中午，春季时风又干又燥，那些父母枯坐在凳子上一脸迷茫，再加上不自在，眼神里流露出的便多是无可奈何。面对此情此景我总免不了要多看几眼他们身旁的儿女，当发现他们个个都自顾自地与其他人侃侃而谈，一副按捺不住心头兴奋眉飞色舞的模样，就越发地不理解了。

我只步行去过一次王府井，其余都是要么骑自行车，要么乘车。步行走正式起点为东黄城根遗址公园，沿着绿化带一直朝南之后再左拐。骑车则路线多了，可东，可西，可中，选哪条道，关键看那一刻的决定。乘公交我喜欢乘特 11 路，因为是双层，坐在上面可以观街景，若是凑巧有一个最前边的座位，那份爽快就不必说了。坐地铁则可以在金鱼胡同看那把悬在"天福茗茶"店外的大茶壶，壶嘴里不停地往外冒着水，看上去特别神奇。我站在它的近前琢磨过好多回了，以为真是靠水流的反冲力把它顶了起来，结果等到某一天水停了，我才赫然发现原来壶嘴里插着一根银白色的管！再没有好稀奇的了，自此我就难得再去看一回，除非正好路过。

去王府井的目的有两项，一项是去书店买书，一项是去书店门前的献血车献血。书店我喜欢晚上去，白天里边太喧闹，晚上则安静很多。我通常只在专业书籍和文学书籍前站站，看到有合适的就买。献血非常简单，验血，填单，抽血，走人。每回都有礼物送，我却很少去领，都是包和伞，家里已经够多的了。

十三年里，我只去过故宫两回，天安门广场倒是没少去，早先夜晚都允许放风筝，一个老头扯着根线放到十一点钟，然后收线骑车回家，我也随后打道回府。去故宫这两回都是冬天，临近过年前，我也不知道为什么要选择这时候，也许是为了避开人多，并且我每回都是坐车去，步行回来。第一次从西华门出，然后沿景山西街、地安门内大街、地安门外大街、玉河故道遗址（东城段）回家；第二回则是从东华门出，一路向东，途中最长一段是金鱼胡同（又见那把大茶壶），到了东单大街再左拐，之后灯市口、东四、张志忠路、北新桥、家。这两次故宫之行我都没有看文物，只观了观建筑，以及远处的北海公园的塔。初中时那幅朗

青年篇

读《故宫》的画面时时浮现，耳边也萦绕的总是那清脆、嘹亮的声音：过了太和殿就到了中和殿。我是第二次参观故宫才登上城墙的，尽管只有东南那一段，从上往下看看到的也仅是个边角，但已经足够让人浮想联翩的了：想象当年宫人出宫的样子，在那些深墙下，裹着腰，溜着墙根，脚步匆匆。"宫深似海"，对于我们现代人而言，看来唯有站在高处才能体会得到。正遇上韩美林艺术展，进去瞅了瞅，展物都十分有趣，但就是感觉不十分精美，与一些日本艺术家的同类作品相比，粗糙了些，显得不够有耐心。不过或许是我不会欣赏，也未尝没有这种可能，毕竟对于艺术而言，我是一个门外汉。

到了该介绍我的住地的时候了，康欣小区，它是我以上描写的所有地方（故宫除外）的中心，除了工作单位，我绕它画圈，南到王府井，北到地坛，东到东直门（经簋街），西到什刹海。我最钟情的是小区内那株槐树，上百年的树龄了，树下经常围绕着一群孩子，叽叽喳喳的，惹恼了楼上的就挨一顿训斥。另外还有几株高大的树，但不属保护对象，没被贴牌，也没被栅栏围起，它们分别是柳树、柿子树和东门口的一株银杏树。由于小区没有高楼，月亮总是能够被看到，尤其是圆月，从东南升起，静悄悄的，带给人一丝哀愁的时候，也似乎一直遥寄着我的某种愿望。外国人无论去到哪里都引人注意，有一段时间小区里住进了几位艺术家，做石膏头像的，他们总是把做坏的扔进垃圾桶里，有一次我在家中，忽听外边一个女的惊呼道："噢，大卫！"当然她用的是西式腔调，同时也是一个中国人，于是激发了我的好奇，等我再散步时特意凑近垃圾桶看了看，只见一个美少年的头颅斜倚在开敞着的垃圾桶的盖沿上，也是里边的垃圾撑住了它，否则一准掉进去摔烂，那样也就不会招致那女的的惊呼了。这些石膏像有时候会被拿到屋顶上晾晒，如果稍不注意，猛然间一抬头准会吓一跳。我有一回就被这样的事情吓到，瞬间还以为真的有两颗人头在上面，好在很快意识到了。

小区里冬有冬的模样，夏有夏的风情，春季风卷细土，秋季落叶满地，该有的季节全都有，该出现的景象一个不缺席，雨、雪，全都是我的语言，我借大自然的口说出，而它们也只等着我某一天将它们倾情描绘。

我从二〇〇七年开始改做高级谈判，头两年里，我都是一边工作一边学习和自己在外边报名参加培训，此外我还额外考了一个相关的资格证，很累，却也还是很好地应对了下来。

我的收入变得可观了起来，另外我也似乎过上了一种看似高端的生活：葡萄酒、晚宴、由所谓的成功人士组成的社交圈。很难想象，我竟接受了这些，并且曾经一度把这视作是理所当然，认为这是我人生之路一级一级台阶踩过来获取的，我有理由过这种精致的生活，直至两件事的到来改变了它。

中年篇

孔子曰四十不惑，我是四十而惑，这一年里发生了太多的事，简直称得上我人生的至暗时刻。先是养了十年的猫因患肝炎而离去，接着是同事、父亲、大学老师、朋友，他们一个接一个地逝去在了二〇一四年的春天里。

　　曾经看过这样一篇文章，说一家人每年都要到葬着他家七岁猫的一座山坡上坐坐，我那时还很年轻，不理解这是一种怎样的情怀，等轮到自己，才深刻体会到人与动物之间的那份特殊感情，那种无助、那种期望出现奇迹、那种不惜一切代价想救它的愿望，都在那一时期挤满了我的心脏，然而它还是走了。我将它裹在一条雪白的浴巾里放置在箱中，身旁还摆了一只它生前最喜欢撕咬的小毛绒玩具，随后开车载着它出了城去往一处僻静的山里，将它葬在了那里。之后我倒是没有像那家人一样，每年都去它的墓地坐一坐，但是心里却始终怀念它。

　　它刚走的那段日子屋里静极了，空荡荡的没有一点生机，空气也如凝固了般显得异常凄冷。我忍受不了内心的郁闷时就会突然大喊一声，我猜邻居会误以为我患上了精

神病，好在现代生活方式下谁也不探听谁，我便躲过了纷纷议论。

同事是因车祸，被一辆车撞起，又被另一辆车接着撞。他没有当场死亡，在医院急救室里待了几天，待的期间我去探望他的妻子，她因承受不住打击也住进了医院。她一见我就哭，除了哭还不停地讲述，她那悲伤与憔悴的模样让我想起了当年的我，方良去世，我一夜之间感觉像是被冰水浸蚀过一般，浑身彻骨地寒冷。显然她的痛比我深，因为她还有一个孩子，八岁，正是需要爸爸的时候。我坐在她的床边拉着她的手一句话也不说，只听她说，说实在的，我不会安慰人，但不久她还是平静了下来。随后她向我介绍起了一旁的一男一女，这时我才想起来近前同他们打招呼。两人都是我同事的大学同学，他们说刚开始接到电话心里还暗忖："不就是个车祸吗，还能严重到哪？"不承想竟然威胁到生命！说时我们三个都不约而同地叹了口气，被同事妻子听到后，她又哭了起来。

都希望奇迹出现，然而奇迹并没有出现，同事在医院里待了七天后还是走了。开追悼会的那天我见到了他的儿子，过分的悲伤我倒是没有从他的脸上看出，那份孤苦无依却着实令我心头感觉不是滋味，是啊，怎么说他也是一个孩子，他或许压根就不十分清楚究竟发生了什么，只知道以后再也见不着爸爸了。同事的妻子没再哭，她披着一身白，那份悲凄和略弯的腰背以及护着儿子的一只手却胜过一切哭泣的样子。

按照他们老家的风俗，同事被戴上了一顶老年帽，脚下是一双老布鞋，撞过的头颅虽已经修复得恢复了原样，却大得吓人。不知为何，后来我就老记着他这副模样，至于他原来长什么样，倒是淡忘了。

父亲是清明前去世的，清明节当天安葬，葬时下来了雪。他走得很突然，我没有来得及见他最后一面。我满以为不会哭得多悲痛，毕竟父亲已经八十多岁的人了，可当一看到他的棺木，再看到他的照片，我立刻跪在地上直不起身。

很自责，在父亲生前没有理解他，等到他身后才彻底理解了他，而这又是我此生最大的遗憾。

由于职业的缘故，又由于我父亲身处农村，他的言行总是超出大多数人的认知能力，认为他吹牛、说大话、观点奇异，其实是他思想超前，那方水土不适合他，所以他总显得与别人格格不入，特别是当老年时期，同龄人相继去世，只留他一个活在一帮缺乏见识的人当中，便经常有龃龉发生。如此便像是他不通情理，或许也真的是他不通情理，人们背后总是对他诽谤再外加诋毁。我想他是知道的，不知道我母亲也会告诉他。这可不是什么出于忠诚，而是警告，警告他少给家里惹麻烦！

我和我哥的态度也是偏向让他屈服，但又怎么可能呢，因此每次见面总免不了要为这事争论几句。

可而今连争论也争论不成了，父亲这一去带去了他所有的缺点，留下的，在我心目中的，唯有好。我记得他给我在市里一家书店从内衣兜里掏钱买小人书的尴尬情景、

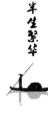

炝辣椒无意间将一股烟呛入我的鼻腔时他那副深切的自责样，以及只有我俩在，我包饺子包少时他语气凿凿地推说他不喜欢吃饺子而将余下的都让与我等等诸如此类的事情。

父亲其实是一个挺伟大的人，救过人，家里养猪那几年年年为村敬老院送猪肉，下乡时遇到特别困难的人家赠予他们钱款。

对于他的这些善举，我想那些受惠的人并没有忘，最典型的，当父亲出殡当日，我们刚把土填好，就见山坳里一瘸一拐地走来一个人，他走了很久，我们也一直眼盯着他凝望了很久。有人说这是附近村里的一个人，脑子有些问题，父亲在世时对他多有照顾。他来我首先看到的是他眼里的眼眵、发红的眼睛和满嘴的泡沫，很显然，在这漫天风沙的春季，他患上了结膜炎，另外同时可能还有口腔炎。他手里攥着一把烧纸，来了之后让人们给点上，有人调侃他让他跪下，他只讪讪地笑，又有人问他是不是来要钱了，他也讪讪地笑。我见状从钱包里拿出一百元钱给到他手里，并且对他说："这是替我父亲给你的，谢谢你！"他没有拒绝，但就是看着我两眼满含疑惑，这时旁边有人帮着解释道："这是我三爸的姑娘。"

"噢，他还有个姑娘啊！"他自言自语道。走时人们又给他塞了几包饼干、一包烟、两瓶罐头，他感恩戴德。

关于给养老院送肉引发的母亲的唠叨，我从小就听得到，母亲的意思是那些人有乡里管，用得着父亲积极吗？父亲听罢也不争辩，因为如果争辩，就有可能把赠钱的事情也说漏了，但这件事终究包不住，那些得钱的老人好说与别人听，一来二去到了母亲耳朵里就又会生出一通子牢骚。母亲也不是心不善的人，而是父亲那时挣得委实太少，就几十块钱，除去我和我哥的学费、买面的钱，就所剩无几，支应家用都捉襟见肘，给人就简直等于从牙缝里硬掏。

这样的事情年年发生，年年到点母亲就抱怨，后来我上学离家走了，听不到了，估计父亲也依旧在继续行着善。

说到父亲救人这件事，还是我和我哥的一大发现，有一回也不知怎么的我俩翻起了我父亲旧日的那些书啊、报纸啊、文件等的，就从中看到一张纸，说具体点，应该是张通报，上面写明了表扬某某某同志舍身救人的行为，号召全县人民向他学习。我和我哥很惊讶，没想到父亲还干过这么一件让人崇敬的事情，问父亲，他才告知我们说，那还是他年轻的时候，路过一潭水（我们那叫淖尔），见一个孩子掉了进去，他就下去给捞了上来。关于淖尔，这里插一点介绍进来，我也都是从父亲的嘴里陆陆续续听到的，说我们那里，早些年方圆几十里都有水，水深之处有鱼，鱼是红色的鲤鱼，不大，味道鲜美。我知道他特指的是乌兰淖尔这处地方，我上学乘车会路经，但早已干涸得什么也不剩了，只留了一个空地名在那儿。父亲说他救人还不是在这里，而是在另一处地方，距离县城不远，那时他在那工作，至于那个被救的孩子，他想了想说："如今也应该三十多岁了吧，在最先的几年我还见过他一回。"

父亲在讲述这些时语调相当和缓，都是我和我哥发问，

中年篇

141

他来作答，使我不理解的是我们都这般激动，他却平静得像讲述别人的事情，后来明白，他是把这视作应当的以及举手之劳。

母亲也是第一次听父亲的英雄事迹，听罢她以调侃代替敬意如是说道："没想到你还会这么一下下（指父亲会游泳）！"

我忘了当时父亲的表情了。

大学老师是患癌去世，我专门飞回去看过他一回，但那时他已经坐进轮椅，且不能说话，另外也仅剩一只右手能活动。望着这一幕很心酸，那么叱咤风云的一个人被疾病限制住了身体自由，怎么说也是上天的一种不公。然而更刺痛我的是等我回到北京后同学通过微信发给我的一张照片，照片上同学们与老师围坐在一起吃饭，别人都正常，唯有他脖子上箍着一个奶兜，给我的感觉是他瞬间回归到了婴儿期。

他本人倒是一直表现得很乐观，之后有一段时间看样子似有好转，同学发给我的视频中见他被人们推着轮椅在校园里游逛，见到熟人他也频频抬起手来与对方打招呼，但终于还是听到了不幸的消息——他去世了！我没有参加他的葬礼，据说人很多，这也充分证明了他的好人缘和好品格。他是一个正直的人，喜欢说实话，为此赢得了许多人的友谊，只可惜苍天无眼，早早带走了他，自此人间再无那个高大英俊的人！

朋友之死最令人痛惜，她是自杀，因家庭缘故。这是最最使我不能理解的，都何种年代了，竟还有人干这种傻事！听到噩耗，我呆立了许久，随后又坐了许久，干什么事情都干不在心上。她和我不在一个城市，研究生毕业就分开了。她放不下她那在东北的男朋友，选择回了老家，结果十几年后，她却因这男的而死。她的家人以及她的丈夫，也即这个男的，拒绝除他们之外的任何人参加葬礼，理由是不想伤口上撒盐。呸！他们还有伤口，凭我同学那懦弱的性子就知谁的伤口更深，奇怪的是她的父母的态度，仿佛女儿之死很丢他们的人似的。

我彷徨，我愤懑，加上前期几个人的离世，我一时间有些抑郁。我苦思人活着的意义和价值，不得，就去求助书籍，我选的是史铁生的书，以为从一个身体有残疾的人的角度来看待生命或许更透彻，结果依旧不得。我夜夜失眠，头痛得厉害，血压也有史以来第一次升高，于是我又去看心理医生。客观地讲，对我而言，看心理医生的意义不大，就是在电脑上做些题，医生再同我聊几句，因为她也很忙，之后就是看着一只钟表的摆针摆来摆去，也是在电脑上，以及盯着一棵光秃秃的菩提树直到它枝繁叶茂，同样还是在电脑上。医生给我开了几种药，我没服，都是抗抑郁和抗焦虑的，我觉得我用不着。

我认定还得从自身的角度来调节，也即自我康复，因此我休了两周假。头一周我依旧去医院心理科看钟摆、盯菩提树，后一周我去了庐山。

说到去庐山不是突发奇想，而是与两件事相关。先说第一件，我头痛最厉害的时候去看神经内科，一位八十多

岁的老中医只对我说了这样一句："像你啊，估计在深山里待一段时间就好了。"当然他也不忘给我治疗，开一些辅助睡眠的药，而我又太敏感，服丁点就久睡不醒，后来就改为在头部穴位处注射药物，由一位专业辅助他的人来执行。效果很好，但也不是长远之计，我想的还是从心理上调节，所以记着他的那句去山里的话。

再说第二件，这本身就是我一直以来的一个希望。二〇〇九年，我曾去过一次庐山，那是在我考完资格证后的端午节。不巧的是当日正下着大雨，雨停后又是大雾，于是自到后便待在宾馆里哪也没去。第二天天晴太阳出来，好一派迷人风光，乘车去到含鄱口，一路上阳光透过树隙闪闪发亮，心情要多舒爽有多舒爽。喝了壶茶，又乘索道下到彩虹瀑布那里，见太阳下的瀑布带着一道彩色的光圈，便禁不住让照相的人给照了张相；后爬天梯上来，又乘车前往五老峰，之后就没再动了，一直在峰下坐到下午五点多才离开。晚上时去了趟如琴湖，听了听湖水声，又绕湖走了一圈，即回到宾馆休息。等再次醒来，则是第三天，尽管天气也非常好，也该回了，本来还想去三叠泉，却没有时间，所以当时心里就想着留待下次再来吧，而这再一来则是五年后。

说一说上一次回的时候，十分有趣，打了辆车去到庐山机场，机场很小，就像郊区的一处小农场一样，原本我是下午的飞机，却一直等到天黑，之前居然还看了场日落情景——太阳很大很红，不久便消失在了地平线外，剩下的唯有一片苍茫和西天一溜红霞，随后就是天地齐黑。飞机来就停在候机室的一块大玻璃后，人们很快就被允许登机，也很快飞走。令我颇感新鲜，而我所指的有趣也正是以下这一幕：飞机停靠时竟然是由引导员用两把手电将其引到指定位置的！

这一次来我依旧住在上一回的宾馆，离湖近，离牯岭街远，安静。由于正值庐山最好的季节，七月中旬，所以也见了一些游客，不过二〇一四年也特殊，旅游市场不旺，人也不如想象的那么多，周末人多，但我成功避开了。我足足游历了五天，纯徒步，不乘任何车，一早吃罢饭，装扮整齐，休闲服、旅游鞋、太阳帽、墨镜、雨伞，然后脖子一挂相机就出发了。

第一天：目的地是电站大坝，想看一看那种恢弘气势，可惜没有实现。当天下着点毛毛雨，朦朦胧胧的，倒是不影响路上行走，也不影响进入景点。刚开始我净看路上的蘑菇了，另外还有各种各样的蜗牛。我走走停停，除了给蘑菇拍照就是给蜗牛照相。庐山的蘑菇圆贝状的多，也有的似云母。圆贝状的就连上面的条纹都同贝壳上的几乎相同，颜色则有淡黄、棕褐、雪白；而云母状的则边围有凸有凹，类似女士们的那种软式便帽。也有那种肉嘟嘟的蘑菇，但多数蒂很长，由于撑不住上边头的重量，整个蘑菇便歪倒了。打小白伞的蘑菇最漂亮，淑女范十足，至于那种黄的，冠顶翘着的，则显得桀骜不驯。我对蜗牛，持一种矛盾心理，若是它们都背着它们的"房子"，我能接受，若是卸掉，光着身子跑出来，咦，心里的那个毛酥酥感觉啊，简直受不了。所幸我在路上见到的都带着壳，而且无论颜色、模样，都十分可爱，加之体型又大，我的好奇心便站了上风，就能够蹲下来仔细观察它们。

有些蝉也正在蜕壳，趴在树叶上一动不动，壳体透明，吓得我不敢近前。瞥见一枚红叶，落在绿叶丛中分外醒目，这是一种树的叶子，不代表秋季。有一个巧织娘在两株竹子的竹干之间拉上了一张网，样子像一只筐箩，又像一只笊篱，然而它却舍得抛下它，匆匆退场。几只野草莓正红，圆球上带着棘，像小孩玩的那种摔地上又弹起的橡皮球。松树上的松果结得很多，在松叶稀疏的枝条上颇具象征意义，象征着独立世外，象征着只愿与天空发生交流。

我的起点是在鑫帝宾馆，我没有走如琴湖、花径那边，而是直接走在上边的公路上。我的第一站是御碑亭，锦绣谷略过了，当然在进入景点前，我一直沿着左边的道路在行走，因为这边沟渠内的水轰轰隆隆，流得很急，股股水流呈白色，奔涌着向下冲去，颇具气势。看介绍，原先此处有大林寺，而大林寺又位于香炉峰顶，由此我在心里由不得要去猜测，这奔涌水流是否就是李白笔下的那"银河"的源头？看资料，像是不对（后来我知大林寺的香炉峰指的是"北香炉峰"，而李白诗中的香炉峰指的是"南香炉峰"），而我在写这部作品时突然悟到，我们一直误解了李白的这首诗，先来看该诗：

望庐山瀑布

唐·李白

日照香炉生紫烟，遥看瀑布挂前川。

飞流直下三千尺，疑似银河落九天。

诗中"香炉"指的是"香炉峰"，这没什么疑问，那前川中的"川"指的哪里呢，是我们一贯认为的香炉峰吗？周銮书《庐山史话》中有这样一段话：

李白喜爱的另一处庐山胜景是瀑布水，这是庐山南麓的东、西二瀑之一，水的源头是从高大的汉阳峰来的，其中一支从……。另一支从双剑峰东面，凌空下注到大壑中，悬挂数十百丈，简直是裂云而来，破壁而下，一泄千寻，不见其底。这就是李白颂扬的瀑布水。这东、西二处瀑布，称东瀑、西瀑。……东瀑、西瀑都是山南美景。而瀑布水，也即西瀑，更胜一筹。冬旱时，水源较少，只有一线细流，循崖而下。而当春夏汛期，水源充沛，泉水直落霄汉，如垂匹练；日光照射，耀眼炫目。……西瀑的奇特，主要在于它的高远，水源丰富，来势如银河倒挂，气势雄浑磅礴。李白对西瀑极为欣赏，他写的两首歌颂庐山瀑布水的诗，其中"日照香炉生紫烟"一首七绝，已经传送千古。

写到这里我们已然明白，这个"川"指的是双剑峰，再

看地图，双剑峰在香炉峰的东北方向，这说明两者根本不是一个地方。其实李白的另一首描写西瀑的诗（也叫《望庐山瀑布》），直截了当告诉了我们，接上段我们继续往下阅读：

另一首稍长，可说是对前一首的注释。他说（李白说）：

> 西登香炉峰，南见瀑布水。
> 挂流三百丈，喷壑数十里。
> 忽如飞电来，隐若白虹起。
> 初惊河汉落，半洒云天里。
> 仰观势转雄，壮哉造化功。
> 海风吹不断，江月照还空。
> 空中乱漂射，左右洗青壁。
> 飞珠散轻霞，流沫沸穹石。
> 而我乐名山，对之心益闲。
> 无论漱琼液，且得洗尘颜。
> 且谐宿所好，永愿辞人间。

怎么样，是不再清楚不过了？

从御碑亭凭栏远眺，视野极为开阔，可以望山、望人家、望湖泊、望田畴、望天空。但由于有雾，山下的湖泊和田庄灰蒙蒙的，被遮掩得看不太清楚，我也就迅速离开了。

之后我就一直专心走路，只是在经过一处导水口（这是我给起的名字，应该是刚才那处轰轰隆隆的水流下山途中遇公路，设计者特意在路面下埋了一根水泥管将其引出，水泥管很粗，与路面成九十度角）时停了一阵，看那汹涌的模样，听那磅礴的声音。后期有人问过我，庐山上的水声有几种，我回答说，应该把词典里描述水声的那些词都涵盖了，譬如潺潺、汩汩、淙淙、泠泠、叮咚、哗啦啦、轰隆隆等。

在到文殊台之前雨就停了，然而雾也越来越大了，山涧里除却白茫茫什么也看不到，但能感觉到峭壁危崖、万仞险壑。我坐下喝了一壶茶，一边喝一边歇息。附近猴谷里有一只猴不停地啼叫，声音悲凄，像是有什么伤心事，我随后壮着胆进入那片区域，发现也没有警示牌上所写那么吓人，事实是连猴的踪影也未见。但凄厉的叫声依旧在延续。听得出是在一株树的冠顶上，而这些树又均高大挺拔，直指云霄。

在往龙首崖走的途中，为了观察一只叫声大得惊人的知了我脚下一滑摔了一跤，摔到了就近的坡下，爬上继续走，不久到了一处地势低矮的平台上。路变得越来越难走，就在悬崖边，有栏杆护着，人们全都在这里停下了。前方的白茫茫较之之前看到的那些更浓，更让人心生畏惧，我有心向前，却也举棋不定。问一旁的环卫工再往前有什么，他说有悬索桥，不过他不建议上去，说大雾天危险。我听从了，但也没有马上往回折，而是又待了一会儿，直到最后只剩我一人。心有不甘，可也没有办法，改日再来，不是我的风格，于是我就在这样的舍与不舍之下原路返回，不过等到一攀上路面就忘了这桩事，这时候我又听到了那猴的叫声，但间隔时间长了，也弱了，像是疲乏了。

回时走的是景区里的大道，两旁树木耸峙，路很直，且平坦。之后又踏上我来时的那条公路，我见路旁坐着几个老奶奶，手里正在忙着编花环，一旁的塑料袋上摞放着已经编好的，以黄颜色为主，中间夹杂着一点红和白以及藕粉，两腿间则是尚未开始编的。她们没招呼我，我也没打算买，只买了旁边一个人的水果，便回了宾馆。

第二天，仍旧不见太阳，但总体来说天不错，不冷不热，我首先奔往了含鄱口。出发是从牯岭街，沿公路，未走下面的别墅区。路上没有其他行人，有的只是一辆辆庐山上的旅游车，从我身旁呼啸着驶过。在含鄱口，我遇上了云海，但看样子云海尚在形成当中，不是很壮观，质地也没有那么厚重，一团团的水汽正从地面或山腰中腾起以弥补这种不足。山下的城市、人家、田畴、湖泊、绿树全都可见，算不上多么朦胧，事实上还相当清楚，唯有空中白雾霭霭，人们看的也正是这一景象，全都仰着头。我爬到了那块冰川石上，从上往下俯瞰，只见一只只吊葫芦（索道车）从远处山谷滑过，排着队，串成串，红顶，黄顶，一队从山岚中来，一队正要赶往山岚中去。五老峰显出了伟人的头颅，五官还十分清晰，眉、眼、鼻都分得出来。

植物园里鲜有人，我走了一半退了回来，路经一处疏林草地，但见有几株奇异的花，便急忙奔了过去。说实在的，吸引我的除了它们的样子，这里指颜色和形状，黄的黄，粉的粉，腰肢柔软得像泡沫手摇棒，最重要的是它们的孤独，站立在它们的身旁我不禁想起了那一对词语：茕茕孑立，形单影只。

这两种花我都不认识，朋友圈求问他人，其中一人说出两种中的一种，即那株粉色的，说是石蒜，花叶不相见；另一种，黄色的，后来我通过软件识得，叫"忽地笑"。

甭说，这两种花同我有点像，都喜欢绕开人多的地方。

在到达芦林湖之前，我先到的毛泽东故居，但由于人多限流，我没有进入其中，只在外边游览。其实外边，也即诗碑园也非常不错，有那么多诗词可以阅读，也正好可以领略领略各位领导人的卓越文采。

先摘毛泽东于一九六一年九月九日写的《七绝·为李进同志题所摄庐山仙人洞照》：

暮色苍茫看劲松，乱云飞过仍从容。
天生一个仙人洞，无限风光在险峰。

再摘林伯渠于一九五九年七月写的：

诗家情绪喜庐山，山在重峦叠嶂间。
不要认错真面目，个中动静一线牵；

背靠五老向鄱阳，古寺海会仍旧装。
门额记绣真面目，只因历史述沧桑；

匆匆卅二年前事，为举义旗聚九江。

正是骄阳炼大地，却将时雨润洪荒。

摘朱德一九五九年八月写就的《和毛泽东同志"登庐山"原韵》：

庐山挺秀大江边，牯岭乾坤已转旋。

细雨和风经白鹿，薄云开雾见晴天。

林园培植多桃李，路线深通贯顶巅。

此地召开团结会，交心献胆实空前。

由于没有太阳照，亦没有风，芦林湖"油光可鉴"，岸边的山和树倒映在湖面上，对称着，形成了虚实景象，有几株树，树顶尖尖，树叶稀疏，在湖上临岸之处形成了块块空影，加上湖纹，便犹如油画一般。远处的庐林大桥正好在两座圆包山之间，形状酷似一架长长的古筝，这时若是有古曲传来，例如《春江花月夜》，我会以为是它弹奏出来的。

夸张了，但从目前的宁静程度看，这个比喻尚属恰当。把音乐与景致联系在一起，这是第一次，我感到心灵又一次受到了荡涤，望着如画的湖面，我陶醉了。

我没有按原路返路，而是沿着从停车场出来的一条道一直向前，此时路两边已经亮起了灯，颜色猩红，更衬托出了夜的漆黑，其时天上又下来了雨，所幸是毛毛雨，灯光下，雨丝倾斜，丝与丝之间并不连贯。最终我是从别墅区进入牯岭街的，我又饿又累，匆忙钻入街边一家饭店，点了两样菜后再看表，已是二十一点多钟。

翌日我起来得很晚，下午三点多才出发，因为太阳很好，我打算去御碑亭看看落日。这一次我走得很慢，依旧走公路，路过花径，我没有进去，而是进了锦绣谷。或许是一种以讹传讹，也或许是真的，我听一个当地人说，当年苏轼作那首《题西林壁》就是在锦绣谷，而且是在秋天（后经考证，苏轼作这首诗既非在锦绣谷，而是题在西林寺壁上，更非在秋季，而是在农历四月间），受此诱惑，我也总想捕捉点斑斓色。然而哪可能呢，要知道这可是盛夏，想看得到深秋。事实也是如此，锦绣谷里一片葱绿，纵使再渴望，也没有一抹别样的色彩，其实是一点也没有，所以说任何美景都得对应合适的季节。不过《题西林壁》始终萦绕在我心田，我想还是把它写下来为好：

题西林壁
苏轼

横看成岭侧成峰，远近高低各不同。
不识庐山真面目，只缘身在此山中。

我攀上一高处并绕到山背后，阳光下极目远眺，竟觉一片荒凉。有一个男的也随后跟来，由于围栏很低，也觉无物可看，他很快离开了。彼时太阳还很明亮，我暴露在那里感觉周围白花花的全是强烈的光，可等随后到了御碑亭，再举头望向天空，光线已十分柔和。因为有云，太阳不怎么刺眼，只是情形依旧如融金一般，中间金黄，周围火红。它一点一点消失，直至完全被云层吞没，而那时其实距离地面还有相当的高度呢！

我一直望着这一幕，等到它彻底不见，余霞在另一处地方映得只剩下点绯红时，我才将视线移开。瞬间，世界安静了，我的心却变得很失落，实际上是留恋，留恋黄昏，留恋静谧，留恋那种醉人的美。

我没有走，依旧在盯着天空，看那点绯红褪去后妙手创造出的一块"牧场"。确实，有草地，有牛羊，有河流，还有一个放牧的人，似乎还骑着马，手里鞭儿长长。

第四天，我正式踏入花径，在进入之前沿着如琴湖的右侧木栈道慢慢徜徉。栈道上不远不近间隔开一定距离有几个摄影的人，长枪短炮的我也不知在拍摄什么。我站定顺着他们的视线瞅了瞅，也没瞅出个所以然来。不知为何，我历来觉得摄影师的表情都很冷酷，不如画家那么温和，而我途遇的这几位全都如此表现，或许他们厌烦别人打扰，更厌烦有人闯入镜头，破坏画面，劳而无功，但如果确如这般，那么在景区里，以上问题还真是不好解决哩！

花径的门，看到它即会想起那个词：曲径通幽，而要通过它还真是须提前做番心理准备呢，怕门那边所见惹人失望。事实是，只要安静就行了，里边的人也确实不多，往深处走的人就更少了。在白居易草堂前，一波碧水，几簇荷花，湖光树影，清新雅致，他的雕像被塑造得潇洒飘逸，文人之气跃然像外，他一手拈着髯须作沉思状，一手倒背于身后加深着这种意蕴，但愿不是正在作《大林寺桃花》。说到《大林寺桃花》，被刻写在一块指路牌上，我念了念，不十分熟悉，但渐渐地，随着我不断地介绍给旁人，我背会了它，这就是：

人间四月芳菲尽，山寺桃花始盛开。

长恨春归无觅处，不知转入此中来。

我依旧痴迷那沟渠里的水流，看它从密林中穿行，声音由淙淙变为轰隆隆。园内有一处地方封闭，越过院墙能见到很多竹子，竹子竹干粗壮，竹节圆润，我每次路过都要盯着看一会，不能近距离接触，觉得是一种遗憾。

返回时我补游了如琴湖剩余的路段，在那堆流水石旁我仔细聆听想要听出点琴声，得承认，似有似无。这里顺带提一下，估计很少有人注意一旁的介绍牌上写的是如琴湖似一把琵琶而非小提琴。

通过曲桥可以去到湖心亭，在亭里感觉远不如在远处望着它时有意境，赶上烟雨天，它便是安放你心灵之地，也是整个如琴湖的核心，你的眼睛是无论如何也离不开它的。

有几丛再力花倚靠着木栈道长在水中，开始我以为是菖蒲，说实在的，我也没见过菖蒲，或者说不确信它长什么样，但就是在那一刻脑子里偏要涌上这个词。再力花有一种特殊的美，看第一眼时我即被它吸引住了，它长得非常大气，茎秆细，但叶子大，就那么几簇，又在水中，亭亭而立，便显得相当超凡脱俗。其实水生植物大体都具有此特点，看上去优雅而富含诗意。

第五天，又是雾天，能见度不高，我撑着一把伞到了牯岭街。整条街上也没几个人，特别是亭子那边，由于地面上有水，更是无人。我站了一会儿，望哪里也望不见，便起步离开了。我没有立刻回宾馆，而是前往了别墅区，途经雕塑园，进去拜访了几位"文学名人"。赛珍珠女士的像，是座铜制胸像，是第二届中国庐山世界名山大会时美国胡德山赠予庐山的礼物，属友谊之赠。我对赛珍珠的了解还在于她获诺贝尔文学奖之上，她一九二九年写的描写中国农村生活的小说《大地》获此殊荣。看介绍，她的童年是在庐山度过的（但其实是部分时间，她在镇江待的时间长），而且她创作的第一部作品也是在庐山上完成的，名字叫《也说中国》。

海明威的像也是座铜制胸像，看面容像是在笑。他的作品非常出名，《老人与海》《丧钟为谁而鸣》《太阳照常升起》等，他参加过两次世界大战，对战争有着深切的体会和感悟，落于笔下，便是沉重的思索。同样的，这尊胸像也是第二届中国庐山世界名山大会时美国一座山赠予的，山名是：雷尼尔山。

德国诗人席勒的像是座石制头像，立体感不是很强，却极富幽默色彩，或者说创作者不拘一格，用一根铁棍充当颈项将其与下面的撑石连接，从而构成一个整身，而撑石上写着这样一段话：

我是德国诗人席勒
我来自德国贝尔吉施·奥登比尔德山
我是贝尔吉施·奥登比尔德山和庐山世界地质公园的友好使者

不同于赛珍珠和海明威的像，席勒像是二〇〇九年中国庐山世界名山大会期间被赠予的，寓意"庐山是诗与灵感的源泉"。

我没有在别墅区找到赛珍珠的父亲赛兆祥的别墅（它在中四路 12 号，我误判了，以为更靠近雕塑园），却很快迷上了乌兰夫的别墅，这是他在庐山会议期间下榻的地方，日式结构，非常精巧，非常漂亮，雅号为"樱花别墅"。

中年篇

庐山，用我的话说，是一座文化名山、政治名山、风景名山，它靠它的自然和文化治愈了我。等回到北京后，我重又精神抖擞地返回工作岗位，依旧每日里忙着考察、谈判、社交，外人看不出，只有我自己心里最清楚，我变了，变得渴望过一种宁静、恬淡的生活。

又过了一年，仍旧是一个火红的夏季，我旧病复发，时常手抖个不停，感觉心里有千言万语要表达，写下了，则一

切复归平静，于是我知道，我少年时代的梦想找我来了！

其实这早有征兆，早在几年前，我看一期张越的访谈节目，应该是回放，受访者是韩红，她拿着一把吉他，边拨拉边讲她的故事。听当中，我泪流满面，我那时就有一股冲动，想为她写点东西，可惜只写下一个题目《韩红，我为你流泪》就词穷了。为什么？多年不练写，手生了！

这是一件很懊丧的事情，当时我也没往深处考虑，不清楚那究竟意味着什么，而今明白了，我决计不再放弃，而是要勇敢地逐梦。

我用了一天半的时间来确认，确认无误后便去找公司领导面谈，预备辞职。公司领导也理解我，只是还有一宗项目一直是我负责，大致三个月后结束，他希望等项目完成后我再走，我同意了。三个月的时间一晃而过，这期间不期然我竟遭遇了一场爱情！

他很年轻，甚至年轻得过分，三十多岁，身材健硕、高大，戴一副眼镜，眼眸纯净。这是最吸引我之处，我看他几乎就是盯着这双眼。他站在街边，我每日一早必经的地方，目的看上去只有两项：用眼光迎接我、用眼光送走我。四目交错，我总是极力控制自己的情感，脸上没有丝毫表情，然而内心却早已波翻浪涌，大脑也时常呈现一种缺血状态。

你能想象到当我们隔开一段距离看见彼此的那一瞬间的场景吗，之后逐渐靠近、擦肩、眼神交汇、再分开？可以肯定的是，世界在这期间是静默的，我们屏蔽了一切外界干扰，眼睛里唯有对方，倾听的也唯有自己的心声。

我的情绪时常阴晴不定，若看见了他，一天就有个好心情，若看不见，则心里郁郁的。他曾消失过一周，我以为自此以后再也见不着了，也接受了这样的事实，孰料再一周的某一天一早，冷不丁撞见了他，我瞬间露出惊讶的表情，被他全盘收在眼里后，我看到他竭力收敛着脸部神经。

这是他出差（我猜是出差，因为之后又有一两次同样的情况，不过时间都很短），我出差归来，他仿佛预知能再次见到我一样，脸上神情一如既往。有时也有区别，既忧郁又亲切。

后期他大部分时候都很忧郁，也有那么几次我能明显感觉到他想避开我，或者说在努力那样做，但最终又回归以往，不过却也让我深刻体会到了那种蚀心的痛苦。

那段时间就近二楼上一户人家养的鸡老是咯咯咯地叫，这加深了我的痛苦，而它们的身体又是全黑的，更使我的心情晦暗无际。我也一样变得忧郁，不再迎着他的目光，而是垂下头，然而眼角余光告知我，他始终在盯着我，于是我又抬起头，继续接受这目光的爱抚和问候，同时我也回馈着。

中年篇

他将两辆车停在我们每日必会的地点附近，然后站在那辆高大的车旁，需要开那辆小的时，便将东西挪到里面，人再随着过去。两辆车不说是正对着，也差不多，我也不清楚他是如何搞到这两个车位的。而我每日里就从这夹出的道路中间通过，道路很宽，行人来来往往，我们总是越过他们的肩膀用眼神交流。

这是一种很特殊的情愫，特殊到换个地点我就不能确信遇到的是他！我不承认这是种疏忽或是不在意，恰相反，而是因太在意了，在意到只把全部的注意力凝聚在了他的眼神和心上，意即精神与意志上，而忽略了他的躯干。

我曾两次碰到过此种情形，一是在医院，一是在小区。在医院那次天还比较热，我挂完号刚一转身便看到了他，他穿得很休闲，甚至可以说有点随便，半截裤，露着腿，脚底一双拖鞋。我诧异如此巧合，他也微露出"想不到"，但我看到更多的是他的不自在。他领着一个女孩，那女孩一看就不是这一片的，她张着陌生的目光四处探寻，而她身上所穿的一条掉线的裙子又加重了这种陌生感。我猜测他们是情侣关系，后又想到是兄妹关系，然而这种兄妹又不是亲兄妹那种，是表兄妹或堂兄妹那种，但无论哪种也足够引起我的好奇，因为随后我发现我竟然认不出他来了。我就坐在一个角落等着被叫号，而他先后从走廊里经过两次，我一次比一次不能认定他就是平日里街边的那个他，而我又竭力想认定。

在小区里那次比较突然，是个周六，我刚从东门进来，便见不远处一个人正向这边走来。我第一眼确定是他，他换了装束，介于休闲与正式之间，由于他所在的地势高，身形尤其显得高大。但很快我又怀疑起了自己，不认为是他，而他也像是忽然受窘了一般，或者干脆出于一种暴露了心思之后的应激保护，他骤然将脸扭向了一旁，佯装在看一户人家，我即迅疾转向旁边一条岔路。

这一年北京十一月份就下了雪，因为是第一场，人们普遍都很兴奋，另外也防护过当。我戴了一顶杨子荣式的帽子，脖子扎了围巾，而他也穿得比以往厚，高帮靴，棉夹克衫。他正站在车前擦雪，使一把毛刷子，有一刷没一刷的，看到我过来，他停了下来。能够看出他心情很好，脸上的线条相当柔和，但愿不是因我头上的那顶帽子，它确实瞅着有点滑稽。

盯看期间，我们不约而同地笑了，但旋即我就感到了不好意思，事实是因羞涩，我匆忙转脸，即使走出一段路后，我也依旧能感知他在我身后望着我，神情温暖。

关于这场初雪，它带给我的记忆创痛要比其他的深，因为每到每一年北京下第一场雪时我都会不由自主地想起站在车前扫雪的他，我没有回应他接下来对我的明确表示，而是选择了不辞而别。得承认，我曾经渴望过，但当真的面对时，我又变得非常理性。理性抵不过思念，一年后我返回原地寻找，然而物是人非，已不见他的踪影。其实就在上一次离开时，他的车窗玻璃处就留有电话，我本可以给他打个电话或发条短信，而我也确实想过，可我却并没有那样做。

中年篇

就这样，我离开了他，只留一场雪在记忆中，而这场雪冻结在我的心里再也没有融化过，它成了我永恒的忧伤。三年后，我以此为题写了一首诗，为的是纪念这段恋情。

第一场雪

第一场雪来了，

落在你在的地方，

隔着千里，

我望见了那株楸树。

楸树被雪压着，

小红果似眼睛，

上面叠映着你的身影，

在清扫车顶的雪，

一双冬靴，一件棉衣，一抹笑，一双眼。

第一场雪来了，

落在你在的地方，

隔着千里，

我望见了你那双眼。

眼眸若有记忆，

便是那株丝柳，

柳枝拂雪，摇曳生花，

我在其下经过，

一顶棉帽，一条围巾，一抹笑，一丝羞涩。

我定居在了南方，在一处度假区里购置了寓所，安顿好的第一件事就是乘邮轮去越南。实际上去越南并非我初衷，乘邮轮看大海才是，我想体验那种深入腹地的感觉。遇上台风不是我所期望的，但而今想来也是一种难得的人生经历，倒也不啻为上天赐予的一份美妙礼物。

我没有记旅行日记的习惯，事后全凭回忆，但这次不同，自己也提前意识到恐怕大脑将不能胜任此项艰巨任务，便索性记录了下来，现展示如下（备注：只有在海面上航行过程中的，没有在越南的，另外我也是乘飞机赶去深圳出发）：

越南之行之海上行

去

11月27日

乘邮轮去越南，手续简便得像登记一样，所以直到船起航才真正意识到确实在奔着某个地方去了。

船上有演出，有电影院，还有酒廊等，我却窝在房间里一个人泡杯茶，静静地品味这种船上的感觉。船二十点开，船体抖动了好一会儿我才明显体会到这是开船的前奏，之后船便缓缓离开港口，告别了港口那一片光明后，正式开始了航程。

首先是夜晚的航程，船行驶在茫茫黑暗中，我唯有看书，遇见一处明亮的地方，灯火辉煌，后面连着长长的尾巴，

中年篇

163

我猜测是港珠澳大桥的人工岛以及进出道路。抱着胡适的书《容忍与自由》看了不少，感觉这一次外出旅行总算拿对了一次书。

11月28日

第二天一早起来，泡上一杯豆浆，削一个桃，然后坐在窗口看外面，大海尽管起伏，但总体平静，远处偶尔挤出的白浪让我误以为遇到了白鲸。这不能怪我，真的是太像了，就那样钻出水面，之后向前遨游一段再消失。由于天空有雾，水是铅色的，但也带着一抹蓝。船两侧被船身破开的水再还原后形成好多白色的水花，仔细看还颇具艺术美，像撕开的棉花，又像破碎了的冰屑，或者像融化之中的冰面，总之白与白不完全连贯，却又藕断丝连，有的是以圈的形式，有的则是以线的形式。线的形式最有意思，有点类似五线谱。

海面上有垃圾，我确信，那应该是塑料袋之类的，也随着波浪起伏，唯一的特征是不消失。

一只小鸟突然跃起，扇动着翅膀从窗户边飞走，鸟很小，翅膀也很短，身子倒是胖而圆，像枚小钢炮。

临近中午我上了甲板。前甲板看不出什么，后甲板的景致太美了，尾线又宽又晶亮，颜色是玛瑙蓝，给我的感觉就仿如我们划开了地宫的顶盖，而下面藏满了宝藏。如此船两侧的水花倒不足道了，不过等我在餐厅坐定，仔细观察这些水花，有的竟然像绽放的礼花。

大海是浩瀚的，有了太阳光的普照，以及周边几艘渔船，便觉得十分美好，不似一早看到的那样，有点阴沉，有点令人敬畏。

吃完饭我又返上顶部站在船尾看尾线，依旧那么壮阔，依旧那么美丽，我忽然想"风平浪静"的"静"恐怕指的是"安静"而非"静止不动"，因为我此刻就听不见任何浪声，风倒是有，很和煦，只是太阳晒得睁不开眼。海面是宝石蓝的，远近只有我们这一条船，孤独暂时还谈不上，不过我也想到了，新鲜劲一过，就该厌烦这茫茫大海了，况且我们还没有见证过大海的狂澜，若要见证了，恐怕就是另一番心情。

房间里同样安静，对着窗户向外望了一会儿，我就又困了，这时我感觉到了颠簸。其实颠簸一直就有，只不过在其他地方轻微罢了，另外也有转移注意力的东西，留意不到。该说说天上的云了，压根不动，说起来它们也着实可怜，在海上，它们的地位被忽略，纵使再美，对于我们这些游客来说，也没人刻意拍它们，是啊，谁让大海那么抢眼呢！对了，这一说，刚才都忘记瞅太阳在哪了！

看见海面上有鸟飞起，只那么一下就又不见了，鸟的颜色似乎带点红，这回它的翅膀很大，又很强劲，估计正在那里逮鱼。

下午时，太阳斜照，有一半海水便变成了白色，另一半则依旧是宝蓝色，此时天边又布满了云层，原先估计等到傍晚时分可以看落日的想法蒙上了阴影。昨晚听到有人说，赶早起来看日出，我猜十有八九成为了泡影。看来海上就是如此，除了中午，其余时间大海永远都镶着云边。

迎着太阳的方向，水面波光粼粼，有无数水花跳跃着，释放着光的亮度，继之又把这种光推向船两侧，只是范围窄了些，强度也弱了些。

终于看见了一艘船，不，两艘哎，从昨晚起到现在，可是有了伙伴了！远处的那艘应该是货轮，近处的这艘判断不出，很短，该不是渔船吧？

看落日，可以说幸运，也可以说不幸运，幸运是指下午五点多我在餐厅吃饭时，靠着半扇窗户，透过一个斜角看到太阳钻入云层再钻出，随后再钻入；不幸运是指，之后它再也没出来，而且只在那一刻是红色的，之前在空中一直是白色的，水中的光柱则是银白色的。但我还是在天未完全变黑前站在甲板上久久地凝望着它离去的身影，看它将最后的一抹红镀给苍宇，看它的粗犷的光线穿过暗云还原出两道湖蓝色，而那即是天空本来的色彩。云层在它的光照下显得更黑了，只有在再高一点、再远一点的地方，云才依旧还是白颜色的，有的很娇俏，一小团一小团的，有的呈流线型，像被梳子梳过。听得到波涛声，比白日里强了不少，然而我却想说：大海真安静！确实，人的话语声在那一刻特别清晰，不是由于大海安静又是什么？

大海重又恢复了铅黑色，瞅着有点像油，很稠，而船就是在这浓稠中前行。稍后，左右两侧很远的地方分别出现了点点灯光，有的并且很亮，我猜测可能是城市，又疑惑是否是渔船。

站在船头，始终感觉船是在大海的中间行进，左右海面对称，"这说明什么？说明大海浩瀚，还是地球是圆的？"我心里如是想。

今天刚看到胡适谈几大航海家，他们那时的航海技术肯定很简单，对比今天简直不可同日而语，而今天的成就仰赖的必定是科技的力量。

这次出来带了两本书，开始提到过有胡适的一本，还有一本是蒲宁的《阿尔谢尼耶夫的一生》。胡适的容易读些，先读他的，随后再读蒲宁的。还是那句话，书是好书，翻译差强人意，之前害得我每次看几页就气恼地放下，这次在海上，逼着自己读一读，也算对得起那些推荐之人（补充说明：后来等读到戴骢版，我才明白，那些人推荐得多么有价值）。

半夜醒来，见海面上排着一串灯光，我猜是渔船，黎明之前，这样的灯光更多了，而且远近都有，这标示着岘港即将到达。

中年篇

回

11 月 30 日

下过一场雨之后，今天一早近海的颜色呈绿色，远处倒是仍旧是青色的，中间的分界线泾渭分明。太阳忽隐忽现，大海也忽暗忽明。不久海面上布起了一层雾，朦朦胧胧的，等着太阳光来将其驱散。我看见太阳正在一旁的山上努力突破云层的束缚，与此同时，从山顶不断涌起的黑云也正向四处扩散，扩散完成，海面上的雾也不知因何缘故骤然消失了，然而太阳光却依旧不能完全洒落下来。照在身上倒是非常和煦，也暖融融的。

海面还是近处绿，豆绿，远处青，铁青，再往远便是黛色的山了。山上有雾，亦朦朦胧胧。忽然意识到为何海上的雾消散了，原来天空正飘着细雨，毛茸茸的，让人感觉不到。

十一点开航，人们都在等待着。

天上的云仍在缓慢地移动，但已不像之前使人预感到的是雨来前的节奏，海面上，这里指近处，远处看不到，在翻腾着细浪，一只绿色的航标轻微地晃动着。一切都显得那么安详。

终于看到有一群海鸟从前面翱翔而过，如果我没看错，队列是呈箭头状的，也就是说有一只领头鸟。

船起航后，靠近了，见附近水面出现几处黄绿色斑块，很不规则，也不停地涌动着，只是幅度很小。我们此刻就航行在前面所提到的那片绿色的海域中，而那片青色的水域则正在向我们趋近。很好奇这条分界线是如何形成的，是洋流方向，还是太阳光照，抑或是人的视觉误差？

应该是距离远近，因为我发现我们随后一直是在绿色的水域中行进，另外先前一艘货船在青色中，此刻也在绿色中，而这即是最好的证明了。

预报说南海附近有风浪，果真船身从现在开始摇晃，我则钻入被窝睡觉。躺了一会儿，翻身坐起，再往外看，海面已经又变成了铅色，而且依旧瞅上去很黏稠。这一回该是光照的缘故了，天空没有太阳，乌云压顶，很快又起了雾。云越黑，水的颜色越深，远处则白茫茫的，似是已下来了雨，其实是浪，兼带着雾，一并向我们涌来。

另外也确实下来了雨，窗玻璃上有水在滴答。

雨停之后，浪未停，船体依然摇晃不已，吃罢饭后我第一次感到有些晕船。躺下稍好。睡醒再次望向窗外，海面起伏，幅度很大，没有统一的方向，峰与峰之间有特别大的窝坑。如此就到处都是白线，并且有的持续时间较长，就仿佛在那里始终有风力聚集一样。

之后便是海水一直呈浅灰色，直至入夜。

12 月 1 日

情形同昨日相同，未见太阳，海水为铅黑色，偶尔有雨下来，船身不停摇晃。

中年篇

12 月 2 日

太阳重又露脸，海水重又泛绿，太阳的白光照着海面，远处雾蒙蒙的。有山出现，有船出现，而且海面上还有风力发电机，瞅着真是神奇。

自出发以来我第一次注意到了云的美，太阳光洞穿的地方，光线洒向水面，正好有一艘小船驶过。

港珠澳大桥清晰地呈现，人工岛的设计从某个角度看竟然是一艘轮船。不时地有飞机从桥上飞过，我猜测我们应该到了香港。

海面上有好多打鱼的船，我都能看到船上的人在弯腰作业。

海水更绿了，分界线也再次出现，但这一次分界线是纵向的，差不多就与船体平行。

该说说浪了，终于，它又很有规律地一起一伏，也和缓了许多，再没有大窝和深坑形成，也没有浪尖处那流风回雪般的景象出现，讲真，这样的景象，看着真的就会在心底诞生刮白毛风的感觉，心情也跟着十分晦暗。

还是有太阳的天好啊，水面上银光一道，有小船驶入，画面就十分唯美。我看到打鱼的船满载而归，便由不得猜想：此刻船家应该也如我一样，心情畅快。

轮船鸣笛，告诉我船快到岸了，我在心底呼了一声：深圳，我回来了！

从深圳回来，我即过起了另外一种生活，无社交，无欲求，离群索居。书籍和自然是我最好的朋友，我从它们身上吸收着无尽的养分。我选的房子背山向湖，左右均无遮挡，朝向为偏东南，外边的走廊又开敞，所以一早能看到日出，傍晚时大部分时间又能看到日落。

夏季时日出位置偏北，太阳不是从湖面上升起，而是自左侧的山坳里。我两次看见它像红球，如梦似幻，立体

170

感十足，飘着就浮了上来，给我的感觉便如同一只大气球，而且仿佛下边还系着一条线，另外也红得滴血。类似这种情形十分罕见，也非常令人震惊，我不知道怎样的条件才可以让它看起来是这般模样，是水汽吗？我怀疑是它，除此我再想不到还有其他因素。

需要补充说明的是，它很快就变成圆盘样，但鲜红度不改。

冬季由于方位角问题，日出位置则偏南，正在湖面上。有时太阳会呈现出纯粹的金色，也有一回，先红后金，一共出了两次，一次从湖上，一次从上面的云端，且两者间距恰到好处，使得日出均十分完整，并且在同样特别大的情形下，红的静谧，金的热烈，与此同时，在近似相同的水域各自投下了一大片红。

"日出江花红胜火，春来江水绿如蓝"，我曾捕捉到过日出时分映在湖上很短促的一道光柱，那一刻就犹如朝暾在湖面上形成了倒影，天上一个红色的，湖面上一个红色的，简直令人惊奇。你可以把这认为是春天的一轮日出，它已经开始偏离湖面，向正东方向移动。事实上这一天也的确是春天，二〇一七年二月十一日，依照传统农历，为立春第九天。

秋季日出位置同春季相近，只不过两者的运动轨迹相逆，只在春分和秋分这一天重合。我最欣赏有薄雾时的秋季日出，那种朦胧美，简直无法言喻，若是硬要找一个词来形容，我想"素纱笼日"最恰当。

有浓雾时出太阳最让人感动，它体现的是一种顽强，对我来说就是种鼓舞，鼓舞我执着与勇敢。

天空中有云，尤其当有厚云时，时常会有特别的景象出现，当然这得等太阳出来之后行走一段距离，云层也刚好有漏洞，金色的光芒透过洞口，便形成千奇百怪的形状，例如飞翔的鸽子、厚厚的嘴唇、《阿凡达》中人物的眼睛，并且还带着红色的眼纹，真是要多有趣有多有趣。最为有意思的是，出现厚嘴唇那次，正对下方的湖面上跟着红了一片，于是我禁不住笑谑道："愣是让吻得羞红了脸。"

透光高积云铺天盖地如孔雀尾、如鱼鳞、如车辙般越过屋顶向湖面包围时也是一种奇景，而且相当震撼人，就犹如有一只巨手扯着一块事先钩织好的巨大的雪衫盖过你的头顶，让你兴奋不已。可惜这种现象不常见，也持续不久，它的变形、分离、消散仅仅在十几分钟之内，之后就只剩天空了，或一碧万顷，或挂着几条闲云。

观看落日于我来说不便之处在于远处有座山，其他季节倒也无碍，夏季则通常太阳还未等变红即降落了，所以我有时如果恰好正在外头会想着往山上跑，但往往也无太大效果，一来我跑不过落日的速度，二来山上有树林，挡住了。

但也有特例，那是在二〇一六年八月十一日，西天忽然如火山喷发一般，落日灼烧，万千火焰跳跃，由于有云的参与，便呈现出魔幻色彩；另外火红的光焰都是一条一条的，并且是横着的，而云又是黑色的，如此这般，就犹

172

如地狱失了火，却又那样美。

值得一提的是二〇一七年二月九日的一次落日，太阳是粉色的，不常见，而且还带着毛边。

我在鄱阳湖上见过最完美落日，这属于插入了，那银道、金道、银轮、金轮，美轮美奂，它激发我作了一首诗：

鄱阳湖上的日落

银剑穿透银鲤鱼的肚皮 银光点点

我往里投了块石头

金剑穿透金鲤鱼的肚皮 金光闪闪

我看见一艘船驶入其中

失血过多

染红天空 染红水面

然而更美了

流光溢彩

金碧辉煌

美轮美奂

……

对着落日的半边脸

我已词穷

最终又想起一句

金子，融化了

两只小野鸭过来照镜子
越来越够不着
一凫一凫
只剩两颗黑脑袋时
红轮隐去了

血色褪去
剩下天空最后几根红线
小艇跃出 滑过水际
留一把长长的发丝在身后
白白 黄黄 紫紫

我赶忙用目光将它们梳起
天空的发辫短些
水面的发辫长些
让它们以湖中的一座山为首
飘在其脑后

山更暗淡了
艇也不见了
身后已是一片黑暗
迎面走来一人

174

我好想告诉他
你，来晚了

在度假区里，有一次我信步去到湖边，湖边地势低洼，我抵着一段桥的栏杆往住宅这边望，只见内湖上金光一道，气势倒是比不上鄱阳湖上的那道，但也颇具魅力，我盯着看时，脑中便浮现出了一幅画面，写下来，即是这样一首诗：

日落

落日将最后的火焰燃烧到了湖面
在水中举起了一把火炬
金波粼粼
太阳宫殿之门大开

落日在山背上滑落
建筑物变黑了
塔吊变黑了
像是苍鹰 张着翅膀在高高飞翔

一只水鸟驻足在湖边
踩着太阳的金线引颈遥望远方湖面
一艘小船徐徐归来

中年篇

桅杆上正挂着落日的半张脸

诗中的水鸟是一只白色的鹭鸟，是我先前在外湖看到的，我坐在堤坝上，它站在斜对面的堤岸上，背后是一座小山坡，之前我就是从那里来的，有条山道，弯弯曲曲，一直通向我的寓所。说到外湖，我平日里在屋内看到的即是它，内湖看不到，被一道坡挡着。外湖比内湖要不平静许多，当我坐着时见湖水荡漾、细浪逐边、涌来又退回的，颇有点大海的韵味。但终究它的美还是在离开一定距离后，我从阳台上、卧室内可以尽看它的千般丰姿，关于这一点，我则随时在做着记录：

（一）

一个人享受这静寂，尤其是这周围美妙的风景，多少有些奢侈，然而这不正是我所追求的吗？主要是风景太美，不忍一人贪享，所以才想让更多人也能融入到这比画还要美的环境当中。有太阳的日子，湖面是美的，波光粼粼，再泛着白光，就能感受到光的温度；有云的日子，湖面是美的，云儿悠闲，湖水也悠闲，或是湖蓝，或是碧绿，全凭白云的心情演变，但无疑，无论哪一样都显示良好心境；下过雨的湖面同样美，也许更美，这时候除了湖面像抹了油一样光鉴、平静……

(二)

天太热，湖都快看不见了，这样说一点都不夸张，蒸腾起来的热汽使得湖面看上去雾昭昭的，一只小船在上面一动不动，尽管湖水平静，也形不成倒影，而且恍惚间还给人以一种它浮于空气中的感觉，于是我由不得往海市蜃楼那里去想。当然，冬季湖水也蒸发，而且升腾起的汽柱更清晰，也更轮廓分明，且排着队，如千帆出海般缓慢向前移动。

(三)

湖面上雾蒙蒙的，看不清天在哪，其实连湖在哪都看不清，山也被罩上一层烟，于是我便觉得世界变狭小了，就被缩在了我眼前的那条路、那些树以及那几处屋顶上。

(四)

每到傍晚时分，外面就只剩下一片蓝，它非常亮眼，绿树这时候也只能让位给它，而它则像一块冰一样卧在那。

(五)

干燥了二十多天，也热了二十多天，终于，天空下来

中年篇

177

了雨。湖面上波浪涌动，看上去就像有万千条白鲤鱼在跳跃，也让我能够区分出哪里是天，哪里是湖。再往远处是分不出的，都是灰茫茫一片，就连山的轮廓也隐没了。风吹树摇雨也使劲下着，满耳都是唰唰声。当然还有雷声，这是最动听的了，任何音乐都比不上它美妙。偶尔有长闪撕破天空，这是我异常兴奋的时刻，然而却鲜能把它拍摄下来，它总是令人猝不及防地出现，继之再孕育出轰隆隆声。

下了一会儿，雨变得不再大时，雷声还在，这时在东边的半空中出现了一团白色的云，且正在变得越来越清晰，如果猜得不错的话，雨过天晴之后，将有一轮彩虹挂天，但至于是在南，还是北，抑或是西，我猜在南。没什么理由，只是希望，因为南是湖，再向前是山，湖的北岸又是绿树，彩虹若是出现在那方区域，会更美。

鸟儿最清楚雨何时停，一停，它立刻唧啾了起来，然而雷还在呢，但那已是在做告别演出，果真，它越走越远，最终消失在了山后边。

原以为这就算是结束了，孰料湖水却像开锅了一样，沙沙沙的，我放眼望过去，只见无数个细小波浪正在你推我搡地相互间挤个不停。

（六）

一阵簌簌声起，下来了雨，鸟儿没命地逃，很快就不见了踪影。一只彩色的蝴蝶也翩跹着寻找栖身场所，它先是在阳台附近逡巡，最后落在了前面一棵树上不动了。

湖面上已经变成了铅灰色，这次很明显是雾，而且很浓，远远的，在湖中央还像是一同筑起了一道堤坝。不过这堤坝不久就在又一阵雨后变成了纯白色，与此同时，临岸的水褪变成青色，并且在不停地翻滚着。

没有风，不是风的作用，想必是温差造成的。这种现象可以称之为对流，反映到形态上便是湍流，但纵是这样的景象也没有持续多久，没有了雨，湖面很快就变成了一面水银镜，然而这一次却是它的背面，不反光，更形不成倒影，只是灰白一片。之后雾退去了，山也显露出了轮廓，如此看来今天的雨仅是装装样子。是的，这不，太阳又出来闪耀了！

但很快，我就知道自己错了。

到底，暴风雨来临之前是有征兆的，湖面上那灰蒙蒙的铅一般的雾就是，我还在这乐观地想：雾也退了，太阳也出来了，岂料，就在一声响雷之后，再一看，天地瞬间不分，白茫茫的全都是雨了！

风伴雨使阳台上进了不少水，等风停了，雨也依旧在下着，这时外面的树纹丝不动，带着被惊傻后的喜悦。

湖面上重又浑茫一片，雨从它那里起，又重新归于它，其间也把一部分分给了土壤和花草树木。

天空的颜色也决定湖水的颜色，有时是蓝绿色，有时是豆绿色，而伴着雨的时候，如上所记，则晦暗些，也更丧失它的恬静性。

春天时小雨下得多一点，当遇上最早的雷时，则给以人希望和斗志，如此便由不得会让人发些宏愿出来。有时坐在屋里，听到雨声淅淅，特别是夜晚，总有一种想读书的愿望，这时我便会挪到阳台上，关上纱门，打开灯，坐在桌前，手里捧起一本书。

当天空下来的是雨线和雨条时，便是愁雨，我会望着失神，这时外边的无论是绿草还是树以及其他，全都湿答答的。

与性格有关，暴风雨来了时通常我又异常兴奋。像上面描写的那样，当湖面上呈现浓重的铅灰色我没有防备倒也罢了，一待我预料到时，见狂风大作，乌云像被扯着一角狠命地向湖面上方拉拽，黑压压的那种沉重感就必定会引得我大声疾呼。就是一种迎接的态势，想要见万物被洗礼的模样，进而体会一番重生的畅快和之后的阒静。

有雨即容易有雾，薄时如轻纱，缥缥缈缈，重时则如乳浆，混混沌沌，再重时，看不见周围任何物体，那就是乳酪了，及至奶豆腐，此时多半已具有哲学上的意义，感觉世上再无他人，而自己就是这个世界的中心。

山有雾时才美，下过雨之后，半山腰生出许多岚气，烟雾缭绕的，犹如仙境。卷成云团更美，若是大范围的，沿湖筑起，那种壮观程度，从空中俯瞰，就一定看到的是云海。有时山会像雪山，那是由于山尖覆盖了云，而其下若再升腾着水汽，下头是绿树，就感到那一片地方凝聚了一个完整的四季。

围着湖有半圈山，从正南到西南再到西北，它们难得一显真容，得连续几个呆日后，方显出铅色来，这时就连上面的沟壑也都清清楚楚。云终于脱离了山体，浮了上来，裂开后，在空中变成一团团、一朵朵，从而使得天空看起来仿若一张大花毯。我一直说有座山像一个平躺的孕妇，她长长的头发压于脑后并向后延展，硕大的头颅异常明显，五官清晰，鼻、嘴巴，平齐。

她是睡着的，因为她的眼皮耷拉着。我曾试着拿笔画过她，但非常不成功。对此只能有一种解释，那就是她天生属于大自然，她只应躺在湖畔，独受它的保护，披着浓雾衣裳，让人不能轻易地发现她。

由于有湖的缘故，湖上面的云经常呈现特别有趣的形状，有时像奋蹄的马，有时像憨憨的熊，有时还像小狗，有时则像大大的冰淇淋；也有时像汉堡包，还流淌着奶油，说来好笑，有一次竟然像一只电饼铛，中间的缝，旁边的把，都应有尽有。还有的像梯田、像铁路枕木、像碎雪。

懒云比较多，像诸葛亮的那把鹅毛扇在某日就一直停着不动，配上蓝天、碧色的湖、绿草、弯曲的小道、黛色的山包，图景美不胜收。

冬季的草是棕黄色的，由于颜色淡，也可以理解为小麦色，但色泽均匀，又很宽阔，倒也十分养眼，尤其当光脚走在上面时，脚底下特别舒服，感觉像走在地毯上一样。难看是在春季，有泛绿的，有斑秃的，有干脆死去呈褐色的，

这时候就急需儿场雨。赶不及时，管理处就会启动喷水器喷水。都是雾化装置，有太阳时便会在水雾周围形成一道彩虹。

天上的彩虹不常见，有一次出现在东方时，我便想起那句话："西虹（jiàng）轰隆，东虹雨，南虹下来发大水。"这是我母亲嘴里常念叨的一句，我也不知具体出处，想来应该属于民间谚语，然而那天并未应验，随后再没有来雨。

冬季也下雪，还会下冰晶，即霰，也叫雪糁。先说霰，我只见过一次，并且等到发现时已经覆满地，以为是雪，岂料却是没见过的东西，如同盐粒一般。走在上面直打滑，一踩一个湿脚印，捧一抔起来，心情还很复杂哩！

再说下雪。在风景优美的地方下薄雪其实反倒丑化环境，像起了一层牛皮癣似的，而且在下的过程中，也无太大意蕴。鹅毛大雪意境深，加上背景辅助，有湖，青白色；有山，黛绿色；有坡，棕黄色；有洼，驼色；有树，深绿色以及杏黄和红色，还有黄绿色；道路则是黄白色，然后雪片垂落，扑簌簌，便宛如童话。这是起始时，待到下中间，则除了树（湖上倒是一直白茫茫的），不一会儿，其他的就都被覆上了一层厚重的白色。等雪停，奇景出现在那条草带上，即原来的那条棕黄色，简直如同冰川一样，或者说凝固的河流一样。这与草的品种有关，因为是高尔夫球场。我这里不提它，是缘于后来不是了。湖没太大的变化，只是颜色回归豆青色，上面依旧白茫茫的同天分不开，这时则应该已是雾了。

由于度假区独立于城市，风刮起来就是那种旷野的风，大到吹得呼呼响，门窗瞮里啪啦，且持续较长时间时，夜晚我就感觉像是睡在马路上。其实这是一个信号，表明在其他地方，哪怕再远，也有可能是沙尘暴或大降温。如此就知大风一般在夏季不刮。确实，夏季时风都很弱，甚至没有。

和煦的风总能给人带来好心情，屋前的那几株树树叶抖动时常常就像鸟儿抖动羽毛一样，轻微且予人以错觉。应该是故意，选树种时专选那种叶不太多的树，像只笔杆，挺直而单薄。鸟儿喜欢这样的树，站在树顶，像哨兵似的。我喜欢逗它们，一吹口哨它们就立刻做出回应，仿佛生怕我争去了"歌唱家"的名号。

我叫不来那一年四季树叶都红的树，并且越到顶端红得越厉害，但这种红是橘红，且叶子很大，在骄阳下耷拉着时，如同犯了错，显得楚楚可怜。

后山上的树茂盛，加上最下边的一片竹子，共三层，而那两层我一样也不认识，不过我知道它们绿的次序，先上后下。当有人在笃笃地砍竹子时，意味着真正的春天来了，水流潺潺，则表明河解封了。这条小河就在山底，竹子脚下，被芦苇覆盖，我只能听到水声看不到它的身影。突出的观景平台也不解决问题，主要是围绕平台的树也很茂密，阻挡了我的视线。此外这些茂密的树都长到平台里了，它们时常落些叶子在上面，树叶十分碎小，卫生人员一天不清扫，这里就一天显得很颓败。

芦苇复活得最慢，一直倒伏着，否则怎么也不至于看

上去像一摊摊的荒草。我判定芦苇活着还是死了，是依据它上面是否有那"扫把头"，另外就是它的腰杆了。芦和荻有区别，是我在来这里之后才知道的，头，毛笔一样的是芦，羽毛一般的是荻，专业上则以大型圆锥花序以及圆锥花序伞房状区分。芦花或荻花是否可以絮棉衣我不太清楚（若干年后从张新奇的《南京传》知，秦时平民穿袍，袍子内塞破布或柳絮、芦花一类御寒），小时候只听母亲讲过这样一个故事，说是一位继母给她的继子用芦花絮棉袄，被她丈夫发现后遭受了责罚。

小区里有银杏树，都不高，也不成规模，所以压根不能和北京地坛公园的比。另外也许是在南方的缘故（后来知这是误解），都不怎么笔挺，还用几根木桩撑在下边，在感官上就觉得逊色很多，又种在屋后，纵使有阳光照着，经过时也总感觉身体凉飕飕的。落叶更是，萎靡不振的，许是因为少，盖不住下面的草和其他叶子，便显得杂乱了些，还不如有一种落叶，样子有点像芭蕉扇，也是黄颜色，上面有斑斑红点的瞅着好看，我通常都是把它们夹在书里边。

如此一来我就很少在银杏树下停留，停下也是为了捡拾地上的枣子。有一棵枣树与它们为邻，树身高大，又在高处，枣儿落地后便纷纷滚到这边。这些枣初期都是青绿色的，在地上变红后再腐烂，一直持续到来年的二三月份它们也依旧在，但那时早已成了褐色。大门口的那棵枣树落得多一些，除了斜坡上，路边也常常有，而同这些变成褐色的枣儿躺在一起的往往还有桃。桃很明显是现落的，但并非因早熟，而是半途夭折，不大，绿色的，有的被虫子咬得只剩了半个。

桃树在后边那条河的坡岸上种得多，中间与河隔着一排排粗大的竹子，因此仍然看不见河。想看得到小区外的那条公路上才行，那时就见涓涓细流从路基下通过，跌落对面的深坑后具体再流向哪里就没有明确答案了。

桃花最早十二月就有开的，粉红色，两三朵，点缀着冬日里的那一片天地。迎春花都比它晚，得等来年的春天，静悄悄地忽然就有了那么零星几点小黄，与它的母亲一起攀附在前面的石头墙上。玉兰花随后绽放，先是白的，再是紫的。白的底部带一点粉，紫的底部带一点白。或许是我不太喜欢紫色的缘故（其实我对白色的玉兰临窗种植也很反对，觉得花朵太大），认为种植在楼前，而且是成片，太过俗气。

杜鹃花清明节前后全开，不过那是在小区外了，在去县城的路上，距离小区二十多公里。小区里一个年龄比较大的工作人员一见我就要操着他的家乡话问我："你说我们这里咋样？"我回答说："挺好呀，这么美！""是吧，我也是这样认为的。"他不动声色，可我知道他内心里很骄傲。随后他就讲起他在北京工作的经历，末了总要建议我等清明节时去彩虹桥那里看杜鹃，说是漫山遍野都是。我一次也没去过，因为我在这一时期总是不在。之前我倒是路过一回，却只见半山腰有几株树开白花，也不知那是樱花还是梨花，抑或是杏花。

在小区管理处那里有株石榴树，由于一般不过去那边，

也就没见过它开什么花，以及什么时候开，只是偶然撞见过它的果实，即石榴，红红火火地挂在枝条上，小灯笼一般。

金鸡菊，我叫它太阳花，是一种特别耀眼的花，阳光下更显著，有两块地方长得非常繁盛，一是出度假区的路上，一是靠近湖的一处向阳坡。路上的我不确信是否为栽种，都是呈长条状沿道路两旁延展，不停地有蝴蝶在上面飞舞，然后再落下，翕动翅膀的样子看上去也像是在采蜜。蝴蝶是金蝴蝶，偶尔在干草上有毛毛虫，也即它们的先身，身上的斑纹为虎纹。

向阳坡上的我非常肯定是后来种上的，之前就是一片绿草，使我震惊的是我看到的并非是它们美丽的一面，而是死亡后的样子——像被火焚烧过一样，通体全黑，而且那么一大片，若不是有几棵还蔫头耷脑地活着，我真不敢相信是它们，那副惨烈状有如战场，一个词"太阳花之殇"涌向脑际之时，我觉得再没有比这更准确的词汇了，与此同时也感到十分痛心。

所以我后来很反对人工大面积种植太阳花，花开时是好看，但集体死亡时着实使人难以接受，毁灭的场景触目惊心，毫不夸张地说，那一刻，差不多都能引发心理创伤。

该说一说正宗的红叶了，就在小区门口左前方，不多，几株树而已，但也足以让人驻足。这都是小红叶，略微带着一点黄，为橙红色，在阳光灿烂的日子，便如同火一般。我喜欢伫立在跟前瞅它，再捡几片地上的落叶。说实话，都有瑕疵，可我也从未将手伸向树，一句话，没那习惯。

有的人家喜欢种葫芦，由此便时常见外墙上挂那么几个，等到深秋时藤蔓枯萎它们还在时，象征意义就大过其他，意味着生命的顽强，意味着曾经的岁月。

　　芦苇、芦荻，我始终认为在阴天最美，并且最好不要成片，因为那样会显得很颓丧，而是只要几簇，或者干脆就是一簇，看上去唯美些。长在路边、坡上的要好过长在水边的，而停车场旁的正是这样，所以我每回路过，都要以天空为背景，给它们拍几幅照。

　　我去过一次有机农场，就在建设部那头，在寻找停车位时，看见有几只红腹小鸟在拐角处的一株矮树上蹦蹦跳跳。我第一次见这种鸟，之后又在我那一片屋群通往后山的路上看到过比这大的，同样是红腹，但显然它们不是一个品种。

　　有一种黑色的鸟像乌鸦，可叫起来却如同狗吠，我查了一下，似乎这种鸟叫"东鸻"。我被它骗过一次，以为哪只流浪狗掉进了洞里上不来了，叫声那么凄惨，我循着声音出处找了两圈，问保安，他说没听到，问一位住户，他也说没听到，于是我只好返回。等到下午，声音依旧，还是那个方位，我就再次去找寻了。这一次我沿宾馆那头的台阶下去，径直走到内湖那侧的芦苇荡对面，然后对着里边张望和倾听，不久，"汪——汪"声起，我才确定是鸟而非狗，不过声音仍旧凄惨，还带着点悲凉，仿佛受冻似的，但那时才是夏季，并且正是最热时。

　　有两只雉鸡飞过屋前时我正在屋内做饭，突然而起的

"嘎嘎"声促使我疾步走到阳台上，开始时我有点怀疑，因为我还是第一次在动物园外见到它们，况且它们身上的颜色又是珍珠白。其实让我真正不敢确认是因它们的野性，不仅看上去在死命追打，而且一下子就都冲到了树上头。关于它们是否会飞，也是让我疑惑的原因，查了一下，解惑了：会飞，并且确定无疑是雉鸡。之后我再未见过它们，包括其他同体型的飞禽。

说到底越是体型大的越远离人类。有两只银白色的鸟日日飞过屋顶前往湖面那头，上午九点钟左右出发，下午三四点钟返回，样子有点像鸽子，但并非是鸽子。它们飞过时的轨迹是在卧室那头，不在阳台这边，些微的差距，它们却从不会搞错。有时它们也会慌慌张张地提前返回，而这种情况一般是在雨来前。有些鸟不怕雨，就在雨中歌唱，仿佛在呼唤太阳，又仿佛在快乐沐浴。每遇这种情形，我通常都会站在阳台栏杆边望着它们，它们呢，也总是在前面的那几棵树上，而且越是树顶越能找到它们的身影。

我见过一次雕，就在开车去往附近服务区的路上，尽管这么多年以来我头一回见，但我还是一眼就判定是。它当时就蹲在临湖的一块大石头上，眼望着湖面，目光冷峻、阴郁，鹰钩鼻醒目，纵使身边驶过的车一辆接一辆，也全然无关它的事，它就那样盯着，岿然不动。

那时我才领略到何为王者风范，那只雕的样子就是，年少时我为寻它屡次前往那座院落，如今不期然遇见还真是令我感到非常兴奋，并且在心里对它充满了崇敬之意。

其实我敬畏大自然的任何物种。一次往小区里返，由于是夜晚，我又没有开车，便掌着一把手电走，当走到一处山谷边时，只见里边有许多小亮光浮来游去。我本能地意识到这是些萤火虫，之后也突然有一只飞到了我的衣服上，然后就赖着不走了。我用手电照了照，看到是只灰褐色的虫子，相貌相当丑陋，像干瘪的臭虫。我顿时感到很失望，不过这只萤火虫才不在意我对它的看法呢，兀自在肚皮下发着蓝光，与此同时那蓝光似乎还带出一种嗡嗡嗡的声音。我侧着头仔细瞧了瞧，发现是一只光垫，形状有点类似碰碰车下面的那个垫，只不过它发光，碰碰车的不发光而已，并且它发的光很亮，颜色也是魔幻蓝，属典型的冷色调。

后来我又在其他地方见过萤火虫，但那是白天，也再次见证了它的丑陋，而它的颜色也同我手电筒照射下的无异，此外也一样的干瘪。

说实话，很不忍心说它丑，可事实即是如此，但愿它只是我见过的丑的那一种，其他的都很漂亮。

有人说有发黄光的萤火虫，有发红光的萤火虫，书中也这样介绍，但我没见过，所以这里就不谈及了。

小区里见不着萤火虫，能见的都是其他飞虫，而且个个都是勇士，只要房间里一开灯，它们就拼命地往玻璃上撞，有些大的，折腾的动静还很大，加之叫的声也格外响亮，瞅着就挺吓人，腾腾腾的，如电钻一般，像能把玻璃钻个洞似的。

蟋蟀也很能聒噪，嘀溜溜的，经寂静的走廊放大后，

189

声音更是高亢无比。另外它也会缩骨法，窗框、推拉门下的缝隙全挡不住它，进来之后不是唱就是蹦，而且兼具跳高和跳远两项硬实力，一蹦几米高，一蹦几米远。其实它若只跳不叫我也能容忍，哪怕就在我眼皮子底下，同我一起待在客厅的地毯上，但只要叫，我就会起身去捉它，然后把它送到外面去。有时转瞬间它又钻了回来，我就再捉它，再把它放到其他地方。犯了一回傻，阳台上一只，屋里一只，对着唱，我站起来将屋内的那只捉住放到了走廊里，结果一前一后两只也不知是出于思念还是出于呼应，叫得这个声大，弄得我哭笑不得，同时也直怪怨自己愚蠢。

　　夏夜里的虫鸣声唧唧啾啾，更衬托出了夜的寂静，在这样的夜晚，我通常都睡得比较香甜。休息到了，起得就早，当天边呈现一道红时，我已经没有了睡意。起来第一件事就是前往阳台，推开纱门望东方，等候日出。有一次起得过于早，天还黑着，一颗奇亮的星星挂在左前方，开始时我以为是无人机之类的，后来又猜想是不是宾馆竖在那的灯，都排除后猛的一下意识到是启明星！现在想来不是我起早了，而是它"照"醒了我，我忽然睁开眼看到这团亮光便匆忙奔到了阳台上。

　　那时大致才凌晨三四点钟，我等了好一会儿太阳才出来，按我的原意是想看日月同辉的景象（又在犯傻），因为头顶正好有小半弯月亮，然而等东方稍一有亮光，再抬头看，月亮已经隐去身影，或者说看不清楚了。后来我以此为题写过一篇文章，意思是说我当日似乎是专为了见证日和月交接才一直候在阳台上，且前提是我想看它们一起生辉。

也就是在同日，我看到了球状日出，而且颜色血红。

在小区里看星星有诸多便利，一是清晰，二是随时随地抬头即可。我曾对着星图努力识别都有哪些星座，无奈天赋不佳，又无耐心，只几下就放弃了。所以迄今为止只识得北斗七星，还是我原来就具备的能力，而具体到北极星的位置是后来学习到的，并且也纠正了我一直以来误以为它属于七星的错误认识。

星星伴月的现象不罕见，罕见的是伴红月，且是圆月，而且金星和木星两颗星同在。到了该介绍我的寓所的时候了，在坡上，地势较高，因此无论离星星还是离月亮都近，特别是后者，就仿佛它永远都在我的窗前一样。事实是它先从湖上升起，然后再到我窗前，而我躺在卧室的榻榻米上就能够看到它。

当时我都准备睡了，一抬眼正见前方一轮红月，下面两颗星也正闪亮着。自此我开始着意关注金星，知道它在我国又被称为太白星、启明星、长庚星；另外还有一个令人吃惊的现象，就是在金星上日出是从西方，因为它本身是自东向西自转的。所以再无可能以"除非太阳从西方出来"作为蛮横的否决条件了，至少在我这里是，原因即为：太阳真的会从西方出来！

红月在夏季最热时段每每都能见到，这或许又是水汽的功劳，有时也能将湖面映得一片红，但往往不会持续太久，一方面红月很快变白，一方面等升高了，也就脱离湖面了。

白月分两种，一种非常皎洁，照得地面清亮，远处的山、近处的路，都能被看得十分清楚，这时执勤的工作人员骑电动车驶过，都不用开灯。类似这样的夜晚我都不舍得睡觉，觉得浪费了这种美好实属可惜，我通常会在阳台上多站一会，但终究也还得去睡。

另一种白月则异常清冷，人在这种月下时常会感到孤独，思乡之情油然而生，而且如果当这轮圆月刚好在湖面上时，感觉就尤甚。

黄月地位相对尴尬，我都没怎么留意过它，只有一次开车去县城，也是夏季，返回时就见一轮黄月挂在正前方。转了几个弯进小区再到屋前，它也刚巧在屋顶上，而我只瞅了它一眼就进屋了。

写到这里你不免发现，我似乎只钟情圆月。的确，我写下的月亮无一不都是圆的，只一回，它仅是道小弯，典型的蛾眉月，像夜之窗开了一条窄缝，给我错觉的同时，也震撼了我，我当即记下所见，并且认定它是这样的一首诗：

今晚的月亮像一根羽毛，

都带着纤细的毛边，

然而它却托起了地球，

一整个地球，

并且比地球更明亮，

就那么一抹，

像一个符号，

像斜着的半弯括弧，

唯一的，唯一的夜的光焰，

否则就是沉沉暗黑。

　　我还写过一首《钓月亮》，属于想象了，画面感十足，
也是勾弯月，上面坐着一个人，在伸长钓竿从湖面上钓月
亮。然而令我自己也奇怪的是，我写的竟然是中秋夜的月亮，
如若不信，不妨这里一并检查一下：

　　钓月亮

　　夜晚

　　我坐在月亮上

　　伸一根长竿

　　从湖面上钓月亮

　　钓兔子

　　它跑了

　　钓嫦娥

　　她优雅地飞了

　　吴刚允我钓

　　却捧上了一杯桂花酒

　　我喝下

中年篇

把我自己钓了上来

夏季有蚊虫，又热，我不常待在阳台上，春秋季我则会常待，冬季太阳好时也会坐在藤椅里晒太阳。

春季雨后，小区的草地里会长出木耳来，头一年里我只要想起就会去采，同时也是为了外出走走。木耳长在大树根部的时候多，然后再延展，远看像牛屎，近了你就会立刻心生欣喜。木耳带泥又带草，我采回来先得放在阳台上晾一晾，其实是晒一晒，晒得容易摘时，我再坐在藤椅里一边从泥和草里挑拣，一边晒太阳。得承认，更多时候是为了晒太阳，拣木耳仅仅是一种生活调剂，况且也拣不出多少，另外清洗也相当麻烦，纵使在水中淘再多回，临了等吃到嘴里也还是感到牙碜。

渐渐地我不再去采了，但散步总免不了，而我最常去的地方是临河的那处观景平台，我也正是在那里悟出写作和画画具有共同的本质，即画画有浅画，有深画，对应写作，也有浅作和深作。关于这一点随后讲，先来介绍点其他的。

王老二，是一只狗的名字，它一来半个小区跟着沸腾，到处都回响着喊它的声音，有主人的，也有别人的，主人喊它是担心它跑丢了，别人喊它是给它好吃的，一般是排骨。泰迪犬最大的特点是走路蹦蹦跳跳，像小鹿一样，一双乌溜溜的眼睛显得天真无邪。它不认生，谁喊它跟谁走，此外它也主动找人。王老二家与我家同排，在右边，中间隔着几户人家，后边是齐整整的下挖地段。其实我们都一样，所以单从背面看，我们的房屋（地基）至少高出地面好几米。由此就有台阶通下去。台阶很漂亮，都是木制的，刷着深红色的漆，两旁种着各种绿植。一般人不怎么走楼梯，因为人们很少往后边去，要去也是往小区外边，那里天大地大，风景也优美，适合饭后溜达。小区门在左侧，所以王老二跟随主人出门都要经过我门前，当我恰在屋外时我就同它的主人聊几句，它则在旁边东跑西跑；当我在屋内时，便听着它的主人一边走一边喊："王老二，快快快! 这边! 这边!"

这是王老二，还有一家人家，他家不养狗，但他姑娘养，每一回来时，他都提前通告大家，因为那狗着实太凶了。其实是那些狗，至少有三条，都是烈性犬，即使戴着笼头也遇人"吼吼吼"的，吓得人们心里直打颤。它们来通常在后边活动，即我所说的银杏树那里，那里再往后有很大一块空地，另外再往下就是那方观景平台了，也可以供它们活动。

但不管怎样，空气中的紧张气氛不因它们的位置所在而减弱，大家都在盼着它们走，而王老二这时候也再听不见任何动静了。通常是第二天下午，这几只狗才被主人带走，一对年轻夫妻，开着212吉普车，绿色的，甭说，现在这样的车还真少见。

小区复归平静，王老二也再次回归人们的视线，与此同时，"王老二! 王老二!"的喊声也重入我的耳廓。

我们这溜房子的右前方是堵石头墙，这在介绍那几朵小迎春花时曾提到过，左边则是绿化带，带坡，坡下靠近房

屋处是一排树，其中包括那几株红叶树木，坡上则是条马路，通往物业以及一些商业网点和度假酒店，另外也有一些初期的住户在路尽头，开点小商店或小饭店之类的，也有的什么也不做，就住着。我猜我见到的这一对老年男女就属这最后一种情况，他们曾经一度是我的研究对象，我猜不透他们的关系，不知是夫妻还是母子。他们看上去彼此非常和睦，都是一早相携着散步，或是骑一辆电动三轮，男的载着女的，前往外头。女的，也即老太太走路姿势很奇怪，我一开始就怀疑是小脚，但又觉得不可能，因为这都什么年代了，恐怕最后一批小脚人也都去世多年了，然而到底也还是，有一天她正好走在我这一侧，而且是在返回的途中，距离近了，被我瞬间看出。于是我也终于明白那位男的是她的儿子。

我感叹老太太的精力，日日出来散步，并且乐意跟着外出；我也感叹那儿子，那么有耐心。关键是两人还总是在交流，而这也正是引起我误会的主要原因。再有就是他们的年龄，真是相差无几。当然，这并非是说儿子老，而是说老太太年轻。

还有一位老头，原先他儿子开着一家小卖铺，同时兼营饭店生意，我也是后来听这位老人说，彼时他的儿子已经搬去县城开饭店去了，独留下他在这里，他说两个孙子都在上学，一个读大学，一个读高中。再见他时他已苍老了许多，并且由于穿得多，或许也是真的，看上去如同病了一样。这一次他对我讲得比较多，我也才知道他是一位退休人员，而按我原来的理解，他应该是位做生意的，且是位儒商，因为他总是喜欢着一身白色的麻衣，轻摇着一把扇子，坐在院子里或他家廊道内与一位老者下象棋。他的谈吐也确实不凡，只是有些话由于方言的缘故我听不太懂。他说如今大孙子又考上了研究生，二孙子也考上了大学，我称赞说："是好事啊！"他回应道："好是好，只是日子更艰难了。"随后他就道苦说，他的工资卡（他这样称呼，我猜是装退休金的）一直握在大孙子手里，现在又考上了研究生，卡也依旧得在他手里。我问他儿子不是开着饭店吗，他咕哝了一句，具体是什么，我也没听明白，我猜大概意思是，他那儿子只养得起他自己的一个孩子，另一个得他养。

我看老人脸上神情落寞，便问他之前与他下棋的老头哪去了，他回答说找了个老伴每天与老伴玩去了。我知道他的老伴去世了，他家客厅挂着那位老人的遗像。

又一个冬天到来时，他走在路上步履蹒跚，而且还拄上了拐杖，见状，我心里不觉一阵悲凉。

别人似乎始终年轻，我的右邻，一来就东访西访的，沙哑着个嗓子与人大声地聊着天。他经常半夜回来，车灯一亮我就知是他；另外他与别人的不同之处在于，他总是逆着方向回小区，我知道有条乡道通往外面，也即后山那头，所以我猜测他十有八九是去吃农家饭来着。

小区里有好多人就是为了吃乡野饭才来，平日里都各忙各的，只有周末闲下来才来探一头，也有的一年不来一回，因此我通常都感到十分清静，而我也图的正是这个。

中年篇

197

在小区里，我列下了十年计划，至少完成三部长篇著作，其余的随意。很辛苦，我每日都是过午夜才睡，甚至更晚，而白天，除了以上所写的那些活动外，剩下的唯有读书和写随笔。这两项在哪都能完成，阳台上、卧室、客厅、那处观景台，均无差别。

而写作，这里指创作，则只能在客厅地板上，地板上铺着一张地毯，我坐在上面，背倚着罗汉床，仿佛只有坐得低才能有良好感觉似的。这是一方面，另外客厅有阳台与外界相隔，轻易不会受到打扰，便容易出成果。自然，这个打扰是指人声，大自然的例外，相反，它有时反倒会激发出灵感，像我的那部短篇《善与恶》（见附），就是在一个大风夜，外面风声呼啸，我的眼前便出现了一幅画面：一个女的走在荒野上，四周围一个人也没有，于是我知道我要写一部鬼故事了。当然，我不会单纯地只写鬼，也要写人，写人性。类似这样的作品都不怎么需要着意构思，而是有种东西在推着你走，这就是灵感，纯粹的灵感，贯穿全篇，写到哪里需要什么情节就会跳出什么情节，需要什么人物就会跳出什么人物，就连名字都事先给想好了，所以这样的作品写起来很畅快，它几乎就是一蹴而就。这种作品还有一个特点，就是现实中没有对应的原型人物（但又不能不基于现实而写）。有人单就这部作品问过我，是否有原型，我很肯定地告诉他，没有，要有也只有那位画家，她的身上有我去西藏同车一个女子的影子。

再说另一部作品，是我在盯看阳台门时，误将自己的

198

腿在玻璃上形成的影看成一只小猫，由此一股激情伴之而起，我创作了《囚鸟》。说一下这部作品，它并没有被我收录在我的短篇集里一并出版，我主要考虑它的色调，多少晦暗了一些，但是放在这里无碍，因为是在分析我本人的创作，不易引起其他担忧，所以接下来就将这部作品展示如下：

囚鸟

窗户上，她把自己的腿看成小猫，以为它回来了，还带着另外一只，走近一看，却什么也没有。猫儿出去已经有一段时间了，她等它，害怕它从此一去不归。她不想把它关起来，她知道它一如她一样喜欢自由，然而她却十年没踏出门一步了。她患了孤僻症，不愿意见人，虽然只想走进大自然当中，可是一旦家人提议带她到郊外走走，她则一律拒绝。就这样，她把自己同外界隔绝了起来，生活全靠家人，即她的丈夫照顾。然而令人想不到的是，他却是在靠她养活，因为她会画画，而且画得非常好，好多人点名要她的画。灵感？全部来自过去的回忆。她到过许多地方，也经历过许多，这些足够她这辈子使用了。她丑吗？不，她很美。那么她为什么要把这种美藏于屋内不示人呢？

她患有神经性抽搐。其实很轻微，只不自觉地缩一下脖子、眨一下眼、肩膀再耸一下，就像被人悄悄地用手指捅了下腰一样，但给她的感觉却是被人在脖子里塞进了一条毛毛虫。对，就是一条毛毛虫，毛茸茸的，顺着后脊梁骨爬。画画可以让她忘了这种感觉，沉思也可以让她忘了这种感觉，另外睡觉也可以让她忘了这种感觉，因此她的觉特别多。睡得着？当然能睡得着了，有猫儿陪伴，它睡，她看着它自己一会儿也困了。醒来她就作画，其间会吃饭，丈夫给预备好了的。

他们很少一起进餐，另外他俩也不住在一起，她住在画室旁的一间小屋。画室在三层，二层是晒画的地方，他则独居最下面一层。是他自己主动要求的，说是为了方便，同时也为了不影响她。也确实够方便的，除了为她准备饭之外，他可以任意行使和支配他的自由，包括在外面胡闹。她从不过问，只要他能帮着把画带给购画的人。没错，是"带"，原因是她从未亲自收到过一分钱。钱全都进了丈夫的兜，具体有多少，她不清楚，只知道是很大的一笔。对此丈夫倒也并不欺瞒她，他经常会向她报一下大致数目，只是她自己不在意罢了。丈夫也没有把她的钱全部胡花掉，除掉他的开销、家庭的开销、一个定期上门整理卫生人员的工资、她的画画耗材，剩下的他都替她存着。这么说，丈夫很有良心了，在他从一位大亨变为一位最普通的人，她不仅没有离开他，还为他偿了债，并养着这个家（尽管她从未觉着养，因为她认为画画于她是一种享受，一种最大的幸福，不画她则可能会死），他即便是出于感激也应该替她管理好钱财，可他却感觉心像被蚂蚁啃啮一般，尤其当从购画人手里接过厚厚的一沓钱时。

从前，都是他给别人一沓钱，用来购买娱乐，或者偿付赌场债务，再或者是大手一挥对妻子说："拿去吧，去买你喜欢的东西！"然而妻子却多数仅给自己添置一件袍子，其余的则全都购买了画纸和颜料以及笔。不过他从不计较，谁让妻子生来就美呢，纵使不买漂亮衣服，只穿袍子，也足够吸引街上一半的人。

那时候，她到处跑，全中国，全欧洲，每年都会有那么几个月在外边不陪他，事实上也不用陪，他有的是他自己的乐子。自由！谁也不束缚谁，包括在感情上，她有她的朋友，精神上的，他则有他的情人，肉体上的，彼此间谁都知晓，却又彼此间谁都不过问，只要在正式场合下，她能帮他撑撑门面，在她需要资助的情况下，他能帮着她把画展办起来就行了。两人像协约夫妻一样，然而这协约却牢不可破，直到有一天，几位债主上门，才第一次遭遇解体，但很快又建了起来，之后又破，也即现在，自此后再未建起，原因是她死了，躺在自己殷红的鲜血中，和一张未完成的画作上。

与猫儿无关，她却临走最惦念它，因为它还尚未回来。

一九二二年的一天清晨，天刚麻麻亮，门就被一群人敲开，为首的告诉她，她丈夫已经破产，让她即刻搬离这幢别墅。她用眼睛询问她的丈夫，她的丈夫像一只斗败的鸡一样点了点头，于是当天他们便离开了住了十年的住所。从那天起，她就开始正式售画。画作很受欢迎，正值人们追捧西洋风格画之际，所以她的画成了有钱人客厅必不可

少的装饰品。自然地，很快她也成了有钱人。几年后她带着丈夫重又搬回了曾经搬离的地方，但自此以后他们也分了居。不是她怨恨他，更不是嫌弃他，而是她真的只需要以画相伴了。丈夫表示理解，也渐渐地习惯了，何况这样的形式可以令他重新过回过去的生活，何乐而不为，唯一不同之处在于他再也不可能花钱那么豪气了。

是他自己限制自己，因为他也明白，再也不能够东山再起了，接下来只能靠妻子养活自己到死。五十岁的他要靠三十五岁的妻子养，想来就丢人，可他愣是让自己接受了这种耻辱，并且一天天地心安理得了起来。谁让他曾经也养过她呢？这是他聊以自慰的最佳借口，当然，更令他走出这种尴尬的是，他帮着她把画卖了出去，即使是收佣金，也理该值这些，可是他一想到充当的是这么一个角色时，就又恨得牙根痒。

他谁都恨，却又不表现出来，一副恭顺的模样。他知道他也许会早于妻子离开人世，曾经的生活方式已经摧毁了他，令他的一条腿迈不利索了，这是征兆，可他却又那么渴望走在妻子之后。这一半是出于爱，可以为她料理后事，一半是出于自身考虑，他怕她嫁与他人。是的，她是他的，从他娶她的那一日起。

他很怕妻子看出他的心思，因为她长着一双摄人心魄的眼，一方面放射着夺人的美，一方面能洞穿别人的内心。他老早就发现她有这项能力，只是那时他太狂妄，觉得即便看出，又有什么了不得？如今，则不同了，他"做贼心虚"，生怕被妻子认为他甚至想谋害她，而这又怎么可能呢？

确实，他没有害她，是另一个人，她生命中最重要的一个人。

他下午来敲的门，距离猫儿离家几个小时之后，当时，家里只她一个人在，所以当他径直爬上三楼进入她的画室，她着实吓了一跳。待看清是谁时，她瞬间又感到一阵眩晕，毕竟十年没见了，他已不是原来的模样。他很憔悴，但依旧难掩优雅，看得出，岁月已经为他平添了另一种魅力。他了解她的一切情况，而她却对他一无所知，他希望她跟他走，别在这死人窟里待到终老，而她则在第一时刻茫然地去寻找她那"名义上的丈夫"。这么多年来，都是他替她打理，包括应对访客，而今让她面对，她可真的应付不来。讲真，她也不知自己爱着不爱着眼前的这个人，只觉得第一眼看去，他很可怜，然而他却说她可怜，并且摇着她的肩膀使劲晃着说："醒醒吧，你都被当成赚钱的工具了！他把你整日关在屋子里画来画去，而他却在外面花天酒地。"

"可我喜欢啊！"她呢哝着。

"喜欢？你看看你那苍白的脸、无神的眼，再这样下去，你会死在这里的！"

"我喜欢这里。"她喃喃地为自己辩解道。

"不，你喜欢的是别处，你记得我当年第一次见你是在哪里吗？是在一片田野里，绿油油的，只有你一处黄，支着个画夹，在那里兀自沉醉，黄纱巾被风吹起时，你去拉，这时候你才发现我正拿着相机对着你，但你没有生气，反

而笑了。

"那天，你告诉我，你喜欢自由，喜欢无拘无束……"

然而她想起的却是，自那日回家后，自己的脖子便不自觉地抖，完全就是神经质的，不受控制，自此，她再未下过楼。

他反复强调她过的是被关在笼子里的囚鸟的生活，并且一而再、再而三地要求她跟他走，说实在的，她确实有点心动了，而他也看出了她的心动，借机约好了时间：就在当晚，他说他已买好了船票，两人一起赴香港。

她什么也没说，心里明白，他在来之前就已经安排好了一切。

奇怪，等到来人走了之后，她才意识到这期间自己竟然一次也没抽搐过，于是她真的有了跟他走的念头，而且也这么多年来第一次感到特别高兴。她开始准备了起来，等着猫儿回来一并带它走。等待的当口，她坐到了一面镜子前，想仔细照照，这时她发现，脖子抖动得愈加频繁了。

"为什么我自己竟然毫无察觉，而他看到了，却并不指出？难道他不在乎？"

"可我在乎！"她喊道，同时也立刻变得无比沮丧与绝望了起来，之后她回到一幅正在完成当中的画作前，坐着久久不动，待到约定一起走的时间临近，她拿起了一枚刀片。

我对写作的认识是在逐步过程当中，是实践给了我分析能力，加上我时常感悟，便偶有自己的心得，例如前面提到的我拿它和作画相比，提出深作和浅作之说。我不知道理论界是否有类似的称呼法，若有是我的幸运，若没有则是我的"首创"了。

我常把自己比作冬泳者，没有理论，也不遵从理论，更不关注理论，只一个人奋力前行，这样做的好处就是不受束缚，写起来随心所欲，不图建立风格，而是生怕有了风格，更怕固定了风格。所以只要完成一部作品，我即把它忘掉，之后重新开始。

关于深作、浅作我是这样认为的：浅作，仅是一种描摹，不加入任何创作，若划类，写景散文算是，纵使语言再美，也是对实物的照抄，除非窥见本质。当然，这并非是一种贬低，而是说它还没有经过深层次的心理加工，就有如睡眠当中的浅睡眠一样，还没到做梦的那一步，还没有到深层意识参与的那一层。

深作说起来像是很高级似的，需经深度思考之后才行。这么说有一定道理，却也不能一概而论，像灵感它也属深作行为，但这种深作相较而言似乎要轻松得多，并且足够轻松。当然，若是换个角度来讲，已经完全脱离肉体了，只剩意识参与了，也倒不啻为对这种轻松感的一种合理解释。

另外深作需要一定天赋。写到这里我想先区分一下写作与创作，分清了，你也就瞬间明白我这一说法并无什么玄奥了。我见过一个人写文章说，写作不需要其他，只要勤奋就行。我不认可，其中的创作一定需要天赋，没有天赋，谈不上任何创作。写作包括创作，但它还另外包括其他许多种形式，而有些形式只是对材料的"捏合"，像这种就不能归于创作，而是应归于组织，是依附在别人工作基础之上所结出的果实，但同样值得尊敬，有时甚至更应被尊敬，因为从浩繁的资料中查取所需本身就是一件十分不易的事，须有足够的耐心与毅力，所以从这个角度来讲，用"勤奋"一词一点不为过，而且唯有这一词最恰当。

创作属于"创假"，造不存在之物，因此心理参与较多。事实是大脑在参与，一闪而过，即为灵感，耗一定时间即为思考，如果是深度思考，包括灵感驱动，用在写作上，就是"深作"。

"阅读是写作的源泉，写作是阅读的升华"，这是我从别人那里看到的，深为赞同——没有阅读就没有写作，但如果仅仅是因写作而不是出于热爱才去阅读，就有点不对劲了。我喜欢阅读大部头作品，享受阅读快感的同时也认为可以同时收获更多东西，当然这是一个渐进的过程，刚一开始也是从简单阅读开始，小时候还看小人书呢，那本身就是一个基础。

写作需要基础，阅读同样需要基础，或许更需要。有人希望我推荐阅读书籍，我每一回都要做一个解释，说是因我是写作的，阅读的书籍肯定与不写作的人有差别，由此我通常并不推荐，但对于一直就喜爱阅读文学类书籍，并且能做些交流的人，则不同，我会列出一份书单供他们参考，下面即为这份书单：

1《追忆似水年华》 普鲁斯特

2《瓦尔登湖》 梭罗

3《百年孤独》《霍乱时期的爱情》《迷宫中的将军》《族长的秋天》 马尔克斯

4《荷马史诗》 荷马

5《神曲》 但丁

6《失乐园》 弥尔顿

7《魔山》 托马斯·曼

8《基姆》 吉卜林

9《查理国王的人马》 海顿斯坦姆

10《巴黎圣母院》《悲惨世界》《海上劳工》 雨果

11《浮士德》 歌德

12《恶之花》 波特莱尔

13《荒原狼》《彼得卡门青》 黑塞

14《局外人》《鼠疫》 加缪

15《包法利夫人》 福楼拜

16《红与黑》 司汤达

17《了不起的盖茨比》 菲茨杰拉德

18《巴尔扎克全集》 巴尔扎克

19《福尔赛世家》 高尔斯华绥

20《文明史》 布罗代尔

21《诸神渴了》 法朗士

22《阿尔谢耶夫的青春年华》《乡村》《米佳之恋》《苏霍多尔》 蒲宁

中年篇

在我们国内，则为《红楼梦》，后来我又加入了美国作家芭芭拉·金索沃的作品《毒木圣经》。

游历是我除读书和写作之外的第三项必要活动，我通过游历来增长见识，同时了解人文、历史和地理，另外也去除长期固守于一地写作带来的烦郁。我去的地方算不上太多，但也不少，其中一些已经在我的散文集中得到了充分展示，这里也就不再赘述了，接下来我只介绍我的西北之行。

我对西北地区的印象还只停留在一些影视剧以及文学作品的描述上，以为很苍凉，会使人看了之后感到怅然，结果不是。也许是我去的季节正好，赶上了绿意盎然的时候，在此背景之下，群山肃穆，湖河浩荡，便显得格外壮美。这是一种大美，身处其中会让人胸襟大开。我先去的兰州，乘动车，路经陕西境内时只见远处秦岭绵延起伏，渭河之水傍山而流，近处则是农田块块，青翠欲滴，加之田间水网星罗，如此图景便宛如江南水乡一般。

进入甘肃时，太阳西斜，傍晚前，沿途山体被染成了黄色。由于植被覆盖不全，这种黄呈现出一种花纹状，像动物身上的那种，故而瞅着尤其漂亮。这是不太丰腴的山的典型表现，沟沟壑壑都诉说着贫瘠，只是因还有那么一些星绿在山上，再有太阳光一镀金，便具有了美学意义。

在兰州，不吃一碗牛肉面不等于到过兰州，我猜测当地人可能顿顿吃都行，我则只享用了一顿。是城市上空漂浮着的牛肉味让我的热情迅速退去，从第二天起我便沿街寻找炒菜馆。哈密瓜、烤羊肉串，到了兰州使劲吃，过了这个村就没这个店。核桃是我重新认识的一种干果，没想到品尝新下来的悲喜两重天，剥去包着仁的那层皮就香甜美味，不剥去就苦涩难咽，然而又有几个人懂得剥去呢？

黄河，在岸上看不如在桥上迎着看气势磅礴，我去时正赶上雨多的时候，河水汹涌奔流，又带着黄泥，看时心里就不知是一种什么感情。我见过长江，还在长江边住过两晚，能感到那是种生命的流淌，不仅是地球的，同时也是我自身的；面对黄河，我则判断不出，应该是带着一点点兴奋，特别当准备乘坐羊皮筏时。

我在一部纪录片中见过羊皮筏的制作，而今当它鼓鼓囊囊的好几个被绑在木架上，而我又准备乘着在黄河上漂荡时，就有一种勇士的心理诞生。河上有漩，河流自身与撞击堤岸返回的水流碰在一起又形成波浪，行经那一段时羊皮筏跟着跌宕起伏，屁股就难免会被打湿，人们上岸后纷纷揶揄调笑，一群一伙的就欢声不断。

我在河岸边走了一下，由于刚刚被洪水冲过，没走下去，经营场所到处都是泥，桌椅板凳七零八落的，一派狼藉样。

上边倒是很热闹，小买卖特别多，都是做游客生意的，他们会招揽，游客也买账。

"黄河母亲"我在乘公交时就曾看到过图片，见了不用看标牌一眼就识得。围着拍照的人很多，我则站在远处静静地欣赏。雕塑是一座卧像，腹上有个婴孩，他在嬉戏，母亲则在慈爱地看着。她头上的头发设计得挺有意思，在前部都是分着瓣，像一条宽发夹一样，但也许有别的寓意，结合了当地穆斯林妇女的头巾戴法，因为一般人的发际线不可能那么靠前，就连耳朵都遮住了。当然你尽可以说是因头发蓬松，但显然不是。

说到穆斯林，不得不提清真寺，兰州的清真寺非常漂亮，都是绿色的玻璃，至于建筑气势，单单用"恢弘"一词是不能来形容的，得加上"圣洁"一词。

黄河只有在夜晚时才变得不再那么黄，而是成了铅灰色，岸上的景观灯将光线投射在河面上泛起道道红光，人似乎更多了，看起来像是在游客的基础上又添加了饭后出来散步的当地人。从这一点上判断，兰州本地人过得很悠闲，这与安徽的安庆相似，安庆是有长江作屏障，心里感到安适，兰州呢，是有黄河作屏障，同样内心感到安全。优越的地理会造就出优良的性格，兰州人普遍敦厚、讲信义，表现在出租车司机的身上就是处处为乘客着想，而且是每一个司机都这样。这可不是培训出来的，而是骨子里就带有的，不虚夸，不做作，细微之处见真意。瞧我把兰州的司机夸的！事实即如此，不信你可以自己来体验一下。

我的第二站是西宁的塔尔寺。塔尔寺是藏传佛教格鲁派创始人宗喀巴的出生地，我在北京雍和宫附近制作唐卡的一些店里看到过他的像，他的像与其他的佛像有很大的不同，清瘦，立眼，显得严肃了点，不过也因此而容易区分，我曾听到过一个人说瞅着有点像外国的佛像，于是我立刻明白指的就是他。

我的第三站是青海湖，我租了辆车绕湖三天。难度倒是不大，只是天公不作美，一直下雨，也一直有雾。在翻越拉脊山时遇上的雾最浓稠，压根没多少能见度，车辆均是打着双闪行进，也一刻不能停，停了就有可能被后面的车撞上。我看到有些车干脆驶出了车道，找个合适的位置停下，一边避雾，一边观赏风景。真怀疑究竟能看到什么，就那也有兴奋的声音传过来。佛塔边的人最多，浓雾中也顶数佛塔最清楚，尽管看得不是特别完整，但毕竟从我这个角度还能看得到。其他的就不行了，有一段就连路都勉强分得出来，我明知是在悬崖边行驶，也得硬着头皮继续往前赶，好在当车辆开始下山时情形变得好多了。这时候又偶遇一只狗，我也不知是否是藏獒，被一根链子拴在草地上，白茫茫的方圆看不见任何人，只有它对着天嗥。

我把车停在了路基以下，找出一根红肠一掰两半扔给了它，只见它先用嘴叼住了半截，接着又用脚踩住了另半截。我原以为它会马上吃，但不是，而是将嘴里的那半截也放在了地上，嗅了嗅，甄别了甄别，确定安全后才开始咬食。我赞叹人家的聪明，同时也赞叹那接肠的本领。

很显然，这是一只放牧的犬，或者是防狼的犬。刚好我那一阵子看过一部纪录片，片中讲一户藏族人家为一只单狗寻找一个伴的故事，不禁感觉这只狗可怜了些，特别是当看到又被拴在浓雾中，周围什么都看不见时，又增添

了对其主人的不满，认定他残忍。确实，这只狗若是些微感到安全，何至于嗥呢？

途经日月山，我没有进去，只是开车从山脚绕了一下，之后出来进入京藏公路。出乎我意料，路上没有一辆车！我在心里呢喃着"这就是从北京进西藏的公路啊！"，同时也非常畅快地往前开着。记得有篇新闻报道说，来游青海的人有的坐在公路中央拍照，若是遇到眼前这种情形可不就能完全办到嘛！路自然是不太光滑些，但很平坦。我曾随着别人乘车一起去过西藏，这在之前也提到过一点，但那一次走的是川藏公路，路况比这差远了，然而那边车却非常多。可能是为了避开高反吧，毕竟那边海拔低一些，植被多一些，再有就是景致也美一些。

见到油菜花地就等于宣告可以亲近青海湖了，由于阴天，湖水呈青灰色，而且也显得异常清冷。有好多牵马的人，过分热情地推荐他们的骑马项目，也有白牦牛，披红挂绿的，等着同游人一起照相。其实我挺讨厌他们这样对待白牦牛的，就因为长得美便成了赚钱工具，一天一天地站立在水边；还有那些马，有些游客有特殊要求，也不知需要往湖里扔个什么东西，还非得要扔得很远，有的主人便催着马载着他们使劲往水里走以求代替完成此项任务并挣这份钱，马害怕，就加上一鞭子。

一块立石上写着"青海湖"三个字，标志着这湖是青海湖，然而没人关注这块石头，人们早被眼前所见震撼住了。湖水宽阔得无边无际，另外也一点都不平静，漾来漾去的，同大海有些相似，只是由于岸边没有阻挡物，也就没有形成拍岸景象。我对高原湖没什么特别的概念，只知似乎绿色的为多。这与天空颜色、光照以及湖水深度有关，但主要还是取决于水中所蕴含的离子类型。关于这一项我是猜测的，因为我见过非洲国家吉布提（吉布提并非位于高原，这里仅是用来举例）那里的一座湖，湖水绿到近似颜料，那就是水中含钾的缘故，而钾又是主要用来做化肥的，由此可见高原湖的另一宝贝之处。

油菜花傍着青海湖畔，湖滩上上来即是，长势一般，但也足够使人惊喜，成片成片的，黄澄澄犹如金子一样。北方的油菜花普遍都矮，不像南方的通常都能没过头顶。油菜花主邀请我花钱进入，我拒绝了。我不喜欢踩踏这种里边不设观光道的农地，感觉进去了就等于是在糟蹋粮食，而且还沾一脚泥，此外过去我曾见过太多的油菜花，家乡也有，便觉无太大必要。

之后我开车继续向前，远远地能望见环湖自行车道，猜测不出是何种样子，只觉得中间采用一些草甸或其他绿植与湖隔开挺好，起码减少了人对湖的影响。

接下来我见到的是草原，异乎寻常的美。我从小就见过草原，去西藏时也见过，但同时看到牛羊马齐在同一片草地上出牧这还是头一回，简直宛如天上牧场：白的羊、黑的牛、褐的马，再加上帐篷、袅袅炊烟、天上的云（尽管阴沉）、暮色、草地，便吸引众多车辆纷纷停下来拍照留念。

茶卡盐湖是我的第四站，去时经过柴达木盆地。柴达

中年篇

213

木盆地是我迄今见过的我国四大盆地中除去四川盆地之外的第二座盆地，由于开车而非乘飞机，故而没有直观的印象，只见五个大字书于一座山上，提醒我踏入的地方即是。

关于乘飞机看盆地有这样一则笑话，针对的是四川盆地，说有人不知如何判定就到了盆地，另一人便如是说：只要听见下面有"哗啦啦"的麻将声就表明到了。

在茶卡盐湖停车的过程当中又下来了雨，不想等，我冒雨前往里边，结果湿了一双鞋。之后进去又湿，因为当走在盐坝上时，盐里的水也会往上渗，但奇怪的是，脚非但不感到冷，反而越走越热（现在我明白是由于盐在溶于水时释放热量）。身子是冷的，当天气温较低，又下着雨，在往盐坝深处走时，时时都有冷风从湖面上袭来，我看到许多人都身着羽绒服。

盐湖之美在于它的色泽，白得似雪却又比雪多了粗糙美，我把这称作"野性"和"原始"，在这偌大的旷野中，独它一块白茫茫的，便成了宠儿。任何东西只要稀缺就无形中能够诱惑到人，何况它本身也的确有它的不凡之处，在这一点上倒是与度假区我所见过的那日的"冰晶雪"有相似之处，但后者不如它在色度上纯，也缺乏一种表现力，关键是无人捧场，静悄悄的显着落寞，哪像这里，真是热闹，瞧瞧这人流吧，来的往的，全都是来"照镜子"的。

离开茶卡盐湖我往西宁返，路遇一个搭车的人，不解的是他站在道路左边拦，我冒险停下，待到他上车我一问，原来是一位养路工人，干完活正预备回家。他说他已经拦了整整半天了，也没见任何车辆停下，我告诉他以后把他的养路服穿上，另外去右边拦，就一定会有人载他。

聊之中我得知他是一位蒙古族人，家住在前方，然而我却拉着他足足跑出了几十公里他才让在一座桥下停下，由此可见养路工的不易。下车他要给我钱，我说不要，他又要给，我还说不要，这时候就听见他嘴里喃喃自语道："还有不要钱的？"我则在心里暗暗好奇："还有要钱的？"

从一座加油站出来又遇两个搭车的，是两个男人，一左一右扒着玻璃问我，起先我犹豫，但最终还是决定拉他们。他们是两个货车司机，专门负责替藏族人开车送货，货送到了，他们再搭车回西宁。开出不久，其中一位就当起了司机，我则被解放出来坐在后座上一边歇息一边与他们聊天。嗬，没想到这好事做得还赚了，两人竟义务为我做起了导游，一路介绍过来使我了解了不少东西。此外两人也很熟悉路，当见高速路自入口处就堵成一摊时，果断选择了其他路线，换我，铁定堵死在那里，当晚是否能到达西宁还是个未知数。这是我的庆幸之处，庆幸拉了他俩。

由于赶时间，其中一人还要拉货，一开始他俩商量走拉脊山，我一听就怕了，告诉他们雾很大，于是走了乡道。也很快，天黑前到了西宁。

接下来我在西宁待了一天，想要具体看看这座城市，事实是，当我开车从高铁站前往塔尔寺时就曾看到过它，从高速公路上望过来，除了房子再无其他，我那时就心里感慨，亦不觉一阵悲哀，等到住下，我住在新城，看到的也差不多：

唯有房子。

去西安是我临时决定的，不在计划当中，可等我从高铁站出来，一股文化之风伴着热浪扑面而来时，我只轻轻说了一句：西安，我来晚了！

意思是我早就该来。其实我之前来过，但那只是路经，仅在火车站附近活动了一下，吃了一碗羊肉泡馍，随后就登上了离去的列车，所以没有留下任何印象。如今可是被它震撼到了——一座非常美丽的城市，文化气息极浓。想想也该如此，六朝古都岂能普普通通？

我把住宿地定在了雁塔区，距离大雁塔和陕西历史博物馆很近，走着去就行。

第二天我先去的大雁塔。我没有进去里边，只在外围转了一圈，站在浮雕前观摩的时间最长，从而对大雁塔的建塔历史些微掌握了一些。令我感怀的是大雁塔附近的街景建筑，一律红墙，瞅着倒仿如是在北京雍和宫的附近，可就是小酒吧的那些假花假得太过分，满树除了树干是真的，其余的就全都是塑料的了，而且那么繁茂，繁茂得惹人厌烦。

之后我坐在步行街的一条石凳上一边吃着一根西安老冰棍，一边端详着高大的围墙和露出墙头的雁塔顶端。我没有体味出历史感来，反倒老觉着玄奘是近代人，这或许与他着袈裟有关，若是换成一身古装，情形可能会立刻发生改观。

再有就是受《西游记》的影响至深，我总是带着一副读者的眼光审视这一切。不过这样做也有好处，能鉴定一些我从前质疑的东西，例如，我一直对取经归来的路上经卷落水的故事心存怀疑，但看法堂前镌刻着部分转译经文的大石柱（经幢）上的介绍，知竟然是真的。

无疑玄奘是一位勇敢者、求索者、慈悲者，同时他也是一位美男子，看看那尊铜像吧，他天庭饱满，气宇轩昂，步履坚定，眼神执着，分明就是在给世人树立"俊朗者"的标准。

西安城墙历来为许多人所乐道，然而我在来之前却从未对其向往过，这次赶在日落之前登上了南城墙，但见墙体宽阔，地面刻有字的灰砖一块块，一轮红彤彤的落日正挂在永宁门城楼的一角，我顿时产生了同刚出高铁站时一样的心情，再次慨叹来晚了。

说来惭愧，曾在北京生活过那么多年，只想着北京是一座古都，却从来忽视了西安也是，待到乘着一辆出租穿城而过，才深切地体会了它的美。西安的美在于华丽与古朴并存，并且融合得相当好，不过细想，这或许是大唐的一种遗风，因为大唐本来就很华丽，经历数代传承直到现在，便又有了古朴之意。

漫步在城墙上，有一种很强的闲适感，仿佛古人建造这墙体就是专为后人休闲用的，事实也是，在上面的每一个人脸上呈现出的都是放松和悠然之色。我透过垛口往外面探了探头，看到护城河正如一条碧带一样被两岸的树夹于其中，显得纤细而精致。来时由于是乘坐出租车，错过了吊桥，

返回时我步行了一段也不知从哪条道走了出来，再一次错过了吊桥。只能远远地望着了，中间隔着川流不息的车辆。这时候城楼和城墙均亮起了灯，就连箭楼和闸楼也不例外，每一盏都发出红色的光，串在一起便宛如星链一般，璀璨耀目。在这之前，我眼盯着落日一寸一寸地从城楼挑檐上、墙垛垛口处和远方的一群建筑物上空徐徐降落，我忽然心生一种遗憾：要是当初北京不拆城墙该多好啊！我很想知道那道城墙有多宽，可巧，林语堂的一篇散文给出了答案，是四五十公尺。

去马嵬驿纯是为了历史上那位美女，同情胜过一切。安史之乱显露出的是唐明皇的懦弱，竟然接受别人的胁迫赐明知无过且深爱的人去死（这里借用《长生殿》中的几句，"以天下之主，不能庇一妇人，长生殿中之誓安在？李三郎畅好薄情也。"以示对他的失望），这让我想起了去参观王昭君博物馆看到的那长长的和亲牌，那是男人的耻辱，更是帝王的耻辱。李隆基创造过开元盛世，后期变得昏聩不堪，这本是他自己的过错，怎么能怪怨到别人的头上？所以不提这段历史也罢。

我在马嵬驿识得了几个字。一个"韵"字。最早我是在乘动车经过宝鸡时在一座山上首先看到的，亮闪闪的，通着电，当时就想搞清楚它是个什么字，但列车一闪而过，加上有遮挡，而我也没来得及记下来，所以心里便留下了疑问，待到在马嵬驿的入门处一看到，我瞬间想起。在马嵬驿它出现在门联上，抄下来是这样一副：

風追漢武唐韻
夢回古驛馬嵬

　　由于是繁体，我费了好大劲才终于知道它是"韵"，之前问同事，托他问宝鸡那边的同学，又在手机上试，以为最有可能是"音"，却都不对，直到有一天翻阅关于唐明皇所编乐曲《霓裳羽衣曲》的介绍资料时，我忽然意识到是一个"韵"字，一查果真是。

　　再一个"劖"字。有一家饭店在它的门头和招牌上均写着"北牌劖面"，我查了下，劖，用刀切的意思。

　　"▓"字就不说了，▓▓面，只是这"▓"字不怎么好写，动用了朋友圈资源，朋友再请教别人才打了出来。写到这里不得不提陕西的面，花样委实多，简直都数不过来，什么臊子面、扯面、油泼面、一口香、棍棍面、剪刀面等，据说多达几十种，还有一种"驴蹄子面"，也不知是怎样的一种面，反正光听这名字就觉得带劲儿。

中年篇

　　在马嵬驿还真见着了一头驴，被蒙着双眼绕着一只磨盘碾辣椒。且不说老板这创意，红红的辣椒吸引众多游客驻足，关键那蒙驴眼的眼罩还设计成眼的模样，有眼眶，有眼珠，也不知是在骗游客呢，还是在骗驴自己？

　　在马嵬驿，杨贵妃是被当仙或佛一样的供着的，她的一座汉白玉雕像也被塑造得异常漂亮，只见她一手持镜，风姿雍容，妙曼无比，另一手轻抚云鬓，优雅妩媚，冠绝芳华。

　　能够感觉出人们对她都很怜惜，在她的墓地则又笼罩着一种悲郁的气氛。有她的生平介绍，山西人，弘农杨家后人，其父为杨玄琰，杨国忠是他的堂兄。

　　李白曾经为杨贵妃写过三首诗，《清平调》中的那句"云想衣裳花想容，春风拂面露华浓"最为人们所熟知，但在整个墓地，却未见李白的任何诗墨，这不禁令我感到好奇，同时也深为不解。白居易的《长恨歌》唱主角，经许多人以许多种书体书写后装框挂于墙上或镌刻于石壁上，进而组成《长恨歌》诗廊。

　　我对《长恨歌》不完全熟悉，作为对白居易的一种感激，他为杨玉环正名，这里特意引入此诗：

长恨歌
唐·白居易

汉皇重色思倾国，御宇多年求不得。
杨家有女初长成，养在深闺人未识。
天生丽质难自弃，一朝选在君王侧。
回眸一笑百媚生，六宫粉黛无颜色。
春寒赐浴华清池，温泉水滑洗凝脂。
侍儿扶起娇无力，始是新承恩泽时。
云鬓花颜金步摇，芙蓉帐暖度春宵。
春宵苦短日高起，从此君王不早朝。

承欢侍宴无闲暇，春从春游夜专夜。

后宫佳丽三千人，三千宠爱在一身。

金屋妆成娇侍夜，玉楼宴罢醉和春。

姊妹弟兄皆列土，可怜光彩生门户。

遂令天下父母心，不重生男重生女。

骊宫高处入青云，仙乐风飘处处闻。

缓歌慢舞凝丝竹，尽日君王看不足。

渔阳鼙鼓动地来，惊破霓裳羽衣曲。

九重城阙烟尘生，千乘万骑西南行。

翠华摇摇行复止，西出都门百余里。

六军不发无奈何，宛转蛾眉马前死。

花钿委地无人收，翠翘金雀玉搔头。

君王掩面救不得，回看血泪相和流。

黄埃散漫风萧索，云栈萦纡登剑阁。

峨嵋山下少人行，旌旗无光日色薄。

蜀江水碧蜀山青，圣主朝朝暮暮情。

行宫见月伤心色，夜雨闻铃肠断声。

天旋地转回龙驭，到此踌躇不能去。

马嵬坡下泥土中，不见玉颜空死处。

君臣相顾尽沾衣，东望都门信马归。

归来池苑皆依旧，太液芙蓉未央柳。

芙蓉如面柳如眉，对此如何不泪垂。

春风桃李花开日，秋雨梧桐叶落时。

西宫南内多秋草，落叶满阶红不扫。

中年篇

梨园弟子白发新，椒房阿监青娥老。
夕殿萤飞思悄然，孤灯挑尽未成眠。
迟迟钟鼓初长夜，耿耿星河欲曙天。
鸳鸯瓦冷霜华重，翡翠衾寒谁与共。
悠悠生死别经年，魂魄不曾来入梦。
临邛道士鸿都客，能以精诚致魂魄。
为感君王展转思，遂教方士殷勤觅。
排空驭气奔如电，升天入地求之遍。
上穷碧落下黄泉，两处茫茫皆不见。
忽闻海上有仙山，山在虚无缥缈间。
楼阁玲珑五云起，其中绰约多仙子。
中有一人字太真，雪肤花貌参差是。
金阙西厢叩玉扃，转教小玉报双成。
闻道汉家天子使，九华帐里梦魂惊。
揽衣推枕起徘徊，珠箔银屏迤逦开。
云鬓半偏新睡觉，花冠不整下堂来。
风吹仙袂飘飘举，犹似霓裳羽衣舞。
玉容寂寞泪阑干，梨花一枝春带雨。
含情凝睇谢君王，一别音容两渺茫。
昭阳殿里恩爱绝，蓬莱宫中日月长。
回头下望人寰处，不见长安见尘雾。
惟将旧物表深情，钿合金钗寄将去。
钗留一股合一扇，钗擘黄金合分钿。
但教心似金钿坚，天上人间会相见。

临别殷勤重寄词，词中有誓两心知。

七月七日长生殿，夜半无人私语时。

在天愿作比翼鸟，在地愿为连理枝。

天长地久有时尽，此恨绵绵无绝期。

关于杨贵妃的归处，稍微使我心里舒坦一点的是，随后在献殿看介绍，传杨贵妃并没有死，而是去了日本，也老死在日本，并且她在那里被当观音娘娘对待。但毕竟没有史料记载，或许仅是出于安慰人的目的，相信许多人同我一样感到悲观，不信且看大门处的那副对联：

梨花含恨一夏痛史昭

黄土怜香千秋芳冢映

离开西安前的最后一日我游了陕西历史博物馆，参观人数之多超乎我的想象，队伍排得前不见头后不见尾。馆方都是按时段放游客进去，为了避人，我选了闭馆前的最后一个半小时。跑着参观这还是第一次，在电子导览器的帮助下我都是挑拣我最想看的，不得不说，很开眼，也很遗憾，没游够啊，可也没办法，就在我还焦急地寻找"唐美丽"时，广播已经在催人了，我询问工作人员哪个是"唐美丽"，她竟茫然不知，最终还是我自己找到的，不过玻璃罩里的她可是比图片上"灰头灰脸"多了，图片上把她修饰得美艳夺目，真品却色彩不足——能够理解，掉色了嘛。

实话实说，我不是太喜欢逛博物馆，嫌里边憋闷，另外瓶瓶罐罐的我也不懂，但陕西历史博物馆可算是惊艳到了我（也自此开启了我的博物馆之旅，之后无论我到哪，都会抽出半天甚至一天的时间参观当地的博物馆），我都不敢用"流连忘返"这个词，因为我都来不及流连，都是马不停蹄地出了这个展馆再进下一个展馆，生怕看不完。展物不够新颖和新奇压根不会迫使我这样，主要是大部分都十分有气势，场面壮阔，看得人心里颇为激动。

帝王出游，丝绸驼队，古代宫乐，地方风物，陶俑艺术，宴饮器物，车辇玉马，武器军队，生活用品，佛教文化，都在这里得到了充分展示，一句话，这里有许多其他博物馆里所没有的东西，也因此吸引着无数游客慕名前来。

我的西部之行总共历时十二天，一场雨后，西安气温骤降，穿夹衣都嫌冷，可当回到度假区后，却依旧艳日灼灼，空气煦热。

我又每日见湖水澄碧、天空湛蓝、云儿悠闲地游来游去，时不时一场雨带来湖水变色、山峦隐没、水雾薄出。日出还是那么美艳，落日还是那么鲜红，虫儿也还是那么地一到夜晚就唧唧咕咕个不停。有一天一只鸟儿飞进阳台里，落在栏杆上蹦蹦跳跳的同时，嘴里唧唧啾啾地欢乐鸣唱，见状，我立时想起唐代刘禹锡《乌衣巷》里的一句诗："旧时王谢堂前燕，飞入寻常百姓家。"

我在附近村镇里见过有人家屋檐下筑着燕巢，还有一家更甚，干脆就在屋内，我进去时燕子"嗖"的一下飞出门，而这家人看样子早已司空见惯。还有街头卖肉的一家，每到老板剁完肉进屋的那一刻，就有一群鸟倏忽间飞下来落到案板上捡食剩下的碎肉渣，同样的，老板也司空见惯。

我来乡镇里是采购日常用品，包括买肉买菜，村民们自己种菜，自己养猪，此外还打鱼。打鱼就在我看到的那一片水域，包括右后方，我有时夜晚见湖面上渔火点点，就是村民们在撒网。白天也有打的，一艘或两艘小船，但多半他们嫌太阳晒不出来，出来，我便当风景的欣赏。确实是风景，平静的湖面上泊着一只小船，湖水倘若再划出一条分界线，一边白，一边蓝，便宛如画一般。

我经常说，我的门前就挂着一幅画。小侄女来过我这里一次，她扒着阳台上的栏杆眼瞪着外面使劲问我："姑姑，你是怎么找到这块地方的？"怎么找到的呢？我想还是受一种指引吧，将我引到这里，让我过着半隐居的生活，每日里不是读就是写，而这种生活便是我想要的，且我也正在贪享着。

附：善与恶

　　荒山野岭，冷风呼啸，响在耳边，就仿佛有人在同她悄悄说话，她不由得回转过头来四下张望，等到发现没人后，心也就收缩得更紧了，脚步也随之变得更快了。她原本就在疾走，这下子都有些像在跑了。正前方的那个小村子是她此次前往的目的地，而且早就进入了她的视野当中，可就是怎么走也走不到。能望见的依然还是先前那几户人家的屋顶，但若是走到低洼地带里，就连这点心安的东西也没有了。这让她心沉得厉害。原来，她生怕急急慌慌间走错了路，耽误了讯息的及时送达。那讯息事关人命，是预备带给村子里的某个人的，因此出不得半点差错。

　　一个人正躺在她身后偏僻的来路上垂首等待，他是这讯息的委托者，他说他快要死了，请求她到前面的村子里给他的侄子送个口信。

　　遇到这个濒死之人是一种偶然，也是必然，因为一桩逃不脱的命运，正在张着网等她往里撞，而她果真也就撞了进去。

　　她叫金米儿，带有蒙古族血统，因此性格爽朗，率直，胆子也大。她习惯于徒步旅行，对于这种运动，她非常喜爱，近乎到了痴迷的地步。但以往她只在气候适宜的时候才出行，像眼下这寒冷的冬季，她从不和自己过不去，通常都待在温暖的工作室里一边安心地作画，一边等着春天的到来。她徒步不是为了考验自己的意志，仅是为了方便细细观摩沿途的风景，她是一位画家，风景画家，需要借此来采集绘画素材。

这一个冬天，天气少有的冷，人们见面寒暄最多的一句话就是："今天比昨天还冷。"天冷，大家自然愿意缩着，哪也不想去。可金米儿却真真地见了鬼了，有史以来，第一次愣是在画室里坐立不宁，听着外面呼呼大作的寒风，她极度亢奋，就像是听到了出发的号角一样，总想立刻奔出去投入其怀抱。这风声的诱惑实在是太大了，她简直无法抵御。她曾试图浇灭自己疯狂的念头，可是这一次浇灭，下一次燃起来更旺。终于，她全副武装地出发了。说来也怪，这一次，她没有告知任何人。

北方的冬季，若是没有雪，在一般人的眼里，一点可看的模样都没有，到处都光秃秃的，和死去了一样，毫无任何生机可言。色调呢，则一律都呈现土壤的颜色：土黄。其实本来嘛，除了土，还能指望有什么？这是一种满含着荒芜和看不到希望的颜色，置身于其中，心里只有怅惘和愁闷。然而画家金米儿却从中发现了它特殊的美。她的眼睛也在离开出发的城市一周后，第一次发亮了：

这是一幅多么深刻和富有寓意的图画啊！尽管茫茫的高原地带分外荒凉，光秃的山坡上除了柠条和小石块之外，

附：善与恶

什么都看不到，但是正是这荒凉、这光秃、这仅有的装饰，才使得远处起伏的山峦看起来更像是一只只吃饱了爬卧在那里休憩的花斑虎，暂时放下了威严。画家还从中嗅出了母爱的深沉味道，因为她看到其中一只虎的臂弯里正拥搂着一个小村庄，安然而庄重。也许是存心想给她留下较大的遐思和创作空间，小村庄仅露出了几户人家的屋顶。屋顶土黄，接近大地的颜色，使得二者看起来更像是在同一个平面上，可这点小伎俩岂能瞒过画家的眼睛，善于辨别和运用色彩的她不仅一眼就把那些屋顶从周围的土黄色里抓了出来，而且还凭感觉认定它们的造型一定是一字斜坡式的。当然屋顶烟囱里冒出的烟也帮了她的忙。谁都知道，那些烟不会凭空从地面上升腾起来，除非是着了火，可倘若真是那样的话，形状又不符合。烟是从煤炉子里冒出来的，家家冬季都靠其采暖。

望着眼前的这一切，画家金米儿在心里做出这样一个判断：翻过前面那座缓坡，再走上一段路，就能到达那一村落。

唯一一条坑坑洼洼的路像是通往村庄里的。路不算窄，但断断续续的柠条丛占去了中间的很大一部分，结果只留两侧凹槽供行人或车辆行走。显然，这条在野外自然形成的路很糟糕，然而画家仍然觉得它很美，因为一幅如此色调纯洁的风景画中，若是少了这样一条起起伏伏的路，简直不可想象会丧失多少灵动性，这就如同一个人的脸上少了一条鼻梁一样，立时就失了立体感，变得呆板和死气沉沉了。她还想继续锦上添花，于是决定将来在这条鼻梁上也要点缀上一粒色斑，即一个人，唉，只可惜时间都过去这么久了，也没看见路上有过一个人，要不然，她马上就能观看出加上这粒"色斑"后的神奇现实效果了。

有山、有坡、有路、有村庄、有假想的人，还有砂石和迎风的丛丛柠条，一副完整的画卷差不多就在她的心里全部绘制完成了，接下来所要做的就剩回到画室后再用画笔将其搬到画布上去了。作品还在腹内，她却已经预感到这将是最为特别的一幅画，因为几乎只要使用一种颜料就能够把它全部创作完成，这对于惯于应用多种色彩的她绝对算是新奇之作，却也因此而对她本人提出了更高的要求。事实上也是如此，越是看似简单的东西其实越难描摹，这就如同唱歌一样，愈是看起来简单的歌曲，如果没有真情实感融入其中演绎起来就愈难，唱不出独特味道的同时，也会令演唱者感到沮丧。而此时此刻，这幅未来的单色画因其从未被尝试过而激荡着画家的心，以至于她由于太过兴奋，忍不住抬起两只套着厚厚手套的手，来回不停地搓着，俨然一副预备大干一场的派头。情形确实如此，她在心里就在暗暗下着这样一个决心：这一回，一定要好好下些功夫来雕琢雕琢这一幅色调如此单一、表现力却又如此丰富的画作，使其能够成为一幅经典力作，虽不敢与拉斐尔的单色画比肩，但至少有人在看到这幅画作时能想到那伟大的艺术家，哪怕仅是在脑中一闪也算作是对我的新作的肯定！就这样，她一边庆幸此次出行听从了内心的决定，口中念叨着："这一趟，真没有白来。"一边习惯性地举起了相机，想把包含所有细枝末节的地方都拍摄下来，以便留待作画时随时查用。相机比不上眼睛敏感，更不像它那么挑剔，只挑选感知强烈的送到大脑纪录，可不幸的也正在于此，就在其忽视了不起眼的事物的同时，这些被储存在大脑中的东西也经常会一并失去，原因即是大脑那个最具遗憾的特性——遗忘性。相机显然克服了这种缺憾，它几乎可以原模原样地纪录下当时所有的场景。这样一来，相机就成了风景画家的第二双眼，因此当不具备写生条件时，金米儿就尽情利用这忠诚的眼，看遍四面八方。不过这并非就表明她随后的作品只是对先前风景的简单再现，而是要加入创作、情感以及思想，因为唯有这样，才能称得上是艺术。

镜头里的风景忽远忽近，忽明忽暗，拍摄中的金米儿不断地调整着焦距和拍摄角度，一只眼睛盯着视孔一眨不眨，一只眼睛闭着同样也一动不动。全身心投入的她忘掉了周围的一切，乃至于当真有一个人歪歪斜斜地出现在不远处的那条路上时，她竟全然没有发现，直到那人实在支撑不住瘫倒的一瞬间，她才怵然收回了镜头。她是从拉前的光圈中无意中捕捉到这一幕的，但同时也结结实实地被其吓了一大跳。对于这样一个冷不丁不知从哪里冒出来的人，她毫无任何心理准备，何况她此刻看到的又是如此一种出乎意料的情形：那人看起来似乎身体出了大问题。

她不假思索地向前奔去，预备给予那倒地之人最及时的帮助，这是独自在外徒步旅行的人必持的行为，更是善的举动。胸前的相机、身后的背包大大影响了她的步伐，可当她来到那人身边时，还是累得直喘粗气。焦灼的心情、脚下难走的路面和身上厚重的衣着是导致这一状况的主要因素。

半躺在地上的人穿得更多，尽管看起来椰糠笨重，但却难掩他的骨瘦如柴，一张露在外面的脸，上面不仅沟沟壑壑，满布皱纹，而且两颊像是被什么东西向里吸着，形成了两道很深的坑。由于天气寒冷，他的眉毛和胡子上均挂满了霜，让本已凹陷的眼睛变得更深不见底了。然而令金米儿尤其觉得可怕的是，那深陷下去的眼睛此刻正半睁半闭着，透过半开的眼帘，她看到那半颗呆滞的眼珠上挂着一层厚厚的灰白，这下子虽说倒是和脸的颜色一致了，画家却觉得要不是那脸部肌肉正在不住地抽动，自己分明看到的就是一张死人的脸。

这是一位老人，看起来有六十多岁，此刻正因突发疾病而徘徊在死神的门口，只见他一手捂着胸口，一手探向画家，渐渐暗淡下去的眼神里满含着祈求。金米儿见状，摆脱了先前的恐惧，急忙蹲下了身子，焦急地询问他怎么了。

老人还能说话，却憋气得厉害，因此说起话来特别费力。从他断断续续的叙述中，金米儿听到他说他快要死了，想求她帮助去把他的侄子找来。眼见这样的状况，金米儿首先还是想找个人来，可是环顾了周围整整一圈后，她绝望地发现，依然还是和先前一样，除了她，再无一人。倒地

附：善与恶

231

老人抬起手来冲她无力地摆了摆，告诉她在这里，除了放羊的羊倌外，绝少看到人，何况现在正是隆冬时分，就连放羊的也早早收工回家了。

金米儿不是一个遇事慌张的人，但由于眼前的事情她第一次碰到，并且性命攸关，因此她还是紧张得要命。老人却比她要镇定得多，只见他一边尽力地忍受着疼痛，一边再次恳求她立刻答应自己，他说他担心太晚了就再也见不到他的侄子了。金米儿不再犹豫了，她答应了他的请求。情况紧急，需要她立刻起身。出发前，金米儿忍不住又回头望了老人一眼，为把他独自一人留在此处而倍感忧虑。老人却坚决地朝她挥了挥手，示意她赶快离开。这一次，她掉转了身子，头也不回地快步向前奔去。为了保存体力到最后，她不敢随意奔跑，她知道这崎岖不平的路段最消耗能量。

老人的侄子就住在那老虎臂弯里的村庄中，先前能够看到的屋顶此刻不见了，因为金米儿正行走在一段凹路上。她在心里默念着"翻过这个坡，再走上一段就到了"，可是就是这座坡也总是翻不过去，她再次回过头去望了望身后的老人，远远地，他已经变成了一小团黑。天灰蒙蒙的，阴郁得很，像是要下雪。她不禁从兜里掏出了一只怀表来看了看时间。怀表是那位老人给的，让她带上做个凭证，以防他侄子不相信。表上的指针指到了四点一刻，她知道离夜幕降临已经不远了。冬天天本来就黑得早，何况现在已进入深冬时节，更是五点多就什么都看不清了，因此她又加紧了步伐。

村子看着不远，走起来却不近，就在她还未靠近村口的时候，天空中就已经飘起了雪花，夜色更是完全变浓，周遭一片漆黑，好在村子里家家户户都燃起了灯，这给了她心理上的支撑，同时也推动她脚底下的步子迈得更快了。然而村头的路更不好走，她最终几乎是跌跌撞撞地才摸索进了村，并且倾尽了仅有的一点力气撞开了一户人家的门。门是双扇的，又向里敞，其实根本就用不了多少力量便可以将其推开，但她还是觉得正是这最后一扑，才耗尽了她所有的气力，导致当自己跌入门槛里时，虚弱到都没能立刻说出一句完整的话来。

屋内的人很多，足有十来个，一色的男性，昏暗的灯光下，他们正在赌博，其中也有观战的。北方的农村，一年一季庄稼，秋天忙完了，冬天就闲了下来。闲下来的人总得有点事干，于是赌博就成了乡村里这一季男人们娱乐的重头戏。最早的时候，人们都从收音机的广播里汲取精神给养，有听书的，有听歌的，也有关心国家大事而听新闻的，可是慢慢地，人们不再甘于一个人或与一家人共享宁静和祥和，而是转去寻求更刺激的节目：掷骰子数点赌输赢。他们就连打麻将牌都嫌过钱过得慢。造成这种状况，与当地长久以来形成的不良风气有关，与村里没电也有一定的关联，若是通了电，说不定他们就会选择看电视打发时间，但谁知道呢？

对于村子里没电，金米儿并不感到稀奇，这在偏僻的小村庄里很常见，人们交不起或不愿交架设费，情愿过着黑灯瞎火的日子，一盏煤油灯就是他们夜里的全部光明。

但也许正是由于这仅有的一点光明，人们玩起来才更觉惊险刺激，试想，在昏暗的光线下，谁也瞅不清谁的神情，谁也看不透谁的眼神，谁也摸不准谁的心理，输赢全凭运气，说得更直白些，就连智商都不需要，只要会掷骰子，能知道大小就行，结果呢，自然也就用不着耗费什么心思，胡乱押呗！随意的行径通常会引发戏剧性的效果，众口一词都说大，偏偏出来的是小，下一次，又都猜是小，结果却是大。下错注的人捶胸顿足、后悔不迭，观战的人却兴高采烈、手舞足蹈，这意想不到的结果，给他们带来了莫大的乐趣，他们吼得比谁都凶，继之也笑得最凶。赌场上，最快乐的往往是这些人，没有金银的损失，却能够白看戏，何乐而不为呢？于是欢快的声浪一阵高过一阵，隔着老远就能够听到。然而如果你就此得出这里边没有贪婪，完全就像小孩子们一样在一块猜赌，纯是为了逗乐，那这结论下得未免为时过早了！凡赌必是为钱，赢了的还想多赢，输了的却想再赢回来，天下种种，概逃不过这一普遍规律，一句话，贪婪是参赌之人必有的一颗心，只不过乡村里的人由于文化程度普遍偏低，心性不像"文明人"那样善于隐藏，更偏于向外流露，贪婪和焦渴之情也就更容易被人瞧出来。

当画家跌落进屋内，抬眼定睛瞬间看到的就有一些这样的眼神，它们尽管也被这突然冒出来的不速之客吓了一跳，却还是没有来得及及时收起这正在奏响着的主基调。

人们不担心警察来，因为这穷乡僻壤的地方，警察都嫌走路硌得脚疼，因此他们在参赌的时候，从不闩门。

金米儿是循着屋内的喧哗声找来的，她认为在这里打问人最保险。久居城里的人容易忘掉这样一个事实，那就是在这么小的村子里，谁要是说不认识谁，那可就成了笑话了，只要随便推开一扇门，一打听，保准没有不知道被寻之人的。在村子里，就连猪和鸡都相互认识，更别说是人了。

回归正题，叙述了一大堆，以上这些也仅仅发生在几十秒钟的时间内，待金米儿喘过气来后，事情也就开始往下发展了。

很巧，委托人的侄子也正在这里，并且手里正拿着一叠钱预备往上押呢，是画家嘴里的话停顿了他的这一动作。但显然他并不相信，他说他中午临来时还在院子里看见过他叔叔，当时他看起来一点都不像是要出门的样子。敢情他已经赌了整整一个下午了。这时候有人却忽然想了起来，说是下午两点来钟时看到他那瘸腿叔叔往村口那边走去了，除了穿得臃肿外，倒也没看到手里拿什么东西。其实他本来也没什么东西，且由于天气寒冷和不愿引人注意的缘故，能套在身上的衣服也就只能一层层地都套上了，而这也从一个侧面说明，老人离去的决心有多大。

金米儿又亮出了那块怀表，灯光下，她第一次发现这实际上就是一块普普通通的表，银白的，是那个年代所有机械表的颜色，上面不仅毫无任何印记表明它有什么特殊之处，而且还冰冷异常，放在掌心里如同托着一块冰，直寒到了心里。可令她想不明白的是，就在她从老人手里接过它、路上掏出来看它时，它分明还是那么与众不同和炙热如火，怎么这么会工夫后就会变了呢？也亏得这表一直都没有离她的身，否则她真要怀疑眼前这块是否真的就是老人递到自己手里的那一块了。其实出现这种感觉差异可以这样来解释：当老人把它递到画家手上时，这只表上寄托着一份极其沉重的厚望，也担当着非比寻常的重任，由此它才闪露出了一层不一样的光芒，具备了不一样的温度，而现如今人已找到，话已带到，它恢复原本的模样自然也就在情理之中。然而事实上，是那侄子的眼神让它褪去了光彩，使它的温度瞬间降到了冰点以下。金米儿原以为以这只怀表做凭证，自己要找的人不说激动万分，起码也该一改刚才的冷漠，表示出一些关注来，但是她失望地发现其眼中不仅没有闪现出丁点亮光，似乎比先前都更加的不以为然和冷漠了。这样的目光令她不寒而栗，她预感到自己可能遇到了一个冷酷的人。果真，那侄子说道，他看不出怀表是他叔叔的。旁边有人插嘴问金米儿那倒地老人长什么模样，听起来仿佛是想帮她的忙，可是未等她先开口，又一人就把话截了过去，说是大冬天的，都捂得那么严实，从哪能看出来长什么模样。他的意见是说说穿着。遇到这样的事，人们总喜欢七嘴八舌。

画家听从了此人的建议，因为说实话，她还真的就一下子说不清那老人的模样，除了觉着瘦之外，在她眼前闪动的只有一张形同死人的脸。然而她又不能这样讲，何况她哪还有心思描述这些，她的心始终都在替那正躺在路上的老人揪着，于是她尽量简短地对众人说道："老人穿着一件军大衣，戴着一顶白色羊皮帽。"整个冬季，老人就是这样一身打扮。看来是没错了，可那侄子依旧不慌不忙，仿佛这来报信的就是个骗子，而他对此又早已成竹在胸。众人建议他不管怎样，还是先去看看为妙，并且有几个人还自告奋勇说可以陪同他一起前往。那侄子这才决定动身。

无论在哪里，总也不乏古道热肠之人，这屋子的主人虽然惯于给这些赌徒提供赌博的场所，以便借此得到一些抽头，或者干脆以给这些人提供服务，例如做顿饭、烧壶水来收取服务费，但是如果当他的"顾客"当真碰上一些麻烦时，他也会提供无私的帮助。这不，眼下这家主人就明显表现出很着急的样子，让人看了着实感动，他提议要去的人从他家出发就行，出行的车就用他家的四轮就好，理由是一来情况紧急，二来还可以拉病人。没人反对便是同意。天一冷车就不太好发动，需要一大锅开水才行，事也凑巧，就刚刚才烧好了一锅，本是打算提供给在场的人喝的，这下子正好派上用场。要去的人都穿扮整齐在等着，那侄子却突然间像遭了电击一样，浑身强烈地战栗了一下。原来冷风一吹，让他想起了一件事情来，事情至关重要的程度和直到此刻才想起来的愚蠢行径都使得他憎恨起了自己。他随后一转身便回了家，抛给身背后的人这样一句话："我有点急事需要回去一趟。"大家伙不解，金米儿更是心中充满了疑惑，她认为现在再没有比救人更当紧的事了。车子终于启动了起来，要去的人立刻都爬了上去，车辆路经那侄子家的院门口时，他也刚巧慌慌张张地跑了出来。这一次，他一改先前时那副懒洋洋的模样，比任何时候都看起来焦急，只见他一爬上车就催促快点开，仿佛自打回了一趟家之后才骤然间回想起那倒地老人正是他的亲叔叔。

那么究竟是什么原因导致这么一会的工夫他的态度大变呢？说到底还是金钱的功劳。原来他刚才趁发动车辆的间隙回去撬了趟锁。撬谁的呢？自然是他叔叔的。他想知道那藏在柜子里的钱是否也同人一起离开了。其实想都不用想，任谁也不会将自己一辈子的积蓄留给一个让其失望的人。果真，柜子打开后，钱不见了踪影，老人除了给他留下这么一个锤子上包着布生怕惊动了旁人自己钉起来的柜子以及柜子外的两把锁之外，没有给他留下一个子。"他带走了所有的钱！"这一打击，差点让他昏厥，他顷刻间就觉得心如挠抓般难受，仿佛那钱原本是他的，却被别人偷走了一样。在此种心境的驱动下，耳朵就变得格外灵敏，稍一听到车声，他就拔起腿来火烧火燎地冲了出来，他都恨不得立刻飞到那"偷儿"的身边，好质问个清楚。钱本不属于他，他却比任何人都理直气壮，因为钱的主人曾当面对他暗示过，那钱将来就是属于他的。既然"承诺"过，岂有反悔之理？这悄悄一走，又算是哪门子道理？他觉得自己简直就是受骗上当了，空欢喜一场不说，还害得曾在众人面前如此神神秘秘地吹嘘过："将来我一定会发财！"可而今，这却成了一句空话，还可能就此成为一句笑话。

满脑子充斥着钱不见了的想法，比打强心针都管用，他变得急不可耐，匆忙间，他都忘了及时扣回那柜盖，惹得听到动静紧跟而来的他的老婆一下子就扑了上去。这是她自这一米长、六十厘米宽、八十厘米高的柜子制成后第一次能够在开敞的情况下接近它。在过去的一段时间里，她只眼巴巴地看着它被神秘地守护在那里，一副神圣不可侵犯的样子，却从来没有能够正大光明地上前去摸上一摸，更不要说能像现在这样探头进去想怎么瞧怎么瞧了。她也曾确切地想搞明白这里边究竟装了什么宝贝，可惜没有任何消息来源。她问她家男人，得到的答复却是他也不晓得。实际上她知道他门清，因为她曾在暗地里听到过他与他叔叔为这柜中所藏之物发生过口角，并且还隐隐约约听到了他叔叔威胁的话语，但具体威胁什么，她则一概不知。如同所有不愿将秘密进一步扩大的情形，当时那二人故意压低了声音，生怕被别人听了去，这其中就包括她这个人。然而纵使没听到，也能猜个八九不离十，因为在这个世界上，唯有对金钱，她那男人的嗅觉才会显示出天才般的灵敏，他不仅隔着老远就能探测出它们的藏身之地，就连数目通常也能猜个大概，就像亲自点数过一样，因此，她断定发生争执一定是为了钱，而钱最有可能就藏在柜子中。

　　柜子不精贵，那两把锁精贵，它俩被赋予了看护宝物的神圣职能，却也不承想"此地无银"，给柜子以及主人不断地招致来猜疑，试想，但凡是能见到这只柜子的人，哪个又不会在心里暗暗嘀咕：柜子里究竟装着什么东西，何以上了一把锁后，还要再加上一把？值得庆幸的是，柜子始终跟随着老人住在那终年不见阳光的南房里，打他来也没几个人去拜访他，也就省却了这番猜疑，否则，就是他那侄儿侄媳不惦记，外人也会惦念它。不过，这小村子虽说赌博成风，偷盗倒还没有形成气候，只是偶发现象。这是村子小的一点好处，都是乡里乡亲，鲜有人下得去手。他们下手的对象通常都是自家人，不是丈夫偷了老婆的，就是媳妇偷了公公的，但是这样的行为只会被视作是无伤大雅的事情，上升不到道德层面，更不至于牵扯到法律上面，何况法律在这里本就是白纸一张，谁都可以信手往上画，除了杀人知道需要偿命外，其他任何项在这里不说是合理合法吧，可至少人们都睁一只眼闭一只眼，谁也不愿出头，更不会惹火上身。这就是中国某些农村的村落文化，不能用麻木来定义，只能用自私来形容。

　　说到南房，这里有必要对其略做一番描述，以便说明老人在侄子家的地位。在北方的农村，家家户户都有一处院子，院子通常由一处正房和一处或南或西的偏房构成，正房住人，偏房则用来储放东西，出于对温度的要求，这偏房几乎不会在光照强的南侧或西侧开窗，而仅是在背阴面或日照不强的那一侧开一两眼窗洞，面积不大，位置还奇高，只为了进入里边拿取东西时能简单采着点光。这侄子家的偏房是在南侧（由此你也就明白为什么要叫"南房"了），平常都放些没人偷的谷物杂粮以及猪饲料，像米啊、面啊、油啊的，则一律都同主人住在一起，只不过主人住的外屋子过火，它们住的里间屋不过火而已。要说这叔叔的命都不如它们好，更不如它们值钱，他来后就被安顿在了那南偏房中，整日里不见阳光，又阴又冷，要不是里边有张现成的用来暖羊羔的炕，村里养羊人家的羊粪又便宜，保不齐他就会挨冻。屋里原来放置的大部分物品都被另找了地方，但还是留下了一些零七碎八的东西，害得他经常让冷不丁出现的侄子或侄媳妇吓一跳。农村人进屋没有敲门的习惯，纵使他提醒了好几次，可这对夫妇依然我行我素，他们声称是来找东西的，转一圈、扫一眼，找着找不着地很快也就离开了。他们很少与他说话，更不要说主动同他聊天了。好在他并不过分渴求这些，因为就目前来说，还有更重要的东西整天占据着他的心灵。

那是三万块钱，果真如那侄媳妇所料，就放在他制作的柜子里，那是他的全部家当，是他多年来省吃俭用才攒起来的，虽然他现在仍有退休金，但比起这些来，那简直就不是一个数量级，因此他把这钱看得比命都重，生怕哪天会不翼而飞了，故而看护这些钱成了他最重要的任务。存放钱的柜子就放在炕上，紧挨着墙根放置，无论是睡着还是坐着，只要一伸手，就能摸着，他觉着只有放在手底下才心安。可是光这样放着他还不是最放心，他要经常看见那些钱才算了事，于是隔三岔五就要打开柜门探进头去看看，有时候也会格外小心翼翼地点数点数。这样的表现有怕数错的因素在，更多的还是担心被别人撞见露了底。然而越是怕什么就越来什么，也就是在一次这样的点数中，门被突然撞开，他的那侄子带着一股风闯了进来，匆忙间他赶忙把钱塞回，并且迅速扣上了柜盖，却还是被进来的人看了个清清楚楚。

要说这次撞见事先没有一点预谋，那是假话，对于这只柜子，这侄子上心已久，因为自打这柜子一被制作好，他就莫名地开始激动了起来，他只要见到它，尤其是挂在外边的那两把锁，就会心痒难耐，恨不得立刻扑过去据为己有。他知道那是金钱散发出的味道在诱惑着他，但是毕竟这只是直觉，他还需要实证。天知道他怎么就能窥得到屋门紧闭、光线暗淡的小屋内，那一刻老人正在打开柜子，曲颈领首、后脑勺顶着盖板、双手在里边忙个不停。他当场就兴奋得不行了，这动作他不仅最熟悉而且还最擅长，他偷他老婆钱的时候采用的正是这一套。

金钱是最能照见人们内心的一道光，在它的照拂下，任何贪婪、丑恶、冷酷以及狡诈统统都会原形毕露。从他叔叔脑袋窝在柜子里的时间，他推算出柜子里所放钱绝不是小数目，于是他连想都不想就破门而入了，那动作，和现场捉赃一样，迫不及待且又气势汹汹。然而当他闯进去之后，从那被惊扰之人一连串动作中才猛地意识到，那钱并不属于他！尴尬之际，他只好狡狯地借口说是来找件东西，可无奈那贪婪的眼睛却怎么也离不开那还没来得及落锁的柜子，他都恨不得将其一口吞到肚子里去。

狼一样的眼神刺激到了老人，出于警告加上气愤，他毫不客气地点破了他的意图，两人为此发生了争执，一个坚持说是来找物的，一个硬说他是故意来偷窥的，吵吵嚷嚷间，便招致了正房里的女主人来偷听。她依据捕捉到的信息做出了大胆却正确的推测，只是鉴于她当时由于赌钱的事情正与丈夫陷于冷战之中，当日以及稍后一段时间，她都没有向其询问争吵的原因，待到两人关系缓和之后她再想求证时，得到的便是那条令她一万个不相信的答复。

自那以后，二人不再提那柜子的事情，却始终各怀心事。丈夫注重的是不久的将来，他料定他那瘸腿叔叔就是敞开了劲让他活，也活不过五年，这从他那深凹下去整日里潮红的脸颊和时不时手抚瘦骨嶙峋的心口窝从上往下将的动作以及皮包骨的双腿上能够看出。可他还是变得越来越没有耐心了，对于嗜赌因而总也缺钱的他来说，就是短时间内一个子都摸不到手，也情同把他放在油锅上煎一样，令他难以忍受，更不要说让他等待更长的时间了。但他还不敢偷，因为那天老人神情严峻地警告过他，说是倘若他敢在他活着的时候动歪主意，他就敢和他拼老命。言外之意，等他死后，他就能动了，这让他暂时收回了蠢蠢欲动的心。他认为那钱迟早都是他的，而且只会越来越多，这倒并非是说那钱会生子，而是老人额外还有工资，扣除一切花销后每月也都有剩余，而这多出来的，只会充盈到他未来的"金库"里。

对比他，妻子贪图的只是眼下，觉得每日里能多抠出几个是几个，因此会找各种名堂，让老人从他腰包里往外掏：今天她说儿子咳嗽了，打算领他去县医院瞧瞧，明天她说儿子鞋都穿漏了脚趾头，要领他去县里买鞋，后天她又说儿子上学的书包以及文具还没有，该提前置办了，总之每天都有理由。她打的旗号都是她那六岁的儿子，所遇到的难题一律都是没钱，她知道老人喜欢她的儿子，不会撒手不管的，她也认为出这一招最保险。事实上也是，尽管老人自己过得很简朴，有时候都有些吝啬，但在给孩子花钱方面，却总也不心疼，原因是那孩子不像他的父母亲那样对他冷眼，反倒整日里一口一个爷爷地叫着，叫得他心里甜滋滋的同时，也让他享受到了天伦之乐。老人喜爱那孩子最直接的表现方式就是为其买东西，于是只要村头冒出来一个卖冰棍的、卖海棠果的，保准不久后那孩子的嘴里就能嚼得到这在村子里难得一见的东西，至于别人家的孩子们，则只有追赶那卖货人的份。所以说，既然在吃的方面老人对那孩子不吝啬，在其他方面自然也就能帮则帮。他偶尔会当着外人的面和那孩子念叨道："谁让这地方偏僻，要什么没什么呢，否则，都用不着你妈妈提出，我自己都会亲自带着你去看病、去买鞋、去置办将来上学用的东西，何必事事都由你妈妈操心呢？"他说这话的目的多半是为了维护自己的形象，意在表明他也甘愿为这家里出一份力。无人怀疑他说这番话时的诚意，可是就连他自己也明白他嘴里说的基本上一件都办不到，一来村里离县城很远，二来他的腿不方便，于是他认为既然孩子的母亲并无意愿让他代劳，他自己也就出钱最好。二十世纪九十年代中期，二十、三十元不算多可也不算少，叠加起来也是一笔不小的数目，

244

可最终也还是以隔三岔五累积的形式落到那侄媳妇的手中，并自此流进了她的荷包不再出。开始时，老人总不见她出门，还以为她是没工夫，时间长了，他便知道那只是一个借口，是在变相地刮他的钱，但下一次再碰到类似的借口时，他依然不会装聋充傻，依然会无私地"相助"，连一点折扣都不打。促使老人做出这番举动的，是有一次那孩子天真地和他学舌说，他妈妈说了，那些钱攒着将来给他娶媳妇。

　　就这样，夫妇二人各打各的算盘，各自做着遥远和现实的梦，可是现如今梦还未醒，钱却突然间从他们眼皮底下飞走了，丈夫先得知了这一事实，妻子紧接着也悟了出来，那空柜子就是铁证。丈夫气急败坏，妻子的气愤也不在他之下，她倒不是由于那柜子里的钱，因为她压根就不知道钱的数目。她生气是缘于老人的突然离开打了她个措手不及，让她一贯自信他离了他们就不能活，所以压根就没胆去实践，甚至于连想都不敢想的看法顷刻间分崩离析，这损伤到了她的自尊心。然而还不止于此，更让她气上加气的是，她原本筹划了几日打算明天就实施的一项计划这下子也彻底泡了汤，原因是被实施的主体跑了。原来，她打算提高老人的伙食费。冬天饭里有了肉了，虽说猪是自己家养的，可也是费了辛苦、费了粮食的，所以她要找回些补偿来。世界上再没有比费尽心机谋划好一件事，且正准备为能得以如愿以偿而预备心享愉悦时，却突然得知计划无法再进行下去而令人懊丧的事了，因此，只见她一甩手狠狠地扣上了柜门，紧接着嘴里便开骂道："他奶奶的，真看出是一家人来了，那一个不见了，这一个也跟着跑了，要是都能死在外边倒好了，省得一个抠门得多一个子都舍不得给家人，一个大方得有多少都愿意送给外人……"

她再一次因为赌钱的事情和丈夫翻了脸，故此特别记恨他临冲出门时恶狠狠地推自己的那一把，就将叔侄两人一块都咒骂了。她又记起丈夫一边推一边还没好气地责备她道："连个人都看不住，成天就知道盯着我！"于是她跑出门外，冲着黑黢黢的院门嚷嚷道："我怎么能知道他要走？你又没把他交给我看着！谁能想到这才来几个月他就跑了！……"她以此发泄胸中的怒气，他家狗却误以为门外来了陌生人，尽心尽责地伴着吆喝声汪汪个不停。

原来老人是这个夏天才来投靠这对夫妻的，他以为自己在世上仅存的一对亲人不说热烈欢迎吧，起码不至于嫌弃自己，可他恰恰落得的是被嫌弃的结果。说起来似乎首先怪不得那侄子，谁让他这当叔叔的就像古老传说中的人物一样，从来都只挂在别人的嘴上，压根就没被看到过真身？他的侄子只知道在山西煤矿上有个当工人的亲叔叔，后来腿受了伤不能再干活了，就去看了大门。关于他的全部信息只有这些，多年来没再有过变更，渐渐地他便失去了音讯，就连哥嫂相继去世，他也没有露过面，更别说这之前他的侄子结婚了，而那侄媳妇压根连听说都没听说过他这个人。人们都以为他早死了，但是忽然一天，他却冷不丁又冒了出来，并且告诉从未见过面的侄子和侄媳妇说是自己终于退休了，要来和他们一起生活，这岂不让人家一时难以接受？然而这并非就是他日后不受待见的真正原因，恰恰相反，夫妻俩谁也没有提过这一条。事实上，就在他提出来要留下来时也没遇到特别大的阻力，这也许与他第一眼就看出来什么是敲门砖并且立刻抛出来有关，他说："我不白吃，不白喝。"

村里人历来把挣工资的人视作是有钱人，可那侄子当时还是犹疑了，他盯着他那条瘸腿沉吟了片刻。他老婆不失时机地在一旁嘟囔着："这家里有一个赌徒就够心烦的了，再添上一个瘸子，还让不让我活？"兴许正因这句话的刺激，那侄子随后做出了决定。

正如我们已经知道的，老人最终被留了下来，虽说吃饭得掏钱，但这样一来，他倒落得心安。他有时候自己也开饭，交过的饭钱侄子并不退，说是包月的。对于这一亏损，他没有太放在心上，他不愿意由于斤斤计较而割断好不容易才搭上的这一亲情之绳，所以一般情况下人家说什么，只要不过分，他也就照办。可也正因如此，那侄子和侄媳妇才错误地认定他是因害怕离开他们才表现得如此顺从，也就越发肆无忌惮地对老人冷言冷语再外加冷脸了。开始时，老人采取了忍，也由此愈发地看护好他的那三万块钱了，他知道自己只要失去了那护身符，保不齐就会立刻被扫地出门，于是平日里他不仅足不出户，不离那柜子半步，竟然还幼稚地在那柜子上加了两道锁。但是他依旧提心吊胆，面对染有恶习和有利就贪的人，他上哪去保持从容淡定呢？

然而老人毕竟也是见过世面的人，且也一个人过惯了，

附：善与恶

终于在某一天觉得拿着金饭碗来讨饭和过着防人的日子不值得，也就决计离开，预备再回到他原来工作的地方去，他认为怎么着也比寄人篱下强。决定走也不那么容易，他真的有些舍不得那小孙子，短短的几个月时间，两人之间就建立了深厚的感情，为此他犹豫了好一阵子，无奈，长痛不如短痛。他想象不出一旦这夫妻俩得知自己要走会做出什么举动来，所以他计划偷跑，并且要做得不留一丝痕迹。事实上，任何事发生，事先都会有苗头，只不过往往得不到人们的关注罢了，但也正由于此，反倒给了他机会。

而此刻正坐在四轮车上赶往事发地的那侄子就渐渐地揣摩出了一桩事来。原来夏天老人来的时候，肚皮上曾挂着一只腰包，包不大，却很长，和一条腰围似的紧紧地贴在腰际，使得他看上去如同一个买卖人。开始时，这包与他形影不离，吃饭睡觉他都带在身上，害得一家人的眼睛直往那包上瞅。那时候，他那三万块就装在那里边，钱贴着肉，他觉着放心。柜子做好之后，包空了，也到了那六岁小儿的脖子上成了他的挎包，此后里面装的不是一些小石子就是一些烂纸片，但是就那他也乐得屁颠屁颠地到处夸耀。淘气小子个子矮，为了好玩，他故意把包带拉长，因此那包就变成了扫地苕帚，在村子里的泥土地上被拖来拖去，除了灰头灰脸之外，眼看着就要破洞，老人心疼，一个劲地强调说有朝一日他还用得着，不能就这样给他糟蹋了，可是换来的却是一阵咯咯坏笑，同时包也被拖拉得更厉害了。再后来，也不知经过一次怎样的谈判，包带就变

248

短了，里边也不再装石头了，却依然还挂在那孩子的脖子上。有人逗他，问他挂那包干什么，他说是用来装车票的。人们又问是谁的车票，他说是爷爷的。他一本正经地告诉人们，只要这包始终挂在他的脖子里，爷爷就走不成。无聊的人们一听，便故意装作要抢的样子，说是抢到了就交还给他爷爷，孩子呢，则拼死相护，甚至于把他所听到过的最污秽的话都骂了出来。话传到老人的耳朵里，他抹了把眼泪，传到侄媳那，她则一撇嘴，并且紧接着就压低声音冲着自己的儿子咬牙切齿道："你倒是和他亲，你自己的亲爷爷也没见你怎么稀罕过！"这句话被她的男人听到后，他愤愤地冲她一瞪眼："还不是你调教的！"

自"抢包"事件后，包就和那孩子的一块肉一样，长在了他的脖子上。包在他那爷爷就在，人们对此深信不疑。可笑的是，那侄子和那侄媳竟然也相信了，然而但凡稍稍有些智力的人就能想得到，一个人的去留怎么会最终取决于一只普普通通的包呢？可村里的人却愣是整体失了智，其实说到底是由于人们懒得去费劲琢磨一个既孤僻又身有残疾的人。身体有残在农村通常自觉不自觉地被视作是二等人，即使你功勋卓著，差不多也是一样，只不过没人敢公开嘲笑罢了。这与他们少见多怪无关，而是那残忍的好奇心在作祟，同时也因教育缺失而减弱了对人的尊重和同情心。不过也有例外，那就是当被嘲笑之人濒临死亡之际。人们的怜悯心会被瞬间唤起，甚至于还会被成倍放大，仿佛直到这时他们才意识到原来这人不仅不坏，而且绝对是一个好人。人们为着过去对他所持的冷漠态度后悔不已，也就想要抓住最后的时刻去弥补，这就是为什么有人愿意主动陪着那侄子前往雪地里寻找那老人的缘故，当然，友情也占其中一部分。

再说那只包，既然它阻挡不住老人离去的决心，那随着它陪着孩子一起去了姥姥家，老人则也开始做起了离去的准备。实际上也没什么好准备的，如前所提，他压根就没多少东西，除了那被视作命根子的钱之外，其他的，他也倒勉强舍得扔，比如一双其他季节穿的平底布鞋和一条绒布裤。鞋是真的扔了，就扔在院门外一个大坑里，估计早就被猪或者狗咬了个稀烂；裤子则是他另有所用。原来他想做个暗兜，就缝在棉裤腰内，用来装钱。材料取自于这条裤子的大腿侧，他裁了一段下来。可笑的是，这个兜太过像一块补丁，乃至于他那侄子凑巧看见时，愣是没有看出它的真实用途来，他当时还真的就以为他的裤子磨破了，他在往上打补丁呢。贴肉揣钱，只有老人喜欢干，年轻人没人愿意效仿，一方面嫌取用时不方便，另一方面也怕丢人。不采用，也就不敏感，而他现在终于琢磨过味来了，却也为时已晚了，直觉告诉他，老人将一去不复返。想到此，他更加懊悔了，故而情不自禁地抬起右手来猛地一击同侧的那一条大腿，随后就用双手捧着个脑袋连连叹息不已。他后悔没有早点动手撬那柜子，金米儿却误以为他在为刚才的拖延而懊恼，于是用颤抖的声音宽慰他道："不要着急，很快就到了！"事实上谁都比不上她焦急，而且越往前走，她越是在心里责备他先前那莫名其妙的冷漠行为。

耽搁了一阵子，路上已经铺上了一层厚厚的雪，金米儿担心等在那里的老人可能已经冻僵。她不敢往死那想，可却由不得要去想，因为一种不祥的预感正越来越强地向她袭来，她害怕到时看到的会是一具尸体。然而奇怪的是，沿途走了一路也没发现那老人的任何身影，更别说是躺在那里。随行人员问她是否记错了地方，她很笃定地说，当时老人就是倒在这条路上的，而她去村里求救时也始终沿着这条道走，从没有偏离过。人们又绕着附近兜了好几圈，并且一直沿着这条路又走到了路尽头与之相连的大马路上，却还是连个人影也没看见。画家尽管有些疑惑，却希望这预示着一个好消息：不是有人救了老人就是他自己身体又恢复了，由于还要急着赶路，等不到她回来就先离去了。可她总觉着后一种可能性不大。

一番白忙乎后，人们停了下来，他们再次把目光聚到了金米儿的身上，这一次，她从有的人的眼睛里看到了不一样的东西。那是猜疑的眼神，显然有人认为她在撒谎，他们倒是并不怀疑她见过老人，而是认为她夸大了当时的情景，可能他当时就是摔了一小跤，一点都不影响他继续赶路，而她却大惊小怪，惊动人们白跑一趟。搜寻工作到此结束，寒冷使得人们多一秒都不愿意在此停留。有人询问金米儿她接下来预备去哪，那侄子用不容置疑的口吻发话说让把她也一起带回村。这正合她的心意，在没有得到老人的消息前，她不想就这样离开，何况这黑灯瞎火的她也没地方可去，于是她一口应允。她以为那侄子是出于好意，怕黑咕隆咚的她再走丢了，好心收留她，并且还安排她住在了他叔叔曾住过的那间南房里，岂料他却另有打算。

村里仅有三十几户人家，而且这村里女人出奇地少，光光棍就有好几个。画家的到来，勾起了几双贪欲的眼。当晚，她就隔着墙壁听到外面有人盘桓的声音。院子里的狗儿也比平日里吠叫得频繁了，为此还招致来男女主人半夜里好几次粗声粗气的斥骂，听得出，他们都很烦。

第二天，依旧没有消息，她提议报警，却发现自己已经先失去了自由。原来那侄子怀疑她已经知晓他叔叔怀揣着好多钱，害怕一旦放了她之后，再走漏风声，让别人把那钱劫了去，到时落得个只见人不见钱的结果，可就从此以后要了他的命了，他会一直愤愤到死的。于是他决定先把画家看管起来，等找到了钱之后再让她走。为了钱，这人啊，什么坏办法都能上。早饭后，他出了门，说是要去打探消息，金米儿就交给了一个人看管。天黑后，他回来了，告诉大家打听到了，他叔叔已经坐上了回山西的大巴车走了。人既然回去了，也就没人再关注这件事了，可是对于画家依旧还被扣在村里，他们就有些想不通了。但鉴于那侄子是村里有名的狠人，多数人得罪不起，也就将疑团藏进了心里，不再询问了。金米儿却敏锐地察觉到他在撒谎，一来她认为那老人身体不容许，二来她从他的眼神里捕捉到了躲闪。果真，仅仅一天后，那侄子满眼通红，一早就又出了门。他没有告知任何人他外出的真实目的，在院子里行走时还特意压低了脚步声，鬼鬼祟祟的，看起来像贼一样。令人想不到的是，这一次他才真真正正地踏上了寻访之路，他要去老人过去工作和生活的地方去仔细探问。

画家依然没有被解除看管。盯着她的白天是一位痴痴呆呆的女子，晚上则是门外一把大锁。那女子年纪三十多岁，问她话时她一句也不回答，眼睛只直勾勾地望着她，然而只要她稍一有异动，她就立刻拉开门冲着院门外大喊："她要跑！"跑来阻拦的是两个欠下那侄子赌债的人，他们得到免除债务的条件是，在他回来之前别让画家跑了。当然这里边也有义务帮忙的，那就是那几条光棍，他们比欠账的更积极，逢喊必到。那二人倒屡有松懈，有时候还会怪怨那傻姑娘喊得太勤，搅扰了他们，因此除了忍不住悄声威胁她"看来还得卖你一回"，还会顺手推她一个趔趄。

饭，也是由这女子送来，千篇一律炖土豆、馒头，金米儿有时候吃，有时候不吃，不吃的时候，她就将其倒给院子里的狗，几次下来，她无意中给自己又培养了一个看管，她走哪里那狗就跟哪里，离得远了，它就冲她叫，靠近了，它就使劲甩尾巴，以示喜欢她。一天，两天，三天，那侄子没有回来。金米儿越发地焦躁不安了，她日日都能听到墙外的声音，有一夜，她还隐约听到有人偷偷地拨门闩。院里的狗儿没有一点动静，原来它跟随着气哼哼的女主人回了娘家。女主人恼怒她家男人没和她商量就带回来这么一个看上去很特别的女人，惹得心里酸溜溜的同时，一晚上嘴上就冒出个大泡。她疼得直吸溜嘴，光香油也快抹了半瓶上去了。当然更让她气愤不已的还是别人，她认为不管出于何种缘故，他们来到他家为的也都是画家，而不是她自己。离奇的嫉妒心令她睁着眼看不到金米儿的危险处境，反而逢人便抱怨说如今她已经不是家里的正式女主人了，那不知从哪里冒出来的"鬼女人"不仅登堂入室，而且还占尽了风光。对于画家的来历，她同样清楚，可是在妒忌和她丈夫隐瞒扣押画家的真正原因的双重作用下，她显露出了女人最恶俗的一面：无中生有，捏造事实。她似乎连她丈夫不在家的事都忘了，有时候引得听的人都知道她明显是在胡说八道。对于这样的尴尬，她有的是解决的办法，那就是一走了之。对此，她甩给人们的解释是："眼不见为净。"其实她心里比谁都明白，她那不成器的丈夫在画家眼中能占几分分量。

　　没有了狗儿的保护，金米儿第一次开始后悔起这次自己的出行来，认为太任性、太草率。不过令她安慰的是，看管她的傻姑娘终于对她去除了戒备，表现出了亲热感。金米儿从不称呼她"傻子"，还会给她看漂亮的围脖和手套，她以此换取了她的信任。但这并非是她在收买人心，而是出于本能。生性善良且接受过良好教育的她，对于智障人士通常都没有偏见，她会视他们与自己具有同样的地位，并且给予充分的尊重，至于眼前这位生存环境相对恶劣的姑娘，画家则对其的同情心压倒了一切。然而她出逃的愿望也更强烈了，因为她越来越发现即使是在白天，也有人开始瞪着一双色眼像贼一样在屋子前后转悠。出于担忧和恐惧，她试图让傻姑娘放了她，可她却满脸惊恐地拒绝道：我死也不敢。她真的是害怕自己再次被卖掉，她说前面的那家人家老打她，来到这里后，才不挨打了。金米儿一方面惊愕于这村里人对于买卖人口的沉默，一方面彻底放弃了逃跑的打算，她只在心里盼着那失踪的老人能早点有消息，同时也盼着那混账人能快点出现好解除对她的自由限制。

　　不幸的是，在这两者还没盼来之际，她就先出了事。她还是被人强暴了，而且是被三个人轮流。事情发生在她来到这村里的第六夜。那一晚，屋门外的锁被偷偷打开了，屋里的门闩也被悄悄拨了开，连日来一直休息不好最终因乏困放松警惕陷入沉沉梦乡的她在第一时间就被人捂住了嘴。呼呼大风刮了整整一夜，掩盖了这人间的滔天罪恶。可恨的是第二天上午九点来钟的时候，那侄子却灰头灰脑地回来了。原来他暗地里打问了一圈，也没得到他叔叔的任何消息，更别说是钱的事情了。懊丧的他一进院门就把那傻姑娘打发回了家，紧接着就告诉画家她可以离开了，他认为他得不到任何线索，别人也未必就那么幸运。但是金米儿一口拒绝了，理由是还不到离开的时候。一无所知的他还以为她是和自己赌气，于是假模假样中也带有一点真意地向她道了歉，然而他惊讶地听到回应他的是一声冷笑，笑声阴森，透着寒气，直达他的脊梁骨。人不走，他也没辙，这一回他倒是出人意料地尊重了对方的意愿，可是心里却不停地在打鼓，对于画家留下来的真实意图感觉有些蹊跷。

实际上，他若对昨晚的事稍为知一点情，也许事件就不会朝着后来的态势发展了，可惜，这事却成了一桩临时秘密。说临时是因为它一开始就没有沉入深潭的趋势，而是在经历了凌晨不断痛苦翻炒后终于在天亮前孕育成为了一项计划，这计划尽管成形于那侄子回来前短短的几个小时，可它却若磐石一样矗立在画家的心里一动不动，放她走以及向她致歉已经毫无任何意义。实施计划，是她留下来的唯一目的，且若更进一步地说，她此刻能活着也全在于此。至于这计划究竟是什么，这里先按下不表，现回过头来再来说说那位失踪了的老人，整个事件由他而起，他却没了踪影，显然于谁也有失公平。那么他到底去了哪里，是死还是活呢？

原来正如金米儿所担忧的那样，他果真已经离开了人世。他是在她刚刚起身不久后就离去的，她最后一次回望他时，其实看到的就已经是一具尸体了。他孤零零地躺在那里，没能等到他的侄子，却等来了一个骑摩托车的冒失鬼，他一下子就从他还未僵硬的身体上碾压了过去，并且一股脑地摔出去了很远。这摩托车的速度也真是太快了，如若不是那骑行的人全副武装，估计当晚村里人可能就会同时找到两具尸体。

骑者很年轻，是一位二十岁左右的小伙子，他也说不清那天究竟跑那小道上干什么去了，并且临出门之前，还顺手拽走了自己八十岁奶奶的一条裹脚布绑在了摩托车的后架上。奶奶是他唯一的亲人，尽管已经八十多了，却是眼不花、耳不聋，要不是因为有双小脚，十有八九走起路

256

来也会是一阵风。拥有了一双小脚，麻烦事就比别人多几桩，且不说每日里包裹它们有多费事，就是偶尔清理一回也不是一时半会就能利索的，因此洗一双小脚不比做一双鞋更省事。而那一日她也正是在里屋一只大铁盆里低着头吭吭哧哧地搓洗那两只小脚时，一抬眼却发现一条裹脚布不见了，再一看，它已经到了孙子的手里，而他正要拎着它出门。她问了两遍拿那布条干什么去，也没换来个回答。于是摩托轰鸣着出院门的时候，她也就歪歪扭扭地追出了屋门，然而任凭她喊个不停，那带子也还是没被留下，反而在一脚油门下也跟着跑了个无影无踪。老太太无奈，只得提前翻出她过年才准备用的一条绑在了脚上。这裹脚布早已经属于稀缺物，用没了还真是没地方买去，由此她忍不住又咒骂了这孙子一遍，可骂完后接着就叹起了气，转而又可怜起了他，可怜他没爹没妈没人管。

十年前，这小伙子是有父亲的，二十年前，这小伙子也是有母亲的，可是父亲病死了，母亲则生下他不久就跑回了老家。走的时候尽管还带走了他，但不久后，奶奶就千里迢迢找上了门，愣是把他又要了回来。

没人管，他也倒没有学坏，只是整日里喜欢骑个摩托车乱串，东一村，西一镇的，像只没头的苍蝇一样。别人骑摩托都是在白天，他却专找看不见的时候，说是黑天黑地地跑着过瘾，一只车灯照在前面，风驰电掣般地狂奔，有一种披荆斩棘的淋漓感。不过而今这摩托车一翻，淋漓感顿消，待他爬起来，将摩托车重新扶好，扭转车头想要照

一照是什么东西将自己绊倒时，立时就吓得魂飞魄散。但他没跑，停顿了片刻后，还壮着胆子战战兢兢地上前查看了查看，从地上之人躺在那的样子，他很快就意识到人已死。他的脑袋因此而瞬间膨大，张皇之中，他认为自己闯了大祸，是他把人给撞死了。最终，他还是想到了跑。可是不久后又折了回来，那条裹脚布刺激着他让他想到了抛尸。就这样，借助于一条带子，他歪歪扭扭地骑了很远，找到一条沟，一使劲，将人扔了下去，匆忙间，那条裹脚布也被一同带了下去，并且轻轻一抖，正好挂在了附近一棵树的树杈上。

无独有偶，这边老人被抛下沟，十里外陶家村村主任的女儿也刚刚闭上了双眼，她是因罹患白血病而离去的，且年纪轻轻。村主任悲痛之余，除了预备大肆操办一下丧事外，还打算给女儿选一块好一点的坟地。他的女儿尚未婚配，因此尚无婆家地可葬，当然由于风俗的原因，也不能葬在自家地里，于是这边停尸一夜，预备第二天天不亮就入殓，那边就已经安排好人手计划天一亮就外出寻找埋葬的地方。翌日中午时分，派出的人带回了消息，说是在黑山洼那有块好地方，背山向水，夏季山上绿绿葱葱，山下一条小河似玉带一样流过，全年背风，尤其在那沟里，就是在这一季节，太阳一出，也温暖如春。村主任一听自然欢喜，当即决定派一帮人前往掘墓。但话刚出口，即被拦住，原来那勘查墓地的人还有一件机密事没有来得及向他报告。村主任当着众多人的面催促他快说，那人却一把把他拉到了背人处，低声告诉他那沟里同时也发现了一具男尸，而且死者看着脸生，像是一位外乡人。那人询问是否需要报警，村主任一个手势就阻止了，同时还脸露喜色，他认为自己正在发愁的一件事终于有了眉目，并且拜老天所赐，消息来得也正及时。

原来他想给女儿配阴婚。然而这终归是一件见不得光的事情，他除了吩咐不准将发现尸体的事情说出去之外，此外还神不知鬼不觉地当晚就把那尸体运了回来，藏在了柴房里，等着和自己的姑娘一起安葬。他也顾不得这二人的年龄差距了，只是觉得终于也算是完成了做父亲的最后一桩心愿，将女儿许配了出去，却不承想，这样做，其实早已犯了法。但是他又何尝不知这是犯法的事呢，要不然，他怎么会一边将单人棺换成双人棺，对外宣称想让女儿躺得舒服些，而且由于害怕走漏风声，就连"女婿"的寿衣都没敢给置办，最终还是让他裹着他自己的那一身躺在了光鲜亮丽的女儿身边，一边偷偷派人四处打听，自己也亲自前往派出所侧面询问，最近是否有人失踪或死亡呢？当然，当得到的讯息是除了自己的姑娘和李家一位八十三岁老太太外，再无旁人时，他也就彻底放了心。

就这样，一生都没有品尝过婚姻是何物的老人死后却风风光光地娶了一门亲，并且三天后和年轻的"妻子"一块被葬进了他一开始就到过的那块风水宝地。

然而这种安排纯是人间的一厢情愿，瞎费力气。早在这俩人被摆放在一起前，他们就已各自行走在通往冥府的路上，谁也碰不到谁，因此那地府之门只为二人分别打开，

附：善与恶

259

并不会等待聚齐了才一并允许进入，因为且不说阎罗殿太忙，单从审慎的角度来说，也容不得向后拖延时间。好在地府的时间流得慢，人间一小时，在那里得走三天，也就有足够的时间来厘清每个人的功与过、善与恶、德行与不义。干过的坏事都被记录在案，做过的好事同样也不会轻易被抹掉，这老人就被提及起了多年前一件跳水救人的事，于是本就在世间一直勤勤恳恳、任劳任怨且也没有做过坏事的他功德薄上就填上了重重一笔，得以暂时留在阎罗殿上充当一名监刑者，专门监督那些罪大恶极之人是否被惩罚得到位，不日之后将仍以人的形态重返世间。

　　至于那学生姑娘，因其一直都在学校里上学，从未入过社会，也就未曾沾染上丝毫恶习，加之从没干过什么坏事，自然是清白无瑕，可无奈由于他的父亲在人间蛮横霸道、狗苟蝇营，专干一些欺负别人有利于自己的事情，她最终受到了连累。阴间不搞株连，是她自己苦苦哀求的，因为她得知若是等到她那充满罪恶的父亲将来来到这阎罗殿上接受审判时，那些罪过即使判他一转世就是一只被孩子们捏在手里的油葫芦虫，只有接受开膛破肚的命运，恐怕也得轮回个好几世后，才勉强能变成个等级稍高一点的四蹄动物，因此，出于对自己父亲的爱以及对其所犯罪孽的羞耻之情，她主动要求替父赎一些罪。就这样，她被判处施以鞭刑，每日里都要被鞭笞十下。然而奇怪的是，只要她一挨鞭子，老人的心就会随着抽动一下，这让他隐隐地觉得自己似乎曾经和她有过什么关系。

阎罗殿上领取判决书后，一碗孟婆汤喝下，从此忘却过去的一切人间事。照理说谁也避不开这一结果，但老人却并没有忘掉画家金米儿。当然他并不知晓她是位画家，更不清楚她的名字，能记得的仅是她身着一件大花袍，胸前甩着一架照相机，被行将死去的自己恳请去找侄子来。

那么说，别人喝过孟婆汤，对过去人间的记忆均失，他却何以没有全部忘掉，还能记起他曾求助过的人？说到底这还得归功于那年轻的冒失鬼，就是他一路载着他颠颠簸簸，乃至于在喝那孟婆汤时洒落了不少，造成他尚留存了一点记忆，而委托画家报信恰是距离他离开人世最近的时段，也就理所当然地被最后保留了下来。

然而也正是这留存下来的一丁点记忆搅得他一直心神不宁，一方面他想知道她后来到底怎样了，另一方面也总感觉到像是欠下了她一点什么，冥冥中总有一种意念和冲动推动他想要去报答。但显然以他的功力和级别还不能看得到人间时时刻刻正在发生的事情。可是阎罗爷就不一样了，他闭着眼都能知道那里所发生的一切，更不说瞪大眼，将他那威力无比的灵眼派上用场时了。阎罗本就是神仙，只因触犯天条才被贬到地下，因此法力依旧，人世间的任何风吹草动，哪有瞒得过他的？不过，假设那正在发生的罪孽不是过分惨绝，他通常都会关闭接收通道，因为人间的丑恶事实在是多如蚁，数都数不过来，每一时每一刻，每一个角落都在发生，倘若每一件事他都要去关注，那他岂不是会被累坏、气坏、痛恨坏？

　　纵使这样，阎罗爷也鲜有时间能够得以充分休息，所以他总是见空就闭眼休憩，像猫一样。而这一日，阎罗殿上暂时无事，阎罗爷正在打盹，而且看那样子，还在做着小梦，可是转眼间，他似乎看到了什么，只见他猛地从大座椅上挺直了身子，双眼圆睁，仰头瞪着地府之顶一动不动，眼睛喷出的怒火，映红了整个殿堂。正在角落里检查刑具的老人先是被这突如其来的景象惊了一跳，但随即就明白了：在人间，此刻一定又有惊天的罪恶正在发生。这样的场景，自他司职以来，已经被他目睹过几回，可每一回似乎都与他无关，因为他从来就没有为此而激动过。然而，这一次却大不同，他的心忽地莫名地疼痛难忍，就像刀割一般，和他那日死去前的感觉一模一样。他禁不住用一只手紧紧护住自己的胸口，一只手向前方伸去，在那里，他看到了画家金米儿，而她正泪流满面。他不相信这只是幻觉。阎罗爷重又跌回到座椅里睡去，口中喃喃道："又有一位女子在人间遭难，唉，不看也罢！"老人眼前的金米儿也随之跟着散去了身影，但他依旧心痛不已。他猛地疑惑起来，怀疑阎罗爷嘴里所讲的受难女子可能就是他的受托人。他想进一步确认，于是悄悄凑近了阎罗爷，想从他的梦里套取一些信息，因为他偶然一次发现阎罗爷有睡着后回答别人问话的习惯。

　　确信阎罗还在梦乡后，他小心谨慎地轻声开了口：

　　"您说有位女子正在受难？"

　　"命之安排，遭此大难。"阎罗爷果真做了回答。

老人又继续问了下去，阎罗也继续答了下去。

"她正在遭受什么难？"

"三把欲望之火烧向了她。"

"在哪里？！"

"看不到太阳的小洞。"

"是她的家吗？"

"她的家在远方。"

"她去那里干什么？"

"……"

见阎罗无反应，老人沉吟了一下后，又换了个问题。

"她为什么不离开那里？"

"因钱，不因人。"

这一句把他弄糊涂了，从未料到自己的钱竟然给别人惹出了灾祸的他开始怀疑起刚才的判断来，他认为也许阎罗爷嘴里所说的是另外一位女子，可是只要他这样一想、一动摇、一怀疑，心就立刻重又疼痛难忍，就像惩罚他一样。他决定再试试刚才阎罗爷没有作答的关键问题。但这一次他要了个心眼，装作漫不经心，仅是随口问问的样子。

"您说她不好好在家待着，跑去那里干什么？"

"受命运差遣，接受一人之托，去寻一人。"再明白无误的答案了。至此，老人的疑虑消失。连同消失的还有他的心痛感，可他却毫无察觉，他的全部注意力都放在还想斗胆再问的最后一个问题上了：

"她能脱身吗？"

附：善与恶

阎罗爷好似摇了摇头。

老人怅然若失，魂灵一时不受控制，游荡到了别处，其实是找个僻静的地方伤心去了。殿堂里静极了，似乎都能听到没有发出来的呜咽声。这时候，阎罗突然睁开了眼睛，他一见跟前半跪着他的监士，一副迟滞的模样，立刻亮起洪钟一样的声音，威严地问道："你都听到了些什么？"突然的问话将正走神的老人一时惊住，但好在他反应灵敏，一连声地否认，才没有将阎罗爷惹怒。然而正当他暗舒一口长气时，阎罗爷却神秘地一笑，压低声音冲他说道："天机不可泄露。"看来老人的小伎俩并没有逃过阎罗爷的法眼。

阎罗爷可以闭眼不管，老人却被内疚折磨得坐卧不宁，他认为自己虽不是罪犯，可罪过之大，不亚于那三个禽兽；虽不是同谋，却近乎同谋，为了自己最后的一点心愿，生生地硬是将一个弱女子推向了火坑，让她在世间遭受非人磨难的同时，还得担忧未来人们对她的指指戳戳。就这样，老人一边自责不已，一边痛悔万分，但是当务之急，是先想个办法，帮助那好心的女子尽快走出狼窝。他想起了阎罗爷刚才提到的"钱"字，于是一个办法在心中油然而生。办法要实施，就需要得到阎罗爷的允许，这老头倒也不难说话，一番请求后就同意了，却也提出了一个换取的条件，即罚他在下一世转为一只羊，且这只羊还要长有两只尖如钢叉的犄角，爬卧时会伤到自己，站立时则可避免。这就说明未来他只能站立着睡觉了。可老人却欣然接受，并且恳请阎罗爷在他的再下一世时也要做如此安排。阎罗爷应允了，还临时赋予了他一点法力，附加条件是他将在再一次的死后被开膛破肚。事实上，就是被摘去头颅，也阻挡不了老人的决心。

事不迟疑，他当即就出发了，趁着天黑时回到了他葬身的墓地，灵魂潜入棺木后，立即附尸，这样他就重又成了一个活生生的人。因他此时已经具备了一定的法力，开关起墓顶来便轻而易举，其实不试也灵，然而这从未有过的能力还是激发出了他的孩子气，躺在棺木里，他变得不老实了起来，他想先试一试阎罗爷"施予的帮助"，于是他用双手先是撑开了棺盖，接着又扒裂了墓顶。借着流淌进入的月光，他发现，原来棺木里还有一人，而且正是那在冥府里接受鞭刑的年轻女子。他终于明白了为什么她受惩罚他心也跟着抽动的原因，但对于究竟他俩因何躺在同一个棺木里，他却是一头雾水。老人重又复活，肌体立刻恢复原样，而那学生姑娘却依然继续腐化。棺木里臭不可闻，他不得不又耗费了一部分法力将她也恢复了原样，并且将各自身底的渗液也都悉数消除殆尽。一番忙碌后，却偏偏疏漏了某件物件上的污物，以至于给世人留下了一个永远难解的谜。不过难解的谜，何止又仅仅这一件？

完成以上这些事项，耗去了他的一些气力，当他再试着打开墓地时，所开缝隙就不如先前的大了，但这并不影响他实施他的计划。

一切准备妥当，他只给墓顶留了一条透气用的窄缝，半敞着棺盖躺在棺木里静等机会。实际上，都无须等。原来就在他晚上不停地开闭墓地时，就已经引起了村民们的注意，虽说都住得不算近，可这半夜三更的，伴随着震天的声响，一大团蓝光忽隐忽现，怎不令人心生疑惑？因此天刚放亮，人们就一群一伙地不断往这一方向聚集，以期能够亲证是否真的就像某些人所说的那样，从天上降下了怪异之物。躺在棺木中的老人喜出望外，他绝没有料到他期盼的绝好的机会竟然这么快且又这么容易地就来到了，于是他倾尽所有力量，骤然间推大墓顶，瞬间抛洒出大量钞票。钞票带着臭气洋洋洒洒地随风飞舞，而他则一头栽倒，再没有起来。他又第二次死去了。

有一位女子正好目睹了撒钱的过程，惊得下巴壳都差点脱了去，待到反应过来后，才惊慌失措地喊道："鬼！鬼！"可是这叫声远没有钞票更能吸引其他人的注意力，许多人只顾着追那漫天的飞花，全然没有听到她的喊叫声，再者说了，这吓唬人的话语怎能赶得上一句"是真钱"来得更加现实！很快，该逮的都逮到了，能追上的也都追上了，有些人就开始预备开溜了，然而总有贪心不足的人，他们和收获不多的少数几个人开始追问起了钱的来源。终于轮上那女子发话了，她倒说不出来了，原来她正被一股股恶臭熏得一个劲地干呕，而且看那样子，早晨才吃下去的饭马上也能由胃里倾倒出来。这一刻，人们似乎才察觉到难闻的气味，开始纷纷扭头四处寻找，结果很快就发现气味竟然来自于那些捡来的钱上，并且毫无疑问还是腐尸味。但是谁也舍不得扔掉，于是只好将其一把揣进了衣服的最深处，尽量屏住呼吸再不去闻。到底还是有人憋不住了，也想呕吐，然而情急之中，他本能地寻找到了办法，只见他迅速将衣服领子往上一拉，脖子往下一缩，将嘴和鼻子埋进了衣服里面，变戏法一样，瞬间将自己变成了个罗锅。那女子依然说不成个完整的话，却好歹能腾出手来给人们指指方向，一番折腾没有让她清醒多少，她还是认定自己看见了鬼："那坟……鬼……撒钱……呕！"

瞬间，质疑声一片，纷纷都说这大白天的哪里来的鬼，但片刻后，还是有人耐不住好奇，结伴向那座新坟走了去。也有人站在原地没动，可他们的嘴却没闲着，一会儿说："你这没出息的臭婆娘，就这么点味道就把你熏成这样，那你每日里上厕所怎么没见被熏死？"一会儿又说："就你胡说八道，坟里怎么会撒出钱来，一定是你眼花了！"责怪的话全都是冲着那女子去的，他们不能接受肚皮里揣着的钱来自于死人墓，觉着晦气，可是眼睛却追随着前往坟墓那边去的那几个人的身影始终不离，巴望着能够带来好消息。终于一声惊呼传来，同时看到有人站在了墓顶上，这些人也就再也站不住了，不约而同地开始往那里跑去。刚才还在呕吐的妇女此刻也不呕吐了，也拔腿紧随其后。毫不怀疑，他们的脑子里除去有其他的猜想外，对于钱的幻想占据了主导，否则至少心里应该顿一顿才会决定前往还是不前往，毕竟并不是每一个人的胆子都那么大。促使他们毫不犹豫地做出决定且脚下疾步如飞的唯一可能性只能是以下这一信条：倘若钱真的就是从那里飞出，那里边也还有遗留，谁先到就谁先得！

但是所有的人都不分先后地被自己第一眼所看到的景象惊呆了！只见这座刚刚才矗立起不久的新坟上赫然开裂了一道大口子，并且从头开到了尾，样子看上去就仿佛是一张正张开着的嘴，想要把接近它的人一口都吞了下去。尽管已经是半上午的时候，太阳正斜挂在东边的天空上，很深的墓底下却仍然阴影一片。可是透过大缝隙，人们还是看到棺木半开，侧帮上挂着一个人正歪倒向下。有人知道这是陶家村村主任姑娘的墓，然而再怎么辨认，那歪倒在外的人也不像是那女孩子。没人敢俯下身把眼睛贴近那条缝往里细瞅，但那一直被棺木盖遮挡住的学生娃还是在众人的齐力下被窥见了，于是有人猜测着问道："是不是有了盗墓的？"

这是一句极具诱惑力的警醒话语，它通常会即刻逗引起某些人的贪欲来。果不其然，马上就有人提议干脆掘开墓看看，说不定还能找到不少没被这盗墓人翻出来的钞票甚至于金银珠宝。金钱迷住了这些人的眼，他们就不想一想，哪一个盗墓贼竟然胆大妄为到这种程度，放弃偷挖通道的办法不用转而采用这开膛破肚、惹人耳目的方式来盗取墓葬之物？不过为了财，人们做出任何意想不到的事情来似乎也不是没有可能的。

好在没人贸然领头，对于挖坟这类事人们心里多少还是有一丝忌惮的。但很显然，这仅是一个时间问题，下一秒就有可能有"勇敢者"站出，而也正是在这时候，村主任带着一帮人急匆匆赶来了。在摩托车充当主要交通工具的农村，走它个三十里二十里的路，不比那人们嘴里传播的消息慢多少，何况又是自家姑娘的墓地出了问题，哪容得他慢半步。说真的，自打这墓地里的秘密随着女儿一起被埋入地下后，他就多出来一块心病，他生怕哪一天这秘密忽然间就不再成为秘密，让他吃不了兜着走的同时，从此后也成了十里八村人们挂在嘴上的笑料，因此，他整日里都忐忑不安的，可结果还是怕什么来什么，仅仅两天后，就有人告诉他姑娘的墓地出事了。这一惊人的消息令他心惊胆战，他连片刻想的时间都没留，就带着几个所谓的心腹急慌慌地赶来了。

一来到墓前，他三步并作两步就蹿了上去，开始时，他也以为是遇上盗墓的了，但很快他就从那所谓的"盗墓贼"的衣着上明白，根本不是如人们所想的那样。那人正是他给姑娘配的阴间丈夫，可至于他究竟为何又从棺木里跑了出来，而且还把墓顶也弄了个大缝，他想想都觉得后脊梁骨发麻发凉。张皇之下，他一边驱逐周围的人，以防他们再往底下探头探脑，一边赶紧把那天派出勘查墓地的人叫到身边来，悄悄询问他当时发现的那老头是否真的就是一个死人。得到的答复是千真万确是一具死尸。但这一答案不仅没有让村主任安下心来，反而令他更加不知所措了，因为这明摆着就说明已经有第三个人直接同死尸打过了交道，而这人的身份以及介入的目的恰是他最担心的，他怕是和自己有过节的知情人故意采用此种方式借机实施报复，以期能够将他彻底打倒。

他这边焦头烂额，那边却快要打起来了，原来那侄子放画家走她不走、向人家道歉又不接受，懊丧之余先是在冷得直发抖的家里琢磨了一会心事，随后准备到几日不见的赌场去寻求安慰，在前往的路上他得知了飞钱的消息，于是想都没想便招呼了村里几个人来到撒钱的地方。可笑的是，来到之后，他连凑近那墓地瞅都没瞅一眼，便一口咬定说那些钱是他叔叔的，要捡到钱的人们赶快把钱都还给他。与他同来的村里人直到这时候才明白，原来他叔叔并未回到山西，而是失踪了。当然他们能想到老人去了天底下任何一个地方，唯独想不到此刻那墓地里趴着的正是他。但不管怎么的，俗话说"远亲不如近邻""肥水不流外人田"，这侄子既然说钱是他叔叔的，随行的几个人也就随口证明是他叔叔的，尽管他们压根就没听说过老人存有钱，更没有见过，可这并不妨碍他们指天冲地地发誓。

然而钱一旦到了手，岂有再让它飞了的道理，何况钱上又没有记号表明它们专属于某个人，因此，就目前情况来说，钱在谁的手里，就被理所当然地认为谁就是它的主人。一方要要，一方不给，双方自然很快就吵吵嚷嚷了起来，看那阵势，说马上就能打起来也没人怀疑。面对明显多于自己这方的人，那侄子岂肯吃眼前亏，一声"你们等着"，留下了两个人之后，就回了村，看样子像是搬救兵去了。

经过刚才的这一番对峙，那些捡到钱且留了下来的人意识到揣着钱长久地待在这里并不保险，所以想离去，但是转身之际，却又被村主任拦了下来，他声称他才是钱真正的主人。原来他思虑再三后，决定将错就错，顺着人们的嘴，就说那"多出来的一个人"是盗墓贼，至于那些钱，最好也说是他放在棺木里给姑娘陪葬用的。看来，他实在是再没有别的主意了。

其实村主任和那些人要钱只是做做样子，给不给都无所谓，他只想故意制造假象，好迷惑人，再者说了，不是捡了钱的人也说不清楚钱究竟从何而来吗？他认为正好可以利用这一点。然而捡到钱的人却当真了，纷纷要求他说出个具体数目来，可他又上哪能说清楚呢？于是又起了口舌之争。别看这村主任在自己村里作威作福，村民们都怕他，外村人可没几个惧他的，何况这留下的人不是泼皮就是无赖，哪容他说什么就是什么。

如此一纠扯，就耽误到了村主任计划的实施，而有了前面的教训，这一次他若不在场，任何一个环节也都无人再敢擅自做主，何况他也坚决不允许。

他要实施的计划是这样的：尽快将墓地重新挖开，将那盗墓贼粗暴地吊上来，狠狠地扔到远处去，如有必要，最好再装模作样地好好搂他一顿，然后再将棺木重新钉好，把墓顶重新砌好。实际上演戏在其次，村主任当前最迫切的希望是能尽快平息此事，然而被这伙人一闹，太阳就已经升到了正当空。好在之后再无人来捣乱，人们都在屏息静气地等着看那即将被吊上来的胆大妄为却也倒霉透顶的盗墓贼是何尊荣呢。

真是百密而一疏，再好的计划也有有破绽的时候，这村主任恰恰忘了那"盗墓贼"原本就是一个死人，他却想让他扮演活人的角色，因此当老人刚被往上一吊，人们立刻就发现是一个死的，而且看样子还像是才死了不久，因为身子还没有完全僵硬。这可超出了大多数人的想象，他们原本还以为盗墓之人只是一时未明原因的昏厥，哪承想他却命已归西。盗墓贼死在墓里的消息随即又被传开来，这一次它可比那钞票飞的速度快多了，不出多久，先是县里派出所来了人，紧接着市公安局的人也露面了。盗墓贼也是人，即便是因盗墓意外死亡，也得得到官方的证实，毕竟人命大于天嘛！

出乎意料地吊上来这样一具尸体，村主任和那些知情人可就彻底懵了，他们想破脑子也想不出这究竟是怎么一回事，明明已经死了整整一周，怎么会和刚刚死去一样？但这并不妨碍村主任继续执行他的计划，而且也觉得更加有必要了，反正那"盗墓之人"已死，所有说不清、理不明的事项全都推给他就行了。然而要说这村主任心里不发怵那是假的，毕竟已经牵出了人命，可没办法的他也只能孤注一掷了。

现在再回过头来说，这冲天而降的钱是否真的就是老人自己的，若是他的，鼓鼓囊囊的好几捆被搬腾了好几回，怎么就没被别人发现呢？说起来这还得归因于那冒失鬼。原来老人临离开村子时才发现，若是把所有的钱都装入他专门缝制的棉裤内兜里，漫说迈步走路了，就连站着不动都感觉顶得难受，因为那兜不仅正好位于行走时需出力的那条好腿侧，而且不偏不倚就拖拉在大腿根处，让他走起路来像打了钢板似的，只能拖着腿走。这一疏忽让他暗暗骂了自己不止多少回，责备之际心里也就变得更加酸楚了。可伤心归伤心，还得想办法，于是情急之下，他匆匆忙忙又赶制了另外两个口袋。这一次，他没有再把它们缝到衣服上，而是各装入一万元后一左一右塞到了后腰上，他以为有裤腰带勒着同样万无一失，却不料等到自己一死，被那冒失鬼一折腾，再用带子从脖颈处一缚，两端于他的前胸处一系，带着他东倒西歪一路颠簸直到被抛到沟里，那两只袋子早就不知什么时候脱落掉到了地上去了，便宜了谁不说，关键是没有留下一点能帮到他的痕迹。但好在那揣在棉裤兜中的被完整地保留了下来，就这样，足足一万块钱也就派上了用场。

　　见到警察来，刚才预备离去的人可就真的开始偷偷地散去了，他们害怕这天外飞来的财富过一会当真就被收走了。留下来的人绝大多数都是后来闻讯赶来的，他们什么也没捞着，索性看起了热闹。村主任绝口不再提钱的事情，他担心贸然谈起，再牵出一些他一无所知却对他不利的事情来可就麻烦了。然而他不说，却挡不住别人的嘴，有些人本来就是冲着钱而来的，他们比捡到钱的人更想知道它们的来历。最终，那些散发出恶臭的百元钞票，还是成了绕不开的话题。村主任硬着头皮再次承认那些钱是他给姑娘陪葬用的。警察问数目，他说只有五千。旁观的人一听可就不愿意了，说是听人说至少有两万，有的人靠这捡到的钱今天就能发财。村主任一听，更心虚了，他以为真的就如那些人所说的一样，足有两万多，如此一来，岂不自己给自己上套子吗？因为在目前这种情形下，只要被判定是在撒谎，就一定被怀疑与那"刚死的人"有关。他慌不迭地又改口说，钱不是他给女儿陪葬的，他也不知它们从哪里来，都怪他刚才财迷心窍，恳求警察原谅。

这边查问钞票的事情，并且责令捡到的人迅速交回，那边查看"盗墓之人"尸体处也反馈回了两条信息：一是从体温和僵硬程度看，证实死者确系死去不久，二是从死者的贴身棉裤里又发现了几张百元大钞，上面不仅斑斑驳驳浸满了污渍，而且恶臭难闻。村主任一听，几乎都要瘫下去了，这一次他确信当初和自己姑娘一起下葬的人不仅身揣着大把钞票，最要命的竟然真的不是一个死人。这无异于是在指证他就是杀人凶手，而且最可能的罪名还是图财害命。

村主任的这番变化，尽管被他极力控制着不想被人发现，却还是没有逃过正盘问他的警察的眼睛，那人估计是个头，只见他稍后把两个随行的警察叫到了一边，耳语了一番之后，村主任就被请到了警车里。在车里，气氛显然和在外面时不一样，为了尽快搞清楚这所谓的"盗墓人"的身份，警车变成了临时训问室。没几个回合，村主任就把自己知道的都和盘托出，可是光说无凭，得有人证，于是那些"同犯"又被相继请了进来。一见村主任的神情，几个人自知已无隐瞒的必要，也就照实全说了。

人证对上了，还得物证也对得上，不得已，村主任的姑娘连同棺木随后也被一起吊了上来。这一次，情况更加诡谲，就连那些见多识广的警察们也一时间感到惊诧，因为死者不仅丝毫没有腐烂的迹象，脸蛋还红红润润，和睡着了毫无区别，但不可思议的是，身体冰冷僵硬，又符合死人的特征。照着村主任及其他知情人的描述，被搁置在一旁的老人的尸首重又被摆放进了棺木里，目的是还原当时的情形。物证似乎也无破绽，却有诸多的疑点一下子浮了出来，例如那日躺在沟内的这老年男性究竟是死是活？他是自己掉入沟里的还是被别人推下去的？若是真像所说的，被发现时就已经是一具尸体，如今怎么又会从棺木里跑了出来，并且表现得和刚刚死去一样？还有，除了后脖颈处一道青紫色的印痕外，其他处都完好无损，那棉裤里的钱怎么会恶臭难闻、带着一股无可争辩的死人味？

围观的人议论纷纷，警察脸上的神情也越来越严峻。令他们棘手的第一桩事就是死者的身份，现场的人都纷纷摇头说不认识。死者的照片被发往各处通知亲人或者知情人来辨认之前，现场勘查工作也即刻开始着手进行。无关人员立即被清了出去，可他们却并未离去，一边站在远处观望着警察在不远处的一条沟里查前查后，一边更是议论纷纷。

这里有必要对某一细节做一交代，以便澄清读者的疑惑，这就是，事实上在现场原本是有认识老人的人在的，

他们就是被那侄子留下来的两个人，只不过不久他俩便离开了，可以说差不多与那侄子前后脚的工夫。尴尬的处境容不得二人继续再待下去，他们发现先前与其发生过争执的那些捡钱人依然个个都还对他们充满敌意，随便瞟他们一眼，眼里都在喷火。这让他们感觉到很不自在。与此同时，对于那侄子回去搬人的说法，他们也始终怀疑。因为以前他就曾有过以此作为借口自己先撤退的例子，何况，即使这一次真的就是回去搬人了，对于能否有人来，他俩也不抱多大希望，所以二人站在原地你一言我一语暗暗嘀咕了一小阵后，随之脚底一抹油溜之大吉。

　　之后那侄子确实再未返回，他倒是真的想搬救兵，可是可搬的人实在是没几个，几乎人人都以各种理由拒绝了，纵使他说得天花乱坠并许以利益诱惑，也鲜有人为之动心，因为谁都知道若是真的打起来，为了财，保不齐就会再出人命。曾经为了一枚在别人庄稼地里挖出的金印，村里人分成了两派来理论，最后还不惜动起了手，心急的人就在现场开始了争抢，不幸的是，最终愣是发生了一人被活生生打死的惨剧。有人为此至今还在坐牢，那金印也被县文物局征了去。事件尽管已经过去了整整五年，但如今只要一被提起来，村里人依旧心有余悸，仿佛和发生在昨天一样。对于此类事件的担忧决定了村里人对外财的态度，这也就可以很好地解释为什么听闻墓地里飞钞票的事情时唯有他们无动于衷。至于无人给那侄子帮忙，还有另外一个至关重要的缘由，原来那被打死的人留下了一个有病的妻子、

276

一双像被风吹朽了的儿女。一家人眼瞅着就要过上乞丐的生活，这无形中给村里每一个有家有舍的男人也敲着警钟，提醒他们不得打架斗殴，尤其不能为了钱财去拼命。

无人跟随，同行的另外几人也都借故走了，不得已，那侄子打消了再去的念头，要知道，他可没那个胆只身一人前往。其实原本他也意志不怎么坚定，原因是连他自己都明白，说那些钱是他叔叔的有些心虚，天知道他现在在哪里，钱又在哪里！可他总是忍不住要去联想。自打他外出打听未果回来，就开始变得疑神疑鬼，只要听说哪里有人发了意外财，哪怕就是走路不小心捡着了一块钱，他也由不得要认为那就是他叔叔的。而他也正是受着这样一种心理的驱动，一听说黑山洼许多人捡了许多钱，便毫不犹豫地扑了去向人们要钱，不料却碰了一鼻子灰。而直到那一刻他才明白，不是他一开口说："这钱是我叔叔的。"人们就会拱手把钱奉上。但他依旧心存幻想，人们认为他是在讹诈，他却不觉得，如果现在哪里又有类似的事件发生，他准保还会亲自去对那些捡到钱的人说："钱是我叔叔的，还给我。"可这样的事毕竟稀有，尤其当他想像赌博一样希望能侥幸赢一回时，愿望不仅看起来相当渺茫，可以说压根就是在做梦。

回到家里的他正在懊恼之际，透过玻璃窗又一眼看到了正位于院中的画家，她在摆弄她的相机，脸上没有一丝表情。这样的情形，让他胆寒，一股不祥之兆涌向了他的心头。然而他却把这种预感归到了没有要来钱的上面，他奸邪地认为是她碍着了自己。

"倒霉货！"他在心里咒骂道。为了避开画家的身影，他选择了一个角度往炕上一歪。连续几天没有过火的炕冰冷异常，让他本就不太好的腰有些吃不消，但他并不打算坐起来。他艰难地用胳膊肘撑在炕上，头上扬着等着画家回南房，却冷不丁瞥见了地下矮柜底下的一件东西，那一刻他也顾不得隐藏自己了，从炕上一跃而起。那是一只手工缝制的布袋，不用拿出来，他就已经知道它原本属于谁，因为这只袋子平常就别在他叔叔的后腰上，到了交饭钱的时候，钱就从这里边被掏出。如今，他也从里边掏出了钱，足足有三千块！顿时，他变得欣喜若狂，眼里还泛出一点泪花，他明白这是他那可亲的叔叔留给他们的，也许就是某一天趁着吃饭的当口偷偷塞到柜子下面去的。然而他那冷漠的心灵却并未因此而受到任何触动，他既没有扪心自问自己过去对待老人的言行是否恰当，更没有想到去派出所报案以便继续查找老人的下落，而是转眼就又上了赌场。

他在忙着掷骰子，警察也在加紧勘查，时间已经过去了整整一周，其间下过雪，雪又融化过，一切都了无痕迹。一条挂在树杈上的带子纳入了他们的视线，并受到了充分的重视，尽管已经被风吹得毛毛糙糙的，有的地方还被树杈割得一缕一缕的，但勘查人员立刻就把它和老人后脖颈处的印痕联系了起来。带子取下来，一比对，八分吻合，然而很明显老人并非是被勒死的，于是有人推测，他曾被这条带子绑缚过。

带子很快被鉴定出来是一条裹脚布，尸解结果也表明老人死于心脏病，而且死了已经整整一个星期。这一结论再一次令警察感到惊诧，在佐证了村主任所说的全都是实话的同时，也使案子变得更加离奇复杂，警察们还是头一遭遇到这样的事件，棘手的同时也倍感兴奋和刺激。他们把现场发现一条裹脚布的风放了出去，很快一位白发老太太就领着一位年轻人上门认罪来了，她说那死者是他孙子黑咕隆咚间不小心撞死的，还用摩托车把他驮得远远的，扔下了沟。原来是那冒失鬼被他八十多岁的奶奶领着投案来了。警察一见那小脚，知道裹脚布的问题可以画句号了。

　　冒失鬼领着警察来到了那日老人倒地的地方，具体地点是不是确凿，他自己也没有多大把握，不过光是把警察带到这条路上，就已经使案件有了重大进展，因为在这天寒地冻的时节，一位老人出现在一条通往某个村子的小路上，不是从那里来，就是要往那里去，这无疑就表明他和这个村子有着某种联系。

　　依据冒失鬼对那晚的描述和现场模拟，再结合尸检报告，一个结论就此形成：老人在被摩托车撞之前就已经死去。然而这一结论并不能就此解除那年轻人的罪过，因为正是他随后做出的荒唐的抛尸举动，才将原本简单的事件演变为复杂的案件，并最终导致画家被扣和被凌辱。当然，从理智上说，这两者之间并不构成直接的因果关系，但这一恶劣行径就是把它等同于原因也丝毫不为过，何况事后他又隐瞒事实，直到再也瞒不下去时，就更是过上加过。

事实上，在灵魂上应受谴责的又何止他一人，就是那帮捡了钱得了便宜的人，如果能主动对警察说出曾有一人声称那些钱是他叔叔的，兴许警察也早在这冒失鬼出现前就站在了那侄子的家门口，何用等到事情到了无可挽回的地步才终于来到了村头。

人们惊异于警察到来的迅速，却全然不知他们也是正好撞上，可惜一切都晚了。一桩命案刚刚在村里发生，杀人的是画家金米儿，被杀的人名叫贾贵。而那侄子也才连滚带爬地被从赌场上惊了下来。

金米儿用一条围巾从傻姑娘的嘴里换出了贾贵的名字，她告诉她那天正是贾贵从她的手中索走了钥匙，并且还恶狠狠地威胁她不许告诉任何人，否则第二天就把她再卖掉。

村里没有厕所，人们都有上野厕的习惯。为了既避人又避风，通常情况下，自己家外墙根下便被视作是最佳的场所。而刚才，贾贵也正是在这样的地方舒服时，一只铁耙就静悄悄从他蹲身的正上方墙头处伸了下来，只一下，耙尖钉在了太阳穴上，汩汩鲜血冒出来的同时，他连哼都没来得及哼一声，就抽搐着倒在了自己留在人间的最后一堆排泄物上死去了。

凶案不审就明，金米儿被带走时，又把自己漂亮的帽子也送给了那傻姑娘，她说她已经用不着了。傻姑娘哭得很伤心，她觉得谁也不如金米儿对她好。

这边带走了金米儿和那侄子，那边阎罗殿上也正审着一个人，此人浑身恶臭，鲜血淋淋。重返阴间的老人掩着鼻子听完了宣判，当刚一听到惩罚结果是"下油锅"时，他第一个就跳将了起来，这一次，不用别人，他要亲自动手，只见他一叉就插在了那人的罪恶之处，全然不顾他的"嗷嗷"惨叫，一把将其甩到了油锅里，而那油锅下的火烧得正旺。

后来世上就经常见有这样一幕发生：一头骡子总被一只羊追撵得四处逃窜，骡子的身上永远都有新鲜的伤口，不仅皮肉外翻，而且鲜血淋淋，羊的头顶则顶着一对奇怪的尖角。当然，更奇怪的是，若干年后，骡子相继换成了另外两头，羊却始终还是这一只。